KB262782

검명도살

劍鳴刀殺

몽월 新무협 판타지 소설

FANTASTIC ORIENTAL HEROES

검명도살 4

몽월 新무협 판타지 소설

초판 1쇄 찍은 날 § 2011년 7월 29일
초판 1쇄 펴낸 날 § 2011년 8월 4일

지은이 § 몽월
펴낸이 § 서경석

편집부장 § 권태완
편집책임 § 박우진
편집 § 주소영

펴낸곳 § 도서출판 청어람
등록번호 § 제1081-1-89호
등록일자 § 1999. 5. 31
어람번호 § 제2-2130호

주소 § 경기도 부천시 원미구 심곡2동 163-2 서경B/D 3F (우) 420-822
전화 § 032-656-4452 팩스 § 032-656-4453
http://www.chungeoram.com
E-mail § chungeoram@chungeoram.com

ⓒ 몽월, 2011

ISBN 978-89-251-2587-9 04810
ISBN 978-89-251-2534-3 (세트)

FANTASTIC ORIENTAL HEROES
몽월 新무협 판타지 소설

검명도살

4 호혈입성(虎穴入城)

도서출판 청어람

目次

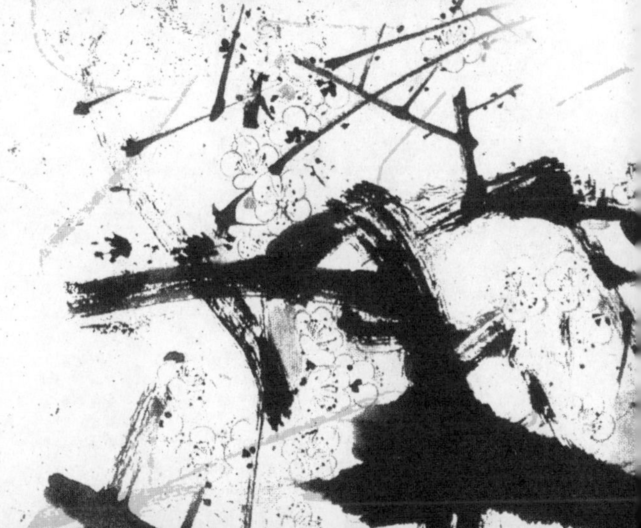

第一章
일취월장

검명도살

검명도살

손가락 굵기의 틈이 일어나더니 연이어 벌어진다.

쩌어어어!

틈은 바위의 약한 부위를 따라 순식간에 십여 장을 뻗어갔다.

쿠쿠쿵!

뒤이어 쪼개져 내리는 바위 더미.

"저런!"

"오우!"

모두가 경악을 금치 못한다.

단 한 방의 주먹에 집채만 한 바위들이 무너지는 모습이란 차라리 두려움이었다. 동료들이 입을 떠억 벌리고 있을 때 추산은 돌아섰다. 등 뒤에는 여전히 공야색이 서 있었다. 그러나 처음과 달리 폭삭 늙어버린 듯한 초췌한 모습이었다.

추산에게 상당한 내공을 빼앗겼다는 것을 보여주고 있었다.

"서, 선배님!"

"됐다!"

공야색은 어떤 말도 그만하라는 듯 잘라 버리고 돌아선다.

천천히 걸어가던 공야색은 평평한 곳에 결가부좌하더니 운기에 들어갔다. 피곤해진 몸을 회복시키려는 것이다.

무저옥을 지키는 두 옥사의 귀가 절벽에 닿아 있었다. 절벽에 귀를 대고 있는 둘의 얼굴은 진지했다.

"들리지?"

"응!"

오른쪽 옥사가 묻자 왼쪽 옥사가 고개를 끄덕였다.

들어가 보지는 않았지만 무저옥의 깊이는 족이 일천여 장 가깝다고 들었다.

상상을 초월하는 깊은 땅속이다.

그런데 오래전부터 화산이 폭발하기 전 들려오는 것 같은 굉음이 미세하지만 울렸다. 두 옥사는 유감스럽게도 화산을 한 번 경험한 적이 있었다. 십 년 전 대별산에서였는데, 처음에는 화산인 줄 몰랐다. 어쨌든 땅이 흔들리며 구구궁 하는 소리가 나고, 날짐승과 들짐승들이 사색이 되어 달아나는 모습을 보면서 뭔가 심상찮다는 생각에 몸을 날렸다.

그리고 등 뒤로부터 터지는 대폭발.

"설마 여기서 또 화산이?"

오른쪽 옥사가 눈을 흘겼다.

말도 안 되는 소리 집어치우라는 뜻이었다.

소리는 오래전부터 들려왔다. 화산이라면 기껏해야 폭발 며칠 전부터 징조를 보인다. 즉, 사람이 느끼고 볼 때면 이미 폭발 직전이라고 보면 된다. 그런데 오랫동안 같은 소리가 들려온다는 것은 한 가지 사실을 유추할 수 있었다.

무저옥에 갇힌 죄수들이 탈옥을 위해 바위를 깨고 있다거나 아니면 땅을 판다거나.

"탈출이라! 우핫핫핫!"

왼쪽 옥사가 하늘을 향해 힘찬 웃음을 터뜨렸다.

웃음을 그친 왼쪽 옥사가 말했다.

"지하 일천 장의 깊이일세. 어떻게 어디로 탈출을 한단 말인가. 뇌옥이 수평으로 되었다면 벽을 뚫기라도 한다지만."

틀린 말은 아니었다. 탈출이라면 깊은 땅속이므로 올라오는 것밖에 없었다.

이미 상부에 보고되었지만 아무런 지시도 없었다. 상부에서 조차도 탈출할 가능성이라고는 전혀 없기 때문에 어떤 조치도 내리지 않는 듯했다.

그런데도 오른쪽 옥사는 왠지 꺼림칙했다.

"하긴!"

그러나 옥사들이나 상부 모두 한 가지 사실을 모르고 있었

다. 산꼭대기에서 일천 장이라고 하면 산 아래가 될 수 있다는
사실을.

*　　*　　*

　위정은 의식이 없었다. 이씨 가문의 가의(家醫) 화의성수가
달려왔다. 신속히 옷을 벗기려다 멈칫했다. 환자는 여인이었
다. 아무리 치료를 위한 일이라고 해도 옷을 벗길 수는 없었
다. 최소한 본인은 의식을 차리지 못해도 보호자 허락 정도는
받아야 한다. 그렇지 않고 벗겼다가는 자칫 아주 추잡한 소문
에 휩쓸릴 위험이 있었다. 아무리 치료 목적이라고 해도 말이
다.
　"할 수 없네."
　"주군!"
　"벗기게!"
　"주, 주군, 그건!"
　"나중 일은 내가 책임지겠네."
　이풍경은 단호했다.
　잠시 망설이던 화의성수는 의식을 잃고 있는 위정을 향해
욕을 퍼부었다.
　'쳐죽일 년.'
　스르륵!
　옷고름을 풀자 가슴을 감싼 천이 드러난다.

아무리 가슴을 진정하려고 해도 떨리고 호흡이 거칠어진다. 지켜보던 이풍경 또한 침을 삼키는 것이 잔뜩 긴장한 얼굴이었다.

"뭐하는가?"

스르륵!

앞가슴을 묶은 천을 풀었다.

철렁!

탐스런 두 개의 가슴이 드러났다.

'아아!'

이풍경은 끝내 자신도 모르게 탄성을 지르고 말았다. 적지 않은 여인을 겪었지만 정말 아름다운 가슴이며, 피부는 거친 손바닥과 달리 윤기가 흘렀고, 어깨에서부터 가슴까지 내려오는 선은 뭇 사내의 가슴을 파헤치고도 남을 만큼 뇌쇄적이었다.

화의성수는 상처 부위에 해독제를 바르고 목구멍을 통해서도 두 알을 넣었다. 금침을 심장 근처에 꽂아 독이 침투하는 것을 막는 조치를 취했으며, 앙가슴에 꽂을 때는 손끝이 미세하게 떨렸다.

반 각이 지나도 위정은 깨어나지 않았다. 두 사람은 안절부절못하며 어찌할 바를 몰랐다. 한참을 바라보던 화의성수가 입술을 깨물더니 이풍경을 돌아보았다.

왜 바라보냐는 듯 이풍경은 눈으로 물었다.

"언제까지 기다릴 수는 없지 않겠는지요?"

“무슨 뜻인가?”

“꼭 이 고생을 해야 합니까?”

죽여 없애 버리자는 얘기다.

그리고 그건 곧 자신의 실력으로는 깨어나게 할 수 없다는 뜻이기도 했다.

“오늘 밤 속하가……”

침 한 개를 들어 올렸다.

침 한 개면 고통없이 죽일 수 있었다.

“자네 눈에는 내가 바보로 보이는가?”

흠칫!

화의성수가 놀란다.

누군 죽여 없앨 줄을 몰라서 데리고 와 이 난리를 피우는 줄 아느냐는 차가운 힐난.

“본 사람이 있네.”

“누굽니까?”

“어쨌든 살리게!”

“자명단이 아니고서는 어렵습니다.”

뚝!

입구를 향해 두 걸음가량 걷던 이풍경의 눈이 커졌다.

화의성수는 말했다.

“독에 의해 몇몇 내장의 기능이 현저히 떨어지고 있습니다. 자명단이 아니고서는 기능이 쇠해진 오장을 원래대로 회복시키지 못합니다.”

이풍경의 표정이 납덩이로 변했다.

자명단(紫冥丹)은 이씨 가문에서만 내려오는 오랜 신약이었다. 모든 신약들이 그러하듯 인세에 보기 힘든 귀한 약초 일흔아홉 가지를 적당량으로 비벼 만들었다.

귀하기에 제조 과정이 까다롭고 또한 자주 만들어내지 못한다.

그때 문이 열리고 절광이 들어섰다.

"촌장 놈을 데려왔사옵니다."

촌장이 들어왔다는 말에 화의성수가 벗겨 놓은 윗도리로 위정의 가슴을 덮었다.

육십가량의 허리 구부정한 노인 한 명이 절광을 따라 들어섰다.

"아이고, 정아 아니냐?"

노인은 침상 위에 의식을 잃고 누워 있는 위정을 보며 눈을 휘둥그레 떴다.

"조용히 하시오!"

절광이 호통을 쳤다. 노인은 움찔하며 입을 닫았다. 절광은 위정을 보며 물었다.

"잘 봐라. 마을 계집이더냐?"

"마, 맞소이다. 그렇게 말렸는데 기어이 일을 저지르고 말았구먼."

무슨 뜻이냐는 듯 이풍경의 고개가 촌장을 향한다.

촌장은 침을 삼키며 말했다.

사냥터가 있는 곳은 사명산에서도 가장 깊은 제원곡.

음지이기 때문에 귀한 약초가 많다. 영초는 인간에게뿐만 아니라 짐승에게도 달콤한 유혹이었다. 그곳에는 멧돼지는 물론 희귀한 산달, 금노향, 설서를 비롯한 귀한 동물들이 많이 서식한다. 약초를 생계 수단으로 삼고 수 대째 살아온 인근 지역 사람들은 틈만 나면 제원곡을 노렸다. 그러나 이씨 가문의 땅인데다 절대 들어가지 말라는 엄명을 받았기 때문에 함부로 들어가지 않았다. 하지만 한번 들어가면 서너 달치 식량 분의 약초를 캐어 올 수 있기 때문에 젊은 사람들이 이따금 몰래 촌장의 지시를 어기고 들어간다. 그런데 이틀 전 위정으로 불리는 여인이 몰래 들어갔다.

"왜 말리지 않았느냐?"

이풍경이 매섭게 추궁했다.

"말렸지만 워낙 영리하고 눈치가 빨라 어떻게 해볼 수가 없었사옵니다."

이풍경은 나직한 신음을 흘리며 돌아섰다.

윗도리로 대충 덮어놓은 볼록한 가슴을 보는 이풍경의 눈에 욕망의 기운이 떠오른다.

"왜 내게 보고하지 않았느냐?"

위정이 들어갔다는 것을 알았다면 사냥을 하기 전에 사람부터 찾아내어 혼쭐을 냈을 것이다.

"송구하옵니다. 금방 나올 줄 알고."

이풍경은 절괏더러 촌장을 내보내라는 턱짓을 했다.

절광이 촌장을 데리고 사라졌다.

절광이 옥함 하나를 들고 들어선다.

"자명단을 가져왔나이다."

"주군!"

화의성수의 눈이 커졌다.

이런 여인에게 쓰기 위해 자신을 비롯해 수많은 이씨 가문의 가의들이 연구에 연구를 거듭해 자명단을 만들지 않았다. 오죽 귀하면 자명단은 직계 존속이 아니고서는 절대 사용할 수 없다고 율법으로 박아놓았겠는가.

"가주!"

"먹이게!"

충신이 죽어가도 사용할 수 없었다. 그런데 전혀 알지 못하는 여인, 그것도 한낱 약초꾼을 살리려는 이풍경의 태도를 이해할 수 없다는 절광과 화의성수의 표정.

"지금 천하가 날 뭐라고 부르던가?"

"삼십 년 정사 전쟁의 최고 영웅이라고 부르옵니다. 맹주가 있으나 그 위에 주군께서 계시다고 거침없이 말하지요. 심지어 태상맹주라고까지."

"그런 내게 지금 가장 중요한 건 뭐라고 생각하는가?"

"당연히."

화의성수는 더 이상 말을 잇지 못하고 입을 닫았다.

인심은 조석(朝夕)으로 변한다. 세상 인심은 사냥을 하다 약초꾼을 멧돼지로 오인하여 활을 쏜 것까지는 이해할 것이다.
문제는 이후의 조치이다.

최선을 다해 살리려고 했지만 죽는 것과 내버려 두다시피
방치하여 죽는 것에는 큰 차이가 있다. 아무리 부하들 입단속
을 시켜도 절대 세상에 비밀이란 없다는 것이 지난 세월의 경
험.

자명단까지 복용하며 살리려 애썼다는 것이 퍼진다면 그야
말로 이풍경에 대한 강호의 존경심에는 날개가 달릴 것이다.

이풍경은 소림의 속가제자이다. 그건 곧바로 사문의 영광을
빛낼 일이기도 하지만 소림의 권력이 속가제자의 손으로 들어
오는 초유의 사태가 생기지 말란 법도 없었다.

소림의 장문인 중 속가제자가 머리를 깎고 올라선 예가 두
어 번 있었다.

"음!"

"아아!"

그제야 화의성수와 절광은 놀라 입을 벌린다.

위기를 놀라운 기회로 반전시켜 버리는 이풍경의 머리에 두
사람은 경악하지 않을 수 없었다.

화의성수는 미련없이 자명단을 잘게 부수어 위정이 삼키기
좋게 입안으로 털어 넣었다. 목을 들어 올려 서너 곳의 혈도를
누르자 가루가 된 자명단은 금세 위정의 몸속으로 사라졌다.

―계집!

이풍경의 시선은 위정의 전신을 훑는다.

투박함 속에 감춰진 미.

그래서인가, 더욱 가슴이 뛰고 흥분되며 묘하게 감정이 가라앉지를 않는다.

—야성의 여인처럼 사내를 미치게 만드는 존재는 없다.

당대 제일의 색군으로 불렸던 옥면호 상관룡은 말했다, 집에 있는 여인은 아름다울 뿐이나 숲에 있는 여인은 사내를 미치게 한다고.

자명단 한 알에는 약 이십 년의 내공이 들어 있다. 즉, 무인이 복용하게 되면 이십 년의 내공을 얻는 것이다. 비록 상대는 무림인이 아니기 때문에 이십 년의 내공은 얻지 못할 것이지만 평생 잔병치레 않고 오래 살 것이다.

자신의 대에서는 만들지 않았다. 아니, 엄밀하게 말하면 만들 필요가 없었다. 선대의 가의들이 상당량 만들어놓았고 이제는 비서(秘書)로 비법이 전해져 오기 때문에 필요하면 그때그때 만들면 되었다.

자명단 한 알을 얻기 위해 목숨을 걸고 충성을 했지만 끝내 돌아오지 않았다. 자기뿐만이 아니라 누구에게도 자명단은 내려지지 않았다. 그런 귀한 것이 낯도 모르는 자의 몸속에 들어가자 화의성수는 새삼 인생사 새옹지마라는 사실이 더욱 피부로 와 닿았다. 어느 놈은 얻으려 목숨을 내던지는 충성을 해도 안 되는데 어느 년은 나물을 캐다 얻다니.

화의성수의 입가에 실소가 떠올랐다.

위정은 이미 오래전에 깨어나 있었다. 단지 깨어나지 않은 척했던 것은 독 때문이었다. 이미 작전에 투입되기 이전에 오독연의 해약을 복용하고 있었다. 이씨 가문에 들어가 있는 황보세가의 세작으로부터 이번 사냥에 오독연을 사용한다는 정보를 귀띔 받고 준비한 것이다.

진짜 위정은 이미 시신으로 사라졌다. 멀리 돌아오지 않고서도 평생 먹고살 수 있을 만큼 돈을 주어 보내자는 얘기가 있었지만 단우태는 단호했다.

세상사는 인정에 매달릴 때가 있고 가슴 아프지만 냉혹하게 돌아설 때가 있어야 한다. 지금 자신들은 인정에 휘말려 손에 사정을 둘 여유있는 작전을 펼치고 있지 않았다. 천하 패권을 위한 작전이라는 말에 누구도 이의를 제기하지 않았다. 대신 유족에게는 어떤 형태로든 적지 않은 돈이 지급될 것이다.

지금 가장 시급한 것은 운기조식이었다.

어떤 영약일지라도 몸에 들어오면 가장 먼저 본신의 진기와 싸움을 벌인다. 그것은 서로의 성격이 다르기 때문인데, 이를 융화시키는 것이 운기조식이다.

강호에 횡행하는 운기조식의 구 할은 결가부좌를 기본으로 한다. 결가부좌를 하는 이유는 오장과 육부와 삼백예순다섯

곳의 혈도가 똑바로 결가부좌를 할 때만이 가장 정상적인 활동과 위치를 잡으면서 효과가 빠르기 때문이다.

"왜 안 깨어나는가?"

이풍경이 물었다.

"염려 마소서. 일각 정도면 깨어날 것입니다. 잠시 나가서 차라도……."

세 사람이 모두 방을 나갔다.

그 순간 누워 있던 위정이 벌떡 일어나더니 결가부좌했다. 가슴과 옆구리, 팔의 상처에 꽂힌 침은 뽑혔다.

히죽!

여인의 것과 한 치도 틀림없는 젖가슴을 보며 위정은 웃더니 곧바로 운기에 몰입했다.

양환단(陽幻丹)이라는 약이 있다. 다섯 가지 특별한 약초가 배합되었는데, 배교의 비방이었다. 술(術)과 기(技)의 제국이라 불리는 배교는 좌도방문의 본산이라 할 수 있었다. 오늘날 강호에서 횡행하는 미혼약을 비롯한 좌도방문의 비방은 전부 배교에서 흘러나왔다고 해도 과언이 아니었다.

양환단을 복용하면 일정 기간 동안 신체가 여인으로 변한다. 가슴이 나오고 사타구니가 안으로 사라지며 여인의 것으로 바뀐다. 그뿐 아니라 몸매 또한 늘씬해져 겉으로는 도저히 구별을 할 수가 없다.

더구나 위정으로 변한 추작도의 몸에는 오분(五粉)이 뿌려져 있었다.

오분은 다섯 가지의 암컷 벌레들이 수컷을 유혹하기 위해 내뿜는 체액이다.

깃이 있는 새[翼蟲], 털이 있는 짐승[毛蟲], 단단한 껍질이 있는 벌레[甲蟲], 비늘이 있는 물고기[鱗蟲], 발가벗은 인간[裸蟲]에서 채취하는데 이레에서 열흘까지 효과가 지속된다. 물론 목소리는 변하지 않고 따로 변성약을 복용해야 한다.

운기에 이끌린 자명단의 약효는 몸속의 진기와 어렵지 않게 융합하여 일주천한다.

확실히 인생은 웃긴다.

인생이 무엇이냐고 묻는다면 항상 답을 못했다. 왜냐하면 답이 없기 때문이다. 지금만 해도 그렇다. 화가 복으로[轉禍爲福] 이어질 줄 꿈엔들 생각했으랴.

금핵단도 그렇고 이번 자명단도 그러했다.

이쯤 되면 인생이 풀린다고밖에 달리 할 말이 없다. 왜 갑자기 이렇게 잘 풀릴까. 오십 되기 전까지는 지독히도 막히고 안 풀리던 인생 아니었던가.

─구십 년!

단순한 수치일 뿐이다.

영약을 복용하고 반년 동안 얼마만큼 실전과 운기조식에 열심히 매달리느냐에 따라 십 년이 더 늘고 줄어들기도 한다는 것이 강호의 정설이라고 볼 때 백 년 내공이 꿈은 아니었다. 자신은 절대 놀고 있을 사람이 아니므로 백 년은 따놓은 당상이었다.

꿀꺽!

자신도 모르게 침이 넘어간다.

스르륵!

다시 누워 윗도리로 가슴을 덮는다.

벌컥!

이십여 호흡 정도 지나고 문이 열리더니 셋이 다시 들어왔다.

꿀꺽.

화의성수의 고개가 돌려졌다. 침 삼키는 소리는 아주 작았지만 세 사람은 들었다. 그것은 깨어났거나 최소한 깨어나고 있다는 뜻이다.

슥!

화의성수가 다가와 맥을 짚었다.

"어떤가?"

"맥이 아까와는 다르게 생기가 있습니다."

"후우!"

안도의 한숨인가, 아니면 자명단 하나를 얼굴도 모르는 계집에게 빼앗긴 것에 대한 아쉬운 탄식인가, 그것도 아니면 자꾸 가슴과 아랫도리 쪽으로 시선을 고정하는 것이 또 다른 음험한 욕심 때문인가.

추작도는 자명단까지 복용했고 닷새를 누워 있었음으로 이
틀 이내에 모든 작전을 종료해야 했다. 약효가 열흘까지 간다
고 했지만 사람의 일이란 모른다.

이틀!

문제는 이풍경이 꼭 화의성수와 절광을 대동하고 나타난다
는 것이었다.

이풍경의 눈빛은 상당한 갈등에 빠져 있었다. 추작도는 일
부러 사타구니 사이에 숨기고 들어간 오분을 뿌려 이풍경의
마음을 흔들었다. 두 사람만 없었다면 이풍경은 필시 자신을
덮쳤을 것이다. 추작도가 기다리는 것은 바로 그 순간이었다.
천하없는 장사도 계집에게 빠지면 정신을 차리지 못한다.

그런데 의외의 사태가 발생하고 말았다. 그야말로 날벼락이
라 아니 할 수 없었다.

벌컹!

갑자기 문이 열리더니 한 명의 중년 여인이 두 명의 시녀를
대동하고 들어섰다. 중년 여인의 얼굴에는 살얼음이 끼었다.
추작도는 한눈에 이풍경의 부인이라는 것을 알아보았다. 추작
도의 짐작대로 중년 여인은 이풍경의 부인 종리령이었다.

"으음!"

추작도는 고통스런 신음을 일부러 흘리며 자리에서 일어났
다.

"네년이더냐?"

쫙!

대꾸할 틈도, 질문의 요지도 파악하기 전에 손이 날아왔다.

“마, 마님!”

“요망한 년! 어디서!”

쫙!

연거푸 뺨을 때린 종씨가 말했다.

“당장 이년을 끌어내거라! 아니, 쫓아버리거라!”

“네, 마님!”

두 시비가 끌어내려 하자 추작도가 물었다.

“왜 이러시옵니까. 소녀에게 무슨 잘못이······.”

“이년이 아직도!”

그러면서 종씨가 뱉은 말은 충격적이었다. 이풍경이 자신 때문에 잠을 이루지 못한다는 것이다. 잠을 자려고 해도 탐스 런 가슴과 허연 허벅지가 정신을 쏙 빼놓는다는 것이었다. 물 론 그 사실은 하도 이풍경이 잠을 이루지 못하고 뒤척거리자 시녀가 슬며시 물었고, 이풍경은 전혀 경계하는 빛 없이 고통 스런 얼굴로 마음에 있는 말을 하고 만 것이다.

그 얘길 들은 종씨가 가만있을 리 만무.

질투의 화신으로, 어떤 여인도 이풍경에게 달라붙지 못하도 록 하는 것이 그녀의 역할이자 삶의 목표였다.

“나, 나가겠습니다. 그러나 오늘밤만······. 지금은 도저히 걸을 수가 없어서.”

“끌어내거라.”

"소녀는 걷지 못합니다. 오늘 하룻밤만 지나면 지팡이를 짚고서라도 걸을 것 같사오니 부디 자비를……."

"싫다면 내가 끌어내겠다."

"마님!"

달려드는 종씨를 시비가 부른다. 그리고 귓가에 뭐라고 속삭인다.

종씨의 표정이 굳어졌다. 시녀의 말을 듣고 보니 틀린 얘기가 아니었다.

사람을 다치게 해놓고 강제로 낫지도 않는 여인을 집 밖으로 내쳤다는 소문이 퍼지면 그야말로 여태껏 고생해서 이만큼 살려놓은 것이 헛수고가 될 뿐 아니라 남편의 앞길에 치명상이 된다.

"좋다. 이년, 내일 진시까지 본가를 떠나거라. 그때도 떠나지 않으면 마차에 태워 네년 집으로 보낼 것이다."

그러면서 마침 이씨 가문에 식객으로 머무르고 있는 강호의 명사 몇 명을 부를 셈이다. 자신들이 최선을 다했음을 두 눈으로 확인시켜 줄 것이다.

"너희 둘은 나가고 오늘밤 이년은 너희가 지켜라."

종씨는 문밖을 지키고 있는 두 무사를 쫓고 그 자리에 데리고 왔던 시녀 둘을 세웠다. 두 무사는 이풍경의 부하이니 믿을 수가 없었다.

그제야 안심이 된다는 듯 문을 노려보고 그녀는 떠났다.

예상치 못한 장애물이었다. 여인의 질투는 세상의 그 어떤 것보다 단호하고 매섭다. 엄한 명령을 받은 탓에 두 여인은 수시로 문을 열어 확인을 했다.

"잠깐!"

자시가 조금 못 되었을 때 문이 열리자 추작도가 시녀를 불러 세웠다.

"뭔데?"

"가까이. 드릴 말씀이 있어요."

드릴 말씀이 있다는 말에 두 시녀가 들어선다.

추작도는 침상 밑에서 묵직한 주머니 한 개를 꺼내 내밀었다. 옷이 벗겨지기 전에 숨겨 놓았던 것이다.

"뭐냐?"

"받으세요. 나쁜 건 아니니까."

두 여인은 주춤거리며 주머니를 받아 내용물을 확인하고는 소스라쳤다.

"칠채보주!"

일곱 색깔의 광채를 내는 용의 눈알로 불리는 구슬.

한 개가 금화 열 냥의 가치를 하는데 무려 다섯 개가 들어 있다.

"음!"

꿀꺽!

너무 큰 거액인 탓에 두 시녀가 침을 삼키고 긴장을 한다.

"부탁이 있어요. 아주 간단해요."

“마, 말해보거라.”

“드, 들어보자.”

벌써 달라진다. 아무리 칼의 세상이지만 돈이면 안 되는 것이 없었다.

여기서 시비들이 한 가지 쉽게 간과해 버린 사실이 있었다. 약초를 캐며 사는 여인의 품에서 칠채보주가 나왔다는 사실을 조금만 깊이 생각했다면 오늘밤 사건이 달라졌을 것이다. 칠채보주는 위급 시 사용하라는 금전이었다. 상부에서 말하는 위급 시라는 것은 나물이나 캐며 사는 여인의 품속에서 나와서는 안 되는 상황, 은밀히 매수하고 회유해도 상대가 이쪽의 정체를 의심하지 않을 수 있는 상황을 가리킨다.

냉철한 추작도이지만 다급하다 보니 어쩔 수가 없었다.

“소녀의 잘못입니다. 더구나 소녀를 살리기 위해 귀하다는 자명단까지 복용시켰다는 것을 압니다. 내일 아침 집으로 떠날 것입니다. 하지만 이대로 떠나기에는 너무 송구하옵니다.”

“그래서?”

“가주님을 뵙고 작별 인사를 드릴까 하옵니다.”

“지, 지금 말이냐?”

두 시녀의 얼굴에 놀란 표정이 떠올랐다.

한밤중에 작별 인사를 하겠다는 것은 뻔했다. 자신의 몸을 미안함으로 주겠다는 노골적인 의도.

“문방사우 좀 준비해 주시겠어요?”

두 시비가 서로의 얼굴을 보았다. 그러다 칠채보주가 담긴 주머니를 보더니 미련없이 움직였다.

　한 시비가 나가더니 잠시 후 문방사우를 가져왔다.

　추작도는 침상 위에 종이를 펼쳐 놓고 붓을 놀리기 시작했다.

　소녀 위정이옵니다. 내일 아침이면 떠나옵니다. 남의 땅에 들어간 것도 백 번 죽어 마땅한 일이온데 이렇게 치료까지 하여 살려주신 은혜를 어이 갚으리이까. 마지막으로 떠나기 전 가주님을 뵙고 싶나이다. 부디 소녀의 청을 거절치 말아주소서.

　빠르게 쓴 다음 접어 봉인하고 시비에게 내밀었다.

　"이것만 전해주세요."

　"그, 그럼 우리에게 이 칠채보주를 준단 말이냐?"

　"물론입니다."

　시비들은 갈등했다.

　주머니 속에 든 칠채보주와 주인 종씨 사이에서 어느 쪽으로 의리와 충성을 더 해야 하는지 무려 이각 가까이 방황을 하더니 끝내 고개를 끄덕였다.

　꿀꺽!

　꼬올까악!

　침 넘어가는 소리가 방 안을 메웠다.

　"내가 갔다올 테니까 언니는 여기 있어."

　두 시비 중 나이가 어린 녹월이 말했다.

그러자 두 살이 많은 청월이 염려스런 표정으로 묻는다.

“괜찮겠니?”

“금방 갔다올 테니까 있어.”

칠채보주로 인해 추작도에 대한 경계심은 완전히 사라졌다.

여인이 나가고 곧바로 추작도가 침상에서 손짓을 한다.

“언니, 지금 기분 어때? 나쁘진 않죠?”

“나쁘다니, 내가 나쁠 일이 뭐 있어. 오히려 너에게 고마워해야 할 일이지.”

“다행이네요. 날 미워하지 않는다니까.”

촤악!

말이 끝나기가 무섭게 추작도의 소매 자락 안에서 백광이 터져 나왔다.

청월은 위기를 느끼고 피하려 했지만 늦었다.

팍!

청월의 목젖 깊숙이 박힌 한 자루 비수.

비상시에 사용하기 위해 지니고 다니는 칼이다.

“네, 네년이.”

“내가 남자라는 걸 알면 더 놀라겠군.”

쿵!

목에 비수를 꽂은 채 청월이 주저앉았다.

추작도는 베개를 들고 침상 밑으로 내려가 목젖에 박힌 비수를 뽑으며 잽싸게 베개로 막았다. 동맥이 끊어졌기 때문에 피가 거칠게 뿜어 나오는 것을 막으려는 수법이었다. 잠시 후 몇 번 숨을 쉬던 청월의 몸은 잠잠해졌다.

품에서 약병 한 개를 꺼내 시신에 흰 가루를 뿌렸다.

그러자 놀라운 일이 벌어졌다. 옷은 물론이려니와 청월의 몸이 순식간에 녹아들고 있었다. 반 각도 되지 않아 청월은 사라지고 아무것도 남지 않은 실내.

베개까지 완전히 녹인 추작도는 다시 침상 위로 올라갔다.

이각쯤 지났을까. 바깥으로부터 발자국 소리가 들리더니 문이 열리고 녹월이 들어섰다.

추작도는 다시 몸을 일으켜 세웠다.

"전달했어요?"

"일직대장에게 주었으니 전달할 거야. 그런데 언니는 어디 갔지?"

"응, 잠깐 볼일 보러 갔어요. 언니, 한 가지 더 수고 좀 해줘야겠어요."

"뭔데? 말해봐."

쉭!

손이 뻗어지고 한 가닥 지풍이 날아왔다.

파팍!

마혈과 아혈이 동시에 제압되었다.

추작도는 눈만 휘둥그레 뜬 녹월을 향해 다가갔다. 그리고 자신이 쓰고 있던 인피면구를 벗어 녹월에게 씌웠다. 이윽고 약병을 꺼내 이음새와 몇 군데를 칠하고 다듬었는데 순식간에 녹월의 얼굴이 추작도로 변했다. 이어 녹월의 옷을 벗겨 자신이 걸쳐 입었다. 아직은 여인의 몸이기 때문인지 잘 맞는다. 나신으로 변한 녹월의 몸을 침상 위에 올려놓고 추작도는 잠시 생각에 잠겼다.

광약조가 세운 원래의 계획은 양환단으로 여인이 된 추작도가 사냥감으로 부상을 입어 이씨 가문으로 들어간다. 오분의 향기까지 동원해 이풍경의 욕망을 자극하여 잠자리를 시도한 뒤 그때 암살을 시도한다는 것이었다.

그런데 종씨의 등장으로 합방은커녕 당장 쫓겨나게 생겼다. 모든 것이 물거품이 되어버릴 위기.

그때 낮에 이씨 가문에 심어진 세작으로부터 첩지가 날아왔다.

종씨로 인해 호랑이, 곧 이풍경의 방으로 들어갈 수 없게 되었으니 유일한 방법은 이풍경을 굴 밖, 즉 추작도가 누워 있는 병실로 끌어내라는 것이었다. 하지만 워낙 머리가 뛰어난 이풍경인만큼 어지간한 고단수로는 나오지 않을 것이다. 그럴 바에는 차라리 이쪽에서 상당한 냄새, 자객이라는 것을 풍겨버리라는 것이었다.

그래서 시도한 것이 봉서(封書)였다. 다른 사람은 몰라도 이풍경에게만큼은 은혜를 갚으려는 한 여인의 행동이라기보다는 노골적으로 뭔가 음습한 내막이 있다는 것을 직감적으로 느끼게 해줄 내용이었다. 강한 호기심과 의심을 품고 이풍경은 올 것이라는 게 세작의 의견이었다. 지난 며칠 동안 보았던 추작도의 탐욕스런 몸도 그를 이곳으로 이끄는 데 한몫 단단히 할 것이라고 덧붙였고.

"정말 미안하구나."

녹월의 알몸을 덮어주고 눈까지 감겨준 후 추작도는 문밖에서 보초를 섰다.

일각쯤 흘렀을까. 예상대로 시위무사 한 명 없이 이풍경이 나타났다.

추작도는 깍듯하게 허리를 구부려 예를 취했다.

딸칵!

이풍경은 안으로 들어갔다.

으스름한 어둠 속에 한 여인의 머리카락이 이불 사이로 삐져 나와 있었다.

'흐흐흐!'

이풍경은 속으로 괴소를 흘렸다.

문소리를 들었을 텐데도 꼼짝도 않는 것은 일부러 자는 척하려는 것이다.

어쨌든 좋다. 오라고 했으니 왔다. 물론 오라는 의도가 뭔지 뻔히 보이지만.

어쩌면 그래서 더 가슴이 떨릴지도 모른다. 색을 이용한 암살이야말로 전문 자객들의 솜씨이자 수법이다. 아무리 뛰어난 자객이라도 정체가 드러나면 그 위력이란 보잘것없다. 하물며 천하의 나 이풍경인데 하며, 그가 이불을 슬며시 걷었다.

흠칫!

알몸이다. 이렇게 되면 예상보다 훨씬 강수로 나가고 있다.

주는 몸 피하지 않고 오는 몸 튕기지 않는다고 했다.

'계집!'

그는 끝까지 어떻게 나가는지 지켜볼 셈이었다.

홀라당!

아랫도리만 벗고 녹월의 배 위로 올라갔다.

몸이 얼음이다. 순간적으로 흠칫하면서 더욱 자객이라는 것을 확신했다. 자객들은 어떤 상황과 위치에서도 몸이 뜨거워지지 않는다.

이풍경의 얼굴은 웃고 있었지만 두 눈은 차갑기 이를 데 없었다. 여인은 고통스러운 듯 입을 벌렸지만 비명은 흘리지 않는다. 입만 벌린 것에서 그는 더욱 자객임을 확신했다.

그렇다면 자신의 오늘 밤 행동은 완전하게 정당화된다. 여인이 원하기도 했지만 자신을 죽이기 위해 유혹한 것이므로.

더구나 증거품으로 서찰까지 갖고 있으니 이제 마음 놓고 즐길 수 있게 되었다. 폐경이혈로 온몸의 혈도를 옮겼고 언제든지 공격을 막을 만반의 준비를 하고 본격적으로 하반신을 움직이기 시작했다.

"누구냐? 어디서 왔느냐?"

여인은 여전히 고통스런 표정을 지었다.

"말 안 해? 좋다, 이년!"

부들부들!

갑자기 녹월이 아랫도리를 떨었다.

얼굴 또한 시퍼렇게 변해갔다.

이풍경은 지금 한 가지 비술을 시전하고 있었다.

양음근풍(陽陰筋風).

사내의 상징이 여인의 몸속으로 들어가 풍선처럼 커져 버리는 방문좌도의 비술.

사내의 상징이 걷잡을 수 없이 커짐으로 인해 여인은 고통에 몸부림칠 뿐 아니라 몸도 빼내거나 움직이지 못한다. 양음근풍을 다른 이름으로 백팔근풍공이라고도 부른다. 백팔 일 동안 금종조나 철포삼을 익히듯 강한 몽둥이나 쇠방망이 따위로 때리는데 그 고통은 상상을 초월한다. 워낙 힘들고 고통스러워 대부분 시작할 때의 자신감과는 다르게 사흘을 넘기지 못하고 포기한다.

"말해라. 너 따위가 날 속일 수 있으리라고 생각했느냐?"

하나 여인은 아무 말도 하지 않았다.

"흐흐흐! 너 따위가, 네년을 오늘밤 죽여 버리겠다."

양음근풍에 여인은 고통스럽지만 남자는 보통 때보다 열 배, 스무 배 이상의 쾌감을 얻는다.

쉭!

점점 달아오르며 완전히 쾌감에 함몰되어 가고 있을 때 어둠 속으로 흰 빛이 느껴진다.

꿈에도 생각하지 못한 일.

꿈에서조차 단 한 푼도 생각하지 못했기에 방비는 더욱 하지 않았다.

칼이라고 여겼을 때는 늦었다.

그러나 이풍경은 소림의 속가제자였다. 준비를 하지 않았다
고 하여 일반인처럼 그대로 찔려 죽을 수는 없었다.

탁!

자신도 모르게 찔러 들어오는 칼을 손으로 잡아버렸다. 위
험하기도 하고 가장 금기시해야 할 동작이었지만 행한 것은
상대가 여인이라는 것 때문이었다.

상대는 문밖을 지키고 있던 녹월.

자신의 내공이라면 녹월의 칼이 아무리 빠르고 힘이 넘친다
고 해도 어느 정도 방어가 가능하리라고 믿었다.

싹둑!

놀랍게도 녹월의 칼은 가공할 힘이 담겨져 있었다. 쇠몽둥
이가 밀고 들어온 듯했고, 내공을 극도로 주입한 손바닥에 뼈
가 보이고 살점이 너덜거렸다.

"끄윽!"

이풍경은 비명을 질렀다. 너덜거리는 오른손을 접고 왼손을
뻗는다. 베이고 왼손으로 반격하는 동작이 한순간이다.

―과연!

추작도는 감탄을 금치 못했다. 이 상황이면 대부분 주저앉
는다. 너무도 예상 못한 완벽한 뒤통수이기 때문에 거의가 절
망하여 신속한 반격은 꿈도 꾸지 못하는데 이풍경은 달랐다.

"녹월이 아니구나."

콰앙!

두 사람의 칼과 장이 부딪쳤다.

와장창!

왼손의 장력인데도 칼이 밀릴 만큼 대단했고, 반탄강기에 방 안의 집기가 산산조각이 났다. 시끄러워지면 사람이 몰려오고 위험해진다.

"갈!"

냉소가 가득한 사자후.

오른손이 너덜거리지만 이풍경의 표정 어디에도 서두르거나 두려워하는 기색은 발견되지 않는다. 역시 상대가 여인이라는 것에서 오는 자신감이리라.

슈욱!

이풍경이 떠올랐다. 허공으로 떠오른 이풍경을 향해 추작도의 칼이 따라 올랐다.

"꺼져!"

위에 뜬 이풍경의 양손이 밑으로 찍어 누르듯 장력을 쏟아내었다.

수미금강장!

소림의 삼대장법 중 하나.

빠— 파앙!

같은 힘이라도 위에서 떨어지면 그 위력은 평지나 아래서 쳐 올릴 때보다 강해진다.

추작도의 칼이 퉁겨 밀린다.

"감히!"
분노의 일성. 잡히면 절대 가만있을 이풍경이 아니다.
기어이 입을 열게 만들어 배후 황보세가를 알아낼 것이고,
강호에서 지워 버릴 것이다.

第二章
암살

검명도살

　추작도는 싸움의 승패를 내려면 최소한 삼십 초 이상을 예상했다. 삼십 초면 너무 길다. 다행히 활의당이기 때문에 무사들이 없다. 그러나 고요한 밤 어디선가 쾅쾅 소리가 나면 몰려들기 시작할 것이다.

　"이풍경의 재능은 무공보다는 머리에 있다. 그렇다고 무공을 보잘것없다고 폄훼했다가는 죽는 지름길이니라. 어떤 상황에 닥치면 우리처럼 힘으로 해결하는 버릇보다는 머리가 앞서는 본능을 지녔기 때문이다. 일류일 것이라고만 생각할 뿐 유감스럽게도 정확한 무위는 알지 못한다. 그가 무공을 펼친 것을 봤어야 어느 정도 된다거나 비교를 할 수가 있는데."

이풍경에 대한 단우태의 평이었다.

멈칫!

바로 그때 입구에 절광이 나타났다.

추작도의 안색이 굳어졌다. 반면 이풍경의 얼굴은 희색이 가득했다.

"왔구나. 어서 이년을 잡아라. 기어이 사로잡아야 한다."

[뭣 하는 거요. 서두릅시다.]

귓전을 파고드는 전음.

양쪽 모두를 공격하려고 마음먹고 있던 추작도의 눈에 기광이 나타났다.

—절광이 세작!

절광이 투덜거리며 이풍경에게 달려들었다.

망설임없는 검.

"너, 너, 너!"

믿어지지 않는다는 듯 이풍경은 당황했다.

슈욱!

때를 같이하여 추작도의 칼이 파고들었다.

"하… 하합!"

"나, 남자!"

강력한 기합에 변성된 목소리가 굵어졌다.

부르르!

이풍경의 온몸이 떨렸다.

힘에서 밀리고 있다는 뜻인데 표정까지 굳어졌다.

쾅!

콰가가가!

전광석화와 같은 격전.

순식간에 십 초가 지났다.

―말도 안 돼!

절광의 눈이 커졌다.

곁에서 모신 지 오 년이 넘었지만 이토록 강할 줄 몰랐다.

퍼억!

끝내 버티지 못하고 손이 튕겨 나가면서 추작도의 칼이 이풍경의 가슴팍을 정면으로 파고들었다.

"커억!"

쉬잉!

절광의 검 또한 숨통을 마저 끊겠다는 듯 파고든다.

얼떨결에 너덜거리는 오른손으로 막았다.

싹뚝!

너덜거리는 손이 두 조각으로 쪼개졌다.

슈슈슉!

숨 쉴 틈을 주지 않는다.

일 초 같은데 연속 세 번을 찔러대는 추작도의 칼.

"처, 천하에 이런 찌름이 있다니……."

장력에 구멍이 숭숭 벌집처럼 뚫렸다. 도저히 찔러오는 도기를 막을 수가 없었다. 그러나 이풍경은 금방 무너질 듯하면서도 버텼다.

뻐어억!

급한 쪽은 추작도였다.

이풍경의 수미금강장 제오초 금강대력을 맞으면서도 절광의 검이 멈추지 않는다.

푹!

절광의 검이 이풍경의 아랫배에 박혔다.

"크억!"

치고받은 것이었다.

푸푸푹!

그 틈을 놓치지 않고 추작도의 칼이 이풍경의 가슴에 품 자형의 구멍을 만들어 버렸다.

"누, 누구? 정체를 밝혀라."

이풍경은 벽에 등을 기대고 더듬거렸는데 입안이 피로 범벅이 되어 있었다.

추작도는 숨기지 않기로 했다.

"추작도!"

"추작도?"

아무리 생각해 봐도 모르는 이름이다.

"어디서 왔느냐?"

추작도는 말했다.

"그건 말할 수 없소. 당신이 시체가 되어도."

이풍경의 눈이 빛난다.

그러면서 죽어가는 데도 부러움이 아랫배에서 솟구쳤다.

누가 저런 부하를 거느리고 있을까. 적어도 이쯤 되면 자신의 죽음을 확신하기 때문에 정체를 말해준다. 그러나 추작도는 시체가 될지라도 말해주지 않겠다고 했다. 그것은 의지였다. 절대 비밀을 누설하지 않겠다는 상관에 대한 충성심.

"안녕히 가십시오. 삼십 년 전쟁 영웅님!"

피가 흘러내리는 칼을 들어 있는 힘껏 심장을 찔렀다.

푸욱!

"흑!"

움찔 몸을 떤다.

혹시 만약을 대비해 꽂힌 칼을 한 바퀴 돌렸다.

그그극!

심장이 완전히 박살 나는 소리다.

촤악!

칼을 뽑자 엄청난 피가 얼굴로 덮쳤다.

고스란히 피 벼락을 맞고 돌아섰다.

"학… 하학!"

구석에 등을 기대고 앉은 절광이 숨을 거칠게 쉬고 있는데 내장이 일부 흘러나왔고 입에서 핏덩이를 꾸역꾸역 쏟아냈다.

한눈에 봐도 생존하기는 틀렸다.

“뭐, 뭐하느냐. 어서 날 죽여라. 나, 날 살려주면 모든 것이 물거품.”

어떤 식으로 고문을 해서라도 배후를 밝히고 자신은 입을 열고 말 것이라는 얘기다.

저벅저벅!

추작도는 바닥에 흥건한 피를 밟으며 다가갔다.

쭈그려 앉은 절광을 내려다본다.

“추, 추작도라고 했나? 멋지다. 내가 지금까지 본 홍원의 무사 중 최고다.”

“말을 너무 함부로 하는구나.”

“뭐…뭐?”

스윽!

칼을 쳐들던 추작도가 다시 내렸다.

획!

단번에 그를 들쳐업었다.

“뭐, 뭐하는 짓이냐?”

그때 멀리서 외침이 들렸다.

“저쪽이닷!”

“쫓아랏!”

집 밖에 있던 동료들이 뛰어들어 와 자신의 탈출을 돕기 위해 집안을 설치고 다니고 있음이 분명했다.

“자, 자살 행위다. 날 놔두고…….”

“잠자코 있어.”

추작도는 문으로 나가지 않고 창문을 뚫고 나갔다.

잡히면 끝이다. 고문에 장사는 없다. 오죽했으면 절광이 목을 베어달라고 사정하겠는가.

특히 분근착골이라는 악명 높은 고문은 돌부처도 입을 열게 만든다. 그래서 세작들의 임무는 인접자가 실패하거나 위기에 처하면 목숨을 끊어주는 역할을 하는데 오늘은 자신이 끊는 처지가 되고 말았다.

쾅!

창문을 박차고 나가자 이씨 가문은 난리가 나 있었다. 불이 여기저기 붙어 있었고 불을 끄기 위해 ‘불이야!’ 하고 외치는 사람, 침입자를 잡기 위해 몰려가는 무사들로 어수선했다.

삐이익!

추작도는 담장을 넘으면서 힘차게 휘파람을 불었다.

완전히 담장을 넘었으니 흩어지라고 안쪽 동료들에게 보내는 신호이다.

그때 눈앞의 커다란 소나무에서 두 명이 뛰어내렸다.

자신을 기다리는 동료 중 일부였다.

“뭐야? 왜 데려와?”

단우태가 절광을 보며 놀란다.

단우태가 칼을 뽑아 들었다. 적은 미친 듯 추적해 올 텐데 절광으로 인해 흔적을 남기면 끝이었다.

“마, 맞소. 어서 베시오.”

홍운은 위험한 임무를 맡는 대신 최고의 대우를 받는다. 강호를 활동하면서 돈이 필요하면 어느 전장이든 황금 백 냥 이내에서는 마음대로 써도 되도록 황보황이 조치해 놓았다. 그뿐 아니라 녹봉도 일반 무사의 수십 배이다.

"미안하다. 나중에 천하가 본 가에 의해 지배되면 너의 이름은 청사에 빛날 것이다."

단우태가 칼을 들어 올렸다.

추작도가 막아섰다.

"치우시오. 내가 책임질 테니."

"너도 부상이잖아. 너까지 죽일 수 있다."

"그럼 나도 죽이시오."

추작도가 웃는다.

"뭐하시오? 죽이라니까. 하지만 살릴 수 있으면 살립시다. 그게 전쟁이오."

"개소리 집어치워."

다시 칼을 쳐들었다.

"이자를 죽이려거든 나 먼저."

"항명하는 것이냐?"

"맞소. 주제넘게 한마디하자면 황보세가가 진정으로 천하를 지배하려거든 수하의 목숨을 내 목숨처럼 귀히 여기시오. 그렇지 않으면 한낱 꿈으로 끝날 것이오. 사람 목숨 귀한 줄 알라는 얘기요."

"네놈이 지금……."

휙!

휘이익!

그때 안팎으로 흩어졌던 동료들 모두가 모여들었다.

"뭐야!"

"저런 놈을."

하나같이 절광을 보며 분노했다.

왜 데려왔느냐는 것이다.

"이런 어쭙잖은 정 따위가 얼마나 위험한 건지 알아?"

한 사내가 칼을 들어 올리다 말고 멈칫했다.

어느새 턱 밑에 대어진 한 자루 백색의 칼.

아무리 자신이 빠르다고 해도 목젖에 대어진 칼보다 빠를 수는 없었다.

"숨을 쉬고 있으면 난 무조건 데려간다. 그게 나 노독수의 뜻이다."

"조, 조장님!"

사내들이 뭐하냐는 듯 돌아본다.

이대로 내버려 둘 것이냐는 불만 가득한 얼굴들이었다.

"데려간다. 대신 노독수 네가 책임져라."

"걱정 마십시오!"

훌쩍!

절광을 들쳐 업었다.

그리고 등을 돌려 다시 이씨 가문을 향해 돌아선다.

단우태가 소리쳤다.

"너 뭐야?"

"다시 들어가는 거요."

"다시 들어가다니? 어딜?"

"이씨 가문으로 말이오. 이대로 다시 들어가면 절대 잡히지 않을 것이오."

"뭐, 이런 미친놈을 봤나. 호랑이 입속으로 다시 들어가자니."

"등잔 밑이 어둡다고 했소."

모두가 어이없다는 표정을 지었다.

그때 단우태의 눈이 빛났다.

―도망자는 멀리 가려는 본능이 있다. 추적자 또한 그렇게 생각한다. 그러나 잡히지 않으려면 호혈로 돌아가라. 진정한 도망자는 호혈을 잘 이용한다.

고금제일의 자객 집단 매화당의 개파조사 천면인(千面人)의 말이다.

그가 마음먹으면 하늘도 죽인다고 했다. 여기서 말하는 천면인이란 그의 얼굴이 일천 명의 얼굴로 바뀐다는 뜻이다. 앉은 자리에서도 수시로 바뀌어 사람을 놀라게 했다는 천면인.

광약의 복장으로 갈아입으려던 사내들은 이씨 가문 무사 복장 그대로 추작도를 따라 다시 담장을 넘어 들어갔다.

"돌겠네!"

"우리 지금 제대로 하고 있는 거야?"

이씨 가문은 발칵 뒤집혔다. 무사들이 중무장을 하고 삼삼
오오 뛰어다녔고, 일부는 담장을 넘어 추적에 나섰다.
"이제 어찌해야 하느냐? 계속 패거리인 양 뛰어다닐 수는
없지 않겠느냐?"
단우태가 투덜거렸다.
"내 말 잘 들으십시오."
추작도가 속삭이며 말을 이었다.
"나머지는 계속 집 안을 돌아다니고 나와 조장님과 절광은
활의당으로 가시죠."
"활의당?"
"일단 치료부터 해야죠."
화악!
단우태의 눈이 커졌다.
몰래 들어온 것도 간덩이가 붓다 못해 굳을 지경인데 이젠
아예 활의당에 들어앉아 치료까지 받잔다. 부상자는 단우태와
절광과 추작도였는데, 절광이 제일 심했고 두 번째가 추작도,
세 번째가 단우태였다. 어느새 절광의 얼굴에는 인피면구가
씌어져 있었고 추작도의 몸은 이풍경과의 처절한 싸움이 가져
온 체력 소모로 인해 사내로 변해 있었다.

활의당에는 적지 않은 부상자들이 몰려 있었다. 모두가 광

약의 무사들에게 당한 것이다. 북적이는 틈을 비집고 들어가는 추작도를 보며 단우태의 눈이 커졌다.

─저놈!

이런 기분은 처음이었다.

이건 배짱과는 또 다른 성질의 것이었다. 잡히고 잡히지 않고 따위는 아예 생각하지 않는, 오로지 자신의 뜻과 생각만을 고집하고 재촉하는 행동.

이런 행동을 무식이라고 한다. 무엇이 저토록 무식함을 주었을까. 백전노장인 자신도 오금이 저린데.

"어서 오시오."

피가 묻은 의원 두 명이 다가온다.

추작도는 절광과 단우태를 눕히고 자신까지 침상에 누우며 상처 부위와 증상을 말했다.

세 사람에 대한 상처 치료가 시작되었다.

"쯧쯧! 많이도 다쳤구먼, 그래, 어찌 되었소? 흉수들의 얼굴은 보았소이까?"

"꼴도 못 보았소이다. 어찌나 날렵한지."

누워 태평스럽게 대꾸하는 추작도를 보며 단우태는 중얼거렸다.

─졌다!

단우태와 절광은 좌불안석이었다. 그에 반해 추작도는 마치 자기 안방인 양 여유롭고 치료하는 의원들을 상대로 농담까지 주저하지 않는다. 어디 그뿐인가. 방 안에는 여섯 개의 침상이 있었는데, 다른 부상자 세 명에게까지 장난을 치고 음담패설로 그들을 사로잡아 버렸다. 자신도 남자지만 추작도의 입에서 나온 음담패설은 그런 일에 닳지 않고서는 말할 수 없는 생생하고도 연륜이 묻어난다. 왠지 거짓과 허풍이라기보다는 세월의 무게가 깃든 음담패설.

그때 한 무리의 무사들이 들어섰다.

흠칫!

단우태의 눈이 빛난다.

―담오 선사!

맨 선두로 들어서는 장대한 체구의 노승.

대략 육십 후반으로 보이는데, 혈색이 붉고 두 눈에서 횃불이 쏟아져 나오는 듯했다.

사대금강 담 자 항렬 중 상좌.

그의 백보신권은 소림 사상 최고의 것이라 평가되며 불의 앞에서는 절대 손에 사정을 두지 않아 혈오 선사라고도 불린다. 특히 이풍경에 대한 그의 사랑은 끔찍하기로 정평이 나 있었다. 이풍경과는 사형제 간이면서도 혈육처럼 대했다.

"이 방이란 말인가?"

이풍경이 죽은 방을 묻는 것이었다. 환자들로 가득 찬 방이지만 치열한 격전의 흔적이 곳곳에 남아 있었다. 담오 선사 뒤로 십팔 명의 승려들이 따라 들어왔다.

[십팔나한일세.]

추작도가 묻자 단우태는 전음으로 대답해 주었다.

흉수에 대한 정체는 없다. 어떤 흔적도 남기지 않았고, 그래서 더욱 필사적으로 증거를 찾기 위해 혈안이 되어 있었다. 십팔나한은 흩어져 벽과 바닥에 난 여러 흔적에서 흉수에 대한 단서를 찾기에 몰입했다.

그때 이씨 가문의 총관 독고악기가 들어섰다.

"아미타불! 어찌 됐는가?"

담오 선사가 묻는다.

독고악기의 표정이 어두워졌다.

"핏자국을 따라가 보았지만……."

"실패했다는 말인가."

"근처 오십 리를 샅샅이 뒤졌지만 개미 한 마리 찾아내지 못하고 있습니다. 소작농들에게까지도 엄히 일러뒀으니 곧 연락이 올 것입니다."

오십 리 이내에는 여섯 개 마을, 일천여 농민이 이씨 가문의 땅에서 농사를 짓는다. 이씨 가문의 눈 밖에 나서는 절대 농사를 지을 수 없다. 더구나 자신들의 생살여탈권을 쥐고 있는 이풍경을 죽인 놈들이니 수상한 자가 나타나면 앞다투어 신고할 것이다.

"아미타불!"

십팔나한 중 호리호리한 체격의 승려가 불호를 외웠다.

"왜 그러느냐?"

담오 선사가 다가섰다.

십팔나한 중 한 명인 만홍이 말했다.

"보십시오."

그의 손가락은 바닥과 벽을 향했다. 그가 가리키는 벽과 바닥에는 작은 구멍이 나 있었다. 한데 아무도 구멍에서 어떤 의미를 깨닫지 못한 듯 바라만 볼 뿐이었다. 만홍은 자신의 검지를 구멍에 쑤셔 넣었다.

슥!

스스슥!

칠팔 개의 구멍에 손가락을 넣었는데 약속이나 한 듯 맞았다.

흠칫!

그제야 뭔가를 깨달은 듯 담오의 눈이 이채를 띠었다.

"동일인물이구나. 아니, 한 사람이라는 표현이 정확하겠지."

"그렇지는 않습니다. 여기 이 자국을 보면 흉수는 둘입니다. 다만 이 흔적을 남긴 인물이 흉수입니다."

"그럼 검을 쓴 자는 동조자란 말이냐?"

"그렇습니다. 흉수는 두 명이고 칼을 쓴 자가 쉽게 풍경 사숙을 해치우지 못하자 힘을 보탠 것입니다.”

“그, 그럼……?”

“그러하옵니다. 한 명은 안에서 손을 보탰습니다. 즉, 내부
자의 소행이라는 얘기지요.”

“세작이 있었단 말이냐?”

“틀림없습니다.”

총관 독고악기가 외치듯 말했다.

“절광, 그가 안 보입니다.”

“절광 그놈이!”

담오 선사가 이를 갈며 말했다.

담오 곁에 서 있던 절풍이 흠칫했다. 모두의 시선이 절풍에
게 멎는다.

“어어! 왜 속하를……?”

“절광이 어딨느냐?”

“그, 그러고 보니 어젯밤부터 안 보이는데요.”

인피면구를 쓰고 누워 치료를 받던 절광은 가슴이 철렁했
다. 그러면서 흘긋 아무도 모르게 추작도를 바라보다 말고 소
스라쳤다.

드렁! 드러러렁!

추작도는 잠을 자고 있었다.

—이 와중에!

자신의 심장은 튀어나올 듯 콩닥거리는데 늘어지게 자고 있다.

일부 무사들이 절광을 찾기 위해 흩어졌지만 모두가 빈손으로 돌아왔고, 세작의 정체가 발견되었다.

담오 선사가 한숨처럼 말했다.

"아미타불! 오른팔이 세작이라면 하늘이라도 살아날 수 없지."

담오 선사는 누워 있는 환자들을 둘러보았다. 그러다 코를 골며 자고 있는 추작도를 향해 다가갔다.

추작도는 가장 많은 상처를 입었다.

"쯧쯧! 그래, 푹 자거라. 주인을 지키느라 얼마나 고생했느냐?"

담오 선사는 환자들을 한번 훑어본 후 방을 나갔다.

모두가 방을 나가자 그제야 단우태와 절광은 한숨을 내쉬고는 여전히 곯아떨어진 추작도를 노려보았다.

닷새가 지났다. 끝내 흉수에 대한 머리카락 한 올의 단서도 잡지 못한 채 가주 이풍경만의 죽음으로 모든 것은 끝났다. 소림은 물론 구파일방 중 무당과 화산에서까지 사람들을 보내 조사를 협조했지만 티끌만 한 증거도 잡아내지 못했다. 사건은 미궁 속으로 빠진 가운데 일단의 사람들이 정문 위사들의 배웅을 받으며 이씨 가문을 빠져나가고 있었다.

"추우웅!"

모두 일곱 명.

선두에 선 오십가량의 구레나룻의 사내가 고개를 끄덕인다.

화월(火月)이다. 화월은 이풍경을 지키는 호위대.

반드시 흉수를 잡아야 한다는 담오 선사의 명령에 중원으로 출도하는 것이다.

그러나 오늘 아침 화월의 무사들은 쥐도 새도 모르게 제압당해 한 줌 물로 사라졌고, 새로운 일곱이 그들로 변장하여 이렇게 큰 예까지 받으며 나가고 있었다.

출발할 때 그 인원 그대로 한 명의 부상자나 낙오자, 죽은 이 없이 정문을 통해 나가고 있었다. 정문을 완전히 빠져나온 일행은 조그만 언덕 위로 올라섰다.

바로 그 순간이었다.

"너 일루 와."

"개자식!"

다섯 명의 동료들이 일제히 추작도를 향해 달려들었다. 진짜로 흥분하고 분노한 듯 검까지 빼 든 이도 있었다.

"너 때문에 죽을 뻔했어!"

"네놈을 가만두면 내가 동씨가 아니라 똥씨다."

"그만둬!"

단우태가 버럭 소릴 질렀다.

일제히 동작을 멈추고 돌아보았다.

"조장님, 몰라서 이러십니까. 이놈 때문에 하마터면 우린 모두 생모가지 날아갈 뻔했다고요. 그냥 그 길로 도망쳤다면 담

오는 물론 십팔나한도 만나지 않았단 말입니다. 난 십팔나한
이 들어서는 순간 이제 죽었구나 했습니다."

"나도 눈앞이 노랗더라고."

"흑흑! 얼마나 놀랐으면, 젠장, 눈물이 나오잖아."

한 사내는 울기까지 했다.

"목숨이 두 개면 나, 이렇게까지 네놈 미워하지 않아. 목숨
은 하나야. 그래서 잘 챙겨야 하는 거라고. 한데 네놈 때문에
하마터면……."

"그만하라니까!"

검을 쳐드는 사내를 향해 단우태가 소리쳤다.

모두가 불만 가득한 눈으로 물러섰다.

그러나 추작도를 바라보는 눈은 이글거렸다.

"어쨌든 노독수 때문에 우린 살았다."

"뭐요? 그 길로 도망쳤으면 아무런 이상 없었습니다."

동양삼이 소리쳤다.

단우태가 말했다.

"소림이 왔다. 백팔나한이 오십 리 이내를 샅샅이 포진한 채
수색했다. 과연 여기서 백팔나한의 눈을 피해 달아날 자신 있
는 자 손 들라."

"배, 백팔나한까지?"

"오늘 아침 십팔나한이 주고받는 얘길 들었다. 이풍경이 죽
었다는 말에 소림은 마침 이씨 가문에서 얼마 떨어지지 않는
곳에서 작전 중이던 백팔나한을 급파하여 외곽을 차단했다고

한다. 만약 그 길로 도주했다면 우리 모두 사로잡혔거나 죽었
다. 이래도 노독수의 행동을 원망하고 놈을 죽이려 하려나?”

"지, 진짭니까? 백팔나한, 그들까지 왔단 말입니까?”

아무리 홍운이 강하고 그중 광약이 가장 세다고 해도 백팔
나한과는 비교할 수가 없었다.

백팔나한은 백팔나한이다. 그제야 모두의 얼굴이 굳어졌고,
시간이 흐르면서 추작도를 바라보는 눈빛들이 부드러워졌다.
그리고 좀 더 시간이 흐르자 말까지 건넸다.

"너 정말 어떻게 그런 무모한 생각을 할 수가 있었느냐? 난
죽었다 깨어나도 못해.”

"나도!”

추작도는 침묵했다.

이럴 때는 그냥 조용히 있는 것이 최선이다.

일행은 안전한 거리로 벗어나 가까운 객점을 찾아들어 갔
다. 태룡이라는 작은 도시였는데, 일(암살)이 끝나고 마시는 한
잔의 술은 그야말로 술술 넘어간다. 그건 술이라기보다는 꿀
이라고 해도 좋았다.

일이 성공리에 끝나든 실패로 끝나든 항상 단우태는 부하들
을 데리고 술을 마신다. 부하를 잃으면 슬픔의 잔을 나누고 상
대를 죽이면 성공의 잔을 나눴다. 그러나 이번처럼 완벽하고,
특히 지금까지 한 번도 겪어보지 못한 짜릿함은 순식간에 부
하들을 취기로 몰아넣어 버렸다. 아무리 고도로 훈련된 홍운

의 무사들이지만 술이 들어가자 말이 많아졌다.

더구나 이번 표적은 지금까지 작업한, 사상 최고의 인물이었기에 더욱 감동적이며 가슴 짜릿했다.

"받아!"

단우태를 비롯한 수많은 동료들이 돌아가며 술을 건넨다. 추작도는 술을 마시지 않는다. 실력도 어설픈데 술까지 즐기면 죽는 길밖에 없기 때문이다. 물론 지금은 내공 일백 년을 목전에 둔 고수로 성장했지만 그의 마음은 예전과 하나도 다르지 않았다.

초심(初心).

—처음처럼 살면 망하지 않는다.

당대 제일의 거상 임상곡이 한 말이다.

—처음 검을 잡았을 때의 마음으로 상대를 대하라.

자신보다 더 늦은 나이인 칠십에 검을 잡고 천하제일도객이란 위대한 반열에 오른 만도가 한 말이다.

"송구합니다. 한 번만 용서해 주십시오. 저는 정말 술을 못합니다."

"그래도 이 사람아, 오늘이 어떤 날인가?"

보다 못해 옆의 동료들이 그러는 것 아니라고 눈을 흘긴다.

그러나 추작도는 물러서지 않았다.

주정진화(酒精眞火)라는 것이 있다. 술을 마시되 손끝이나 사지 끝 어느 한 곳으로 취기를 몰아 내공으로 태워 버리는 절기이다. 그건 기예이기 때문에 초식처럼 배우지 않으면 시전하지 못한다. 추작도는 틈나는 대로 주정진화를 펼칠 줄 아는 사람을 만나 배우리라고 다짐하며 완곡히 거절했다.

계속되는 협박도 타이름도 먹히지 않자 곧 동료들이 포기했다.

반면 다른 사람들에게는 부지런히 술을 따르면서 분위기를 잡아 기분을 올렸다.

바로 그때였다. 일행이 한참 신나게 떠들며 마시고 있을 때 한소리 외침이 좌중을 갈랐다.

"추운도수면 추운도수지 감히!"

획!

누구보다도 빨리 고개를 돌린 추작도.

술이 취하면 모든 것이 늦다.

그렇다고 일반인처럼 늦다는 건 아니다. 단지 고수들 사이에서 늦다는 얘기이다.

추작도가 고개를 돌리고 반 호흡 정도 지나고서야 한 명 두명 고개를 돌렸다. 극철을 죽인 인물이라는 것까지는 알고 있지만 이 자리에 있는 광약의 조원 중 자신이 추운도수의 애제자로서 그의 소개를 받아 황보세가에 들어왔다는 것을 아는이는 없지만 갑자기 추운도수란 말이 등장하자 신경이 곤두

섰다.

한 인물이 칼자루를 쥔 채 앉아 홀로 술을 마시는 중년인을 향해 냉소를 터뜨렸다.

추작도의 눈이 바빠졌다.

그 또한 말로만 들었을 뿐 단 한 번도 추운도수라는 인물을 만나본 적은 없다.

육십 전후로 보이는 적당한 체격의 흑의노인.

눈썹이 실낱처럼 가늘어 눈매가 매우 날카로워 보였고, 약간 창백한 얼굴은 잔정이 없음을 말해주고 있었다.

"뭐하느냐. 칼을 뽑아라. 도대체 추운도수의 칼이 어떠하기에 천하가 그토록 경외하는지 보겠다. 다른 사람은 몰라도 우리 당문은 절대 추운도수 당신 따위의 칼을 두려워하지 않는다."

당문이란 말에 또다시 놀라는 동료들이었다.

당문(唐門), 또는 당도지문(唐刀之門)이라고도 부르는 영원한 칼의 본가.

근자에 황보세가의 신도(新刀)에 밀리긴 하지만 역사와 경륜 어느 것을 따져도 칼의 본가임은 누구도 부인하지 않는다. 특히 그들의 절기 오호단문도법은 육중하고 파괴적인 칼로 완성에 이르면 태산을 벤다고 했다.

주르륵!

혼자서 술을 마시는 추운도수가 잔에 술을 가득 채우고 술병을 놓는다.

"젊은이, 칼을 함부로 뽑는 것이 아닐세. 혹여 내가 실수를 했다면 사과하겠네. 미안하네."

당문의 무사인 삼십가량의 사내는 추운도수가 사과를 하자 더욱 기고만장했다.

"우핫핫핫! 형님들, 들었소이까? 천하의 추운도수가 내게 잘못을 시인했소. 마치 불 맞은 멧돼지 새끼처럼 싹싹 비오이다."

"봐줘라."

"그러거라. 상대가 사과를 하면 물러서는 것도 준걸다운 태도이니라."

"안 된다."

일행은 넷이었다.

그런데 가장 늙어 보이는, 그래 봤자 마흔 초반의 사내가 가로막았다.

"저 늙은이는 본 가의 명예를 훼손했다. 이대로 넘길 수 없다. 사과를 하려거든 한쪽 팔을 자르거라."

멈칫!

잔을 들어 올리던 추운도수의 동작이 멈췄다.

사건의 전모는 이러했다.

이층에는 자리가 없었다. 그런데 추운도수가 다섯 명이 앉을 수 있는 자리를 혼자 독차지하고 있었다. 점소이가 다가와 양해를 구했지만 추운도수는 혼자 마시고 싶다면서 거절했다.

먼저 앉은 사람이 주인.

거절하면 천하없어도 안 된다. 해도 너무한다는 섭섭함은 어쩔 수 없지만 주인이 싫다는데 어떡할 것인가. 그러자 대뜸 당문의 사내들이 신분을 밝히며 위협하듯 말했다. 그들도 심사가 뒤틀려 사문을 내세워 위협한 것이었다.

사정을 해도 부족할 판에 겁을 주며 위세를 떨자 추운도수는 분노가 치밀어 더욱 매몰차게 거절을 해버렸다.

ㅡ당문이라고 하면 내가 겁먹을 줄 아는가?

추운도수 입장에서, 아니, 누구라도 화가 나면 충분히 뱉을 수 있는 말이다. 이유야 어쨌든 먼저 시비를 걸었고, 결례를 저지른 쪽은 당문 무사들이 아닌가.

때맞춰 다른 좌석의 손님들이 빠져나가면서 자리가 생겼고, 당문 무사들은 그쪽 자리를 잡았지만 앙금은 쉽게 가라앉지 않고 티격태격하다 끝내 여기까지 온 것이다.

추운도수의 고개가 마흔의 사내에게 돌아갔다.

"좋은 몸이로군. 오호단문도법이 어느 정도 올라서는 그런 몸을 지닐 수가 없지. 생김새가 모두 비슷한 것이 일태사동도(一胎四同刀)의 수장 일동도 감안상 아니시오?"

감안상이 웃는다.

"흐흐흐! 썩은 눈은 아니로군. 맞다. 내가 바로 일태사동도의 제일 큰형 일동도 감안상이니라. 어떡할 것이냐. 팔을 자르고 사과하겠느냐, 아니면 우리의 칼에 징계를 받겠느냐?"

일태사동도, 한마디로 일란성 네쌍둥이이다.

제일 맏이가 일동도 감안상, 둘째가 이동도 감안도, 셋째가 삼동도 감안시, 넷째가 사동도 감안육이었다.

잠시 감안상을 바라보던 추운도수가 야릇한 표정을 짓더니 잔을 비웠다.

쭈욱!

잔을 비운 추운도수가 조용히 입을 열었다.

"젊은 친구들이 너무 지나치군. 적당히 하게. 지렁이도 밟으면 꿈틀거리는 법일세. 당문의 칼이 위대하긴 하지만 아무에게나 겁을 주지는 못하네."

"우핫핫! 형님, 들었죠? 지금 또 본 가를 노골적으로 모욕했습니다. 개자식! 더 이상 못 참아!"

감안육이 벼락처럼 칼을 뽑아 내려쳤다.

일도양단.

꽝!

어느새 주루의 손님들은 자리에서 일어나 공간을 만들어주고 있었다. 고래 싸움에 새우 등 터지는 꼴을 면키 위함이자 구경을 하려는 생각들이다. 추작도 일행 또한 장사꾼으로 변장했기 때문에 사람들 속으로 묻혔다.

당문과 추운도수.

칼에 관한 한 내로라하는 문파이고 개인이다. 말로만 들었지 아직 한 번도 당문의 칼을 본 적도 없고 추운도수의 칼은 더욱 본 적이 없다.

꿀꺽!

"음!"

흥분과 긴장이 교차한다.

경쟁 가문이나 인물의 싸움을 본다는 것은 기연에 가깝다.

모두가 눈을 빛내며 싸움판을 주시했다.

이미 감안육의 칼에 의해 추운도수가 앉아 있던 탁자는 박살 나버렸고, 그의 몸은 어느새 오른쪽으로 우뚝 비켜나 서 있었는데 표정이 납덩이였다.

일태사동도 또한 자리를 박차고 일어나 섰다.

사 대 일.

구경꾼들이 수군거렸다.

모두가 승부에 관한 얘기들이었다.

"추운도수가 이기지 않겠어?"

"글쎄, 한 명씩 상대한다면 어렵지 않겠지만 네 명을 베기에는 역부족이라고 보네."

"그래도 추운도수 아냐."

"당문의 칼이 근래 들어 아주 드세졌다는 건 천하가 인정하고 있네."

구경꾼들의 얘기는 팽팽했다.

양쪽 모두에게 오 할의 승률을 주었다. 수적 열세인데도 오 할 승률을 주는 것을 보면 추운도수의 칼이 얼마만큼 강한지 짐작할 수 있는 대목인데 가장 다급한 사람이 또 있었다.

추작도는 연신 침을 삼켰다. 추운도수는 노독수의 사부이다. 즉, 자신은 지금 노독수의 얼굴을 하고 있었다.

정상적이라면 나가야 한다. 나가서 힘을 보태야 하고 사부에게 인사를 드려야 한다. 그러나 추운도수는 백전노장이다. 추작도 또한 백전노장이지만 자신의 제자인지 아닌지 제아무리 완벽한 위장이라고 해도 모르지는 않을 것이라는 게 추작도의 고민이었다.

'으음!'

추작도는 갈등했다.

혹시 예상 밖으로 자신의 변장이 너무 완벽하여 넘어갈 수 있다고도 생각했다. 그러나 이내 고개를 내저었다. 상대는 자신보다 강호의 배분이 훨씬 높을 뿐 아니라 연륜까지도 위에 있는 거목.

그런 인물의 안목이 아무리 변장을 했다고 진위를 구별하지 못할까.

그사이에 양측은 마침내 싸움이 붙었다.

예상대로 팽팽하다.

어느 쪽도 밀리지 않는다. 밀리는 것이 수치라도 되는 양 양쪽 모두 치열한 공격 일변도의 칼이었다. 사람들은 더욱 뒤로 물러났고, 탁자와 기물들은 산산조각이 났다. 모두가 싸움에 흥미를 담고 보는데 추작도 말고 또 한 명의 안절부절못하는 눈초리가 있었는데 바로 주인이었다.

점소이 생활 삼십 년 동안 안 먹고 안 쓰고 안 입으며 모아차린 주루인데 이렇게 강호인들 싸움으로 초토화가 되고 있으니 초상집과 다를 바 없었다. 어떤 강호인들은 보상을 해주기도 하지만 대부분 인상 한번 쓰고 떠난다.

'아미타불! 제발!'

주인은 두 손을 모으고 기도를 하기 시작했다. 홀로 외롭게 칼을 휘두르는 추운도수가 네 놈을 무찌를 수 있도록 해달라고 열심히 빌었다.

추운도수의 인품이라면 보상을 해줄지 모른다고 생각했기 때문이다.

꽈앙!

카카카캉!

벼락이 쳤고, 대낮인데도 주루 안은 불꽃으로 화려하게 피어났다.

단우태를 비롯한 추작도 일행은 진지했다. 양쪽의 초식과 동작, 발걸음 하나라도 놓치지 않겠다는 듯 숨을 죽였다.

"아!"

"저런!"

"역시!"

연이어 끊이지 않는 감탄이 흘러나왔다.

그만큼 양쪽의 칼은 위력적이며 완벽했다. 특히 추운도수의 칼은 바람이며 물결이었다. 성난 파도가 되었다가 어느새 부드러운 물결로 바뀌어 힘의 칼 당문의 오호단문도법을 압박했다. 더구나 네 명을 상대로 하는데도 당황한다거나 흔들리지 않고 침착하고 소름 끼칠 만큼 냉정했다.

"놀랍군요!"

동양삼이 감탄을 터뜨렸다.

뭐가 놀랍느냐는 듯 단우태가 돌아보았다.

"추운도수의 칼 말입니다. 과연 냉철합니다."

그러했다. 고수일수록 패할 때 패하더라도 마지막까지 강약의 조절을 완벽하게 자신의 신체 조건에 맞춘다. 위기라고 해서 힘을 더 쏟는다거나 금방 이길 것 같다고 하여 지나친 공격은 삼간다. 자칫 상대의 치밀한 음모와 계산에 빠질 위험이 크기 때문이다.

"오죽했으면 추운냉도라고도 불리겠나."

"크악!"

비명이 터졌다.

감안육이 오른쪽 가슴을 왼손으로 감싸며 비틀거렸는데 손가락 사이로 벌건 피가 흘러내린다.

한눈에 죽음을 피할 수 없을 것 같았다. 예상대로 주저앉아 몇 번 떠들더니 조용해졌다.

쏴아아!

추운도수의 칼이 바람처럼 일어났다.

쓸쓸하고 때로는 그리움을 일으키게 하는, 조금은 냉기를 담고 있는 가을바람.

겨울바람에 비해 가을바람을 많이 맞으면 감기 들기 십상이라던가.

세 사람에게는 감기 대신 죽음이 찾아가고 있었다.

그들의 분노와 복수심은 막내의 죽음으로 활활 타오르고 있었다.

쉽게 추운도수의 가을바람에 함몰당할 위인들이 아니었다.

—단순하면 무식하고 악에 받치면 초식이 통하지 않는다.

누구의 입에서 시작된 소리인지는 모른다. 그러나 예로부터 강호에 흘러 다니는 노래 한 구절이다.

그런데 정말로 그러했다. 무식한 사람치고 단순하지 않은 이 없고 악에 받쳐 앞뒤 가리지 않으면 초식이 잘 통하지 않는다. 상대가 위험을 무릅쓰고 달려들기 때문에 섬세하고 체계적인 초식이 먹히지 않는 것이다.

캉!

카— 아앙!

연거푸 칼이 부딪치며 뒤로 한 걸음 물러나는 추운도수의 눈빛이 흔들린다. 막내 감안육을 잃고 악에 받쳐 뻗어낸 세 자루의 칼에는 평소보다 더 거칠고 위력적인 힘이 실렸다.

이십여 초의 겨룸에 어느 정도 지친 추운도수에게는 상당한 타격이 된 모양.

"흐흐흐!"

"네놈을!"

눈치가 빠르다.

아무리 백전노장 추운도수였지만 순간적인 눈빛의 흔들림
은 내상을 입었다는 것을 증명하는 꼴이 되어버렸고, 세 사람
은 아귀처럼 달려들었다.

확!

쏵!

좌아아!

스치듯 맞아도 살과 뼈가 부서질 것 같은 오호단문도법의
무자비성이 드러나고 있었다.

쾅!

퍼어억!

한번 밀리기 시작하자 걷잡을 수 없었다.

추운도수의 몸에는 금세 크고 작은 상처가 생겼고, 바닥을
타고 피가 흘러 떨어졌다.

그러나 자세는 흐트러짐이 없고 칼은 여전히 힘이 떨어졌을
뿐 냉정했다. 아니, 오히려 셋째 감안시의 허리가 잘려 나갔
다. 상체와 하체가 깔끔하게 잘렸다.

투툭!

"으아아아!"

"죽여 버린다! 널 죽인다!"

첫째 감안상과 둘째 감안도는 셋째의 죽음에 괴성을 내질렀
다.

콰콰콰!

빗발치는 칼.

그것은 칼의 비이자 벼락이었다.

"크억!"

추운도수의 어깨에 피가 튄다.

"이 거지같은 노오옴!"

감안상의 칼이 정면에서 파고들고 감안도의 칼이 옆에서 파고든다.

합격에는 여러 형태가 있지만 가급적 숙련된 합격이 아니라면 피해야 할 방법이 있다.

전후 합격이다.

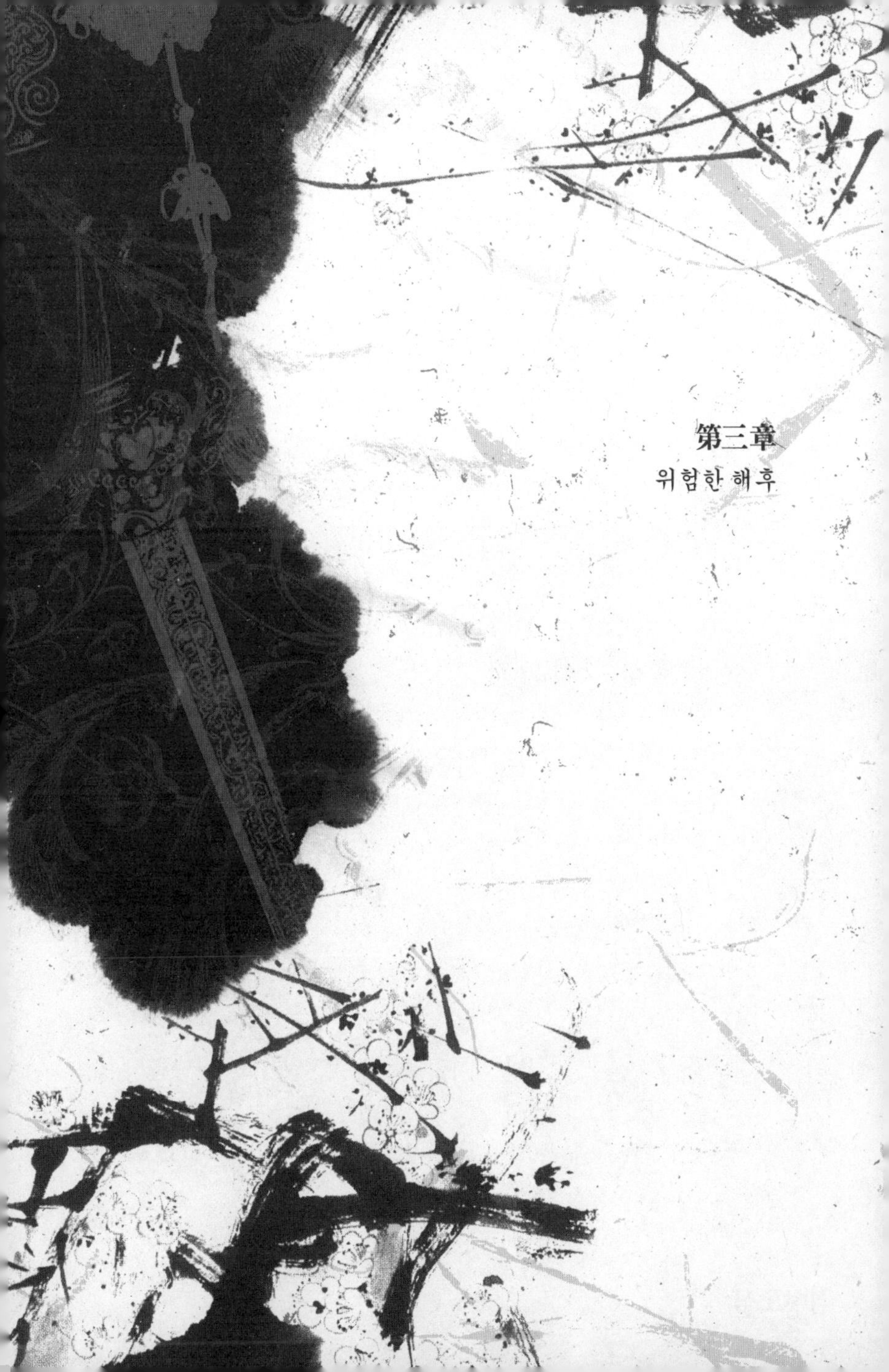

第三章
위험한 해후

검명도살

앞뒤에서 합격하는 것 이상 효과적인 것은 없다. 뒤를 볼 수가 없기 때문이다. 그러나 치명적인 단점 또한 지니고 있으니 다름 아닌 서로의 가슴에 칼을 꽂을 수 있다는 것이다. 즉, 가운데 포위된 사람의 보법이 신묘하여 전광석화와 같이 피해 버린다면 서로의 가슴에 칼을, 아니, 최소한 상처라도 입히게 된다.

그에 반해 합격 중 받는 입장에서 가장 피하고 싶은 것은 전측(前側)이다. 앞과 옆에서 하는 것이다. 가장 피하기 곤란하고 난감한데 지금 감안상과 감안도의 칼은 앞에서 들어왔다.

부상까지 입은 몸.

푹!

퍽!

옆구리를 강하게 찔렸다. 그러나 정면에서 오는 감안상의 명치에도 박았다. 추운도수의 칼은 감안상의 명치를 찔렀기 때문에 상대는 칼에 찔린 채 즉사했다. 그러나 감안도의 칼은 옆구리를 찔렀지만 사혈이 아닌 관계로 중상으로 끝났다.

하지만 누가 봐도 추운도수의 패배는 시간문제로 보였다.

"크크크! 크카카카카!"

분노를 견디지 못한 감안도가 미친 듯 웃는다.

다 잡아놓은 사냥감.

그 사냥감이 자신의 형제 셋을 죽였으니 어찌 미치지 않겠는가.

탁!

추운도수는 왼손으로 주루 천장을 떠받치고 있는 목재 기둥을 붙잡고 있었다. 상처가 깊어 어딘가에 기대지 않고서는 도저히 홀로 버틸 수 없는 몸 상태인 것이다.

덜덜덜!

추운도수의 아랫도리가 떨린다.

몸의 힘이 빠질 때 생기는 현상이다. 칼을 들어 올리는데 무척 힘든 듯 얼굴이 빨개졌다.

처벅처벅!

핏물을 떨어뜨리며 다가오는 감안도.

칼끝으로 뚝뚝 떨어지는 피가 마치 망나니의 칼인 양 섬뜩했다. 모두가 추운도수의 마지막을 예견했다.

한 시대를 나름대로 주름잡았던 도객.

칼의 명인이라고까지도 불렸던 이 시대 몇 안 되는 낭만적인 도객 추운도수.

가을바람이 불면 더욱 차가워진다고 했다.

―믿어지지 않는다!

모두가 일반적인 구경꾼이었다. 그래서 단순히 지고 이기는 것 말고는 관심이 없을 수밖에.

그러나 단우태를 비롯한 광약의 조원들 얼굴은 돌덩이처럼 굳어지다 못해 창백해지기까지 했다.

일태사동도.

그들의 칼은 당문에서조차도 당주 급이다.

당주는 상급 간부이다. 호법 바로 아래로 일부는 직책은 당주이지만 호법 급의 대우를 받기도 한다. 광약의 조장 단우태가 당주인데 물론 호법 급은 아니었다.

―나라면!

단우태는 물론 모두가 같은 생각을 했다.

자신이라면 과연 일태사동도를 꺾을 수 있을까.

―자신없다!

그것은 한마디로 말도 안 되는 일이었다. 죽었다 깨어나도 이길 수 없는 일이었다. 그런데 추운도수는 셋을 죽이고 아직 살아 있다. 물론 마지막 감안도의 칼에 죽을 것을 누구도 믿어 의심치 않고 있었지만 셋을 죽였다는 건 그의 칼이 소문보다 훨씬 강하다는 것이 분명했다.

이 자리에 없었다면 단우태를 비롯한 모두의 가슴속에 담겨진 추운도수는 그저 그런 인물이었을 것이었다. 감히 황보세가의 홍운 중 가장 뛰어나다는 광약의 인물들에게는 안 된다고까지 눈 아래로 보았을 것이다.

척!

걸음을 세웠다.

감안도의 눈은 분노와 살기로 타올랐다.

그는 저항의 의지라고는 찾아볼 수 없는 추운도수를 향해 악을 썼다.

"죽인다! 쪼개 버릴 거야! 으이아아!"

괴성을 지르며 있는 힘껏 칼을 찔렀다.

꽝!

그런데 둔탁한 소리가 흘러나왔다. 제대로 추운도수를 찔렀다면 살을 파고드는 파육음이 들려야 하는데.

모두가 눈을 부릅뜨고 놀란 표정을 지었다.

특히 단우태와 그 일행의 눈은 더욱 커졌다. 어느새 추작도가 추운도수를 끌어안고 한쪽으로 피해 있었기 때문이다.

‘지, 지금!’

‘안 돼!’

주어진 임무 말고는 일체 강호 일에 끼어들어서는 안 된다. 강호에서는 황보세가에 홍운이라는 조직이 존재하는지조차도 모른다. 더구나 그들의 임무가 암살과 납치를 주목적으로 한다는 건 더욱 모른다. 자신들에게 시비를 걸어와도 큰일이 아니라면 가급적 조용히 마무리하고 사라지는 것이 원칙이다.

죽이려고 하지 않는 한 싸움은 피하라는 엄명을 받고 있었다.

“넌 누구냐? 어디서 굴러온 장사꾼이냐?”

감안도의 얼굴이 더욱 분노로 우그러졌다. 감히 장사꾼 따위가 자신의 일에 끼어들다니 간덩이가 쇠로 되지 않았는지 다시 물었다.

“넌 내가 누군지 아느냐?”

“압니다. 미안합니다.”

“뭐가 미안하느냐?”

“그냥 보고 있을 수가 없어서.”

바로 그때였다. 귓가로 파고드는 단우태의 송곳 같은 전음.

[노독수, 미쳤느냐?]

[송구합니다. 자세한 얘긴 일이 끝나면 설명을 드리겠나이다.]

추운도수의 숨이 거칠어지고 있었다.

좌악!

추작도는 오른손을 등 뒤로 돌려 바랑 속에 감춰놓은 칼을 꺼내 들었다.

"무사닷!"

"어쩐지!"

구경꾼들이 고개를 끄덕였다.

"흐흐흐! 칼을 쥔 걸 보니 반갑구나. 그래, 사문이 어딘지 물어도 되겠느냐?"

추작도는 망설이지 않고 대답했다.

"워낙 미천하여 사문이랄 것도 없소이다. 그보다 이분께서는 내가 잘 아는 분이오."

"흐흐! 그래서 돕겠다?"

감안도의 입가에 살기 가득한 미소가 떠올랐다.

[도, 돕다니? 무슨 개소리를 지껄이고 있는 거야?]

단우태의 전음으로 고막이 찢어질 듯했다.

추작도는 전음을 보냈다.

[사실은 소생의 사부님입니다.]

[뭐, 뭐라고? 추운도수가 네놈 사부라니, 그게 말이 돼?]

다른 수하들의 가문과 사문은 알고 있었지만 추작도만큼은 곧장 도착하자마자 작전에 데리고 나서느라 제대로 알지 못했다. 그렇잖아도 돌아가서 자세히 알아볼 생각이었다. 도대체 어떤 가문과 사문을 두었기에 그토록 영리하고 대담한지.

[정말이냐?]

[제가 왜 거짓말을 하겠습니까?]

[그럼 왜 처음부터 나서지 않았어? 사부라고 했으면 우리가 나섰을 것 아냐?]

[상대는 당문입니다.]

단우태는 흠칫했다.

추작도의 말은 이어졌다. 만약 돕는다고 싸움에 손을 보탰다면 황보세가의 도법이 드러날 것이고, 당문과는 돌이킬 수 없는 피의 화를 맺게 된다.

더구나 추운도수는 강호의 거목.

도움을 절대 고마워할 인물이 아니라는 것이다. 진정한 무사들은 승패에 연연하지 않는다. 아무리 위기에 빠졌다지만 누군가로부터 도움을 받아 살았다면 오히려 도움 준 곳을 탓할 위인일 수도 있다. 경험상 추운도수 같은 인물들은 최선을 다해 싸우다 지면 죽고, 이기면 돌아설 뿐이다.

그러나 비록 무공 일 초식 배우지 않았지만 자신을 황보세가로 입문시켜 준 은혜는 절대 잊을 수 없는 것이었기에 더 이상 두고 볼 수 없어 나섰다. 혹시라도 살아나 추운도수의 명예 운운하며 추궁하면 자기 혼자 책임을 뒤집어쓸 것이니 걱정 말란다.

추작도를 보는 눈빛들이 흔들린다.

아니, 젖어들기 시작했다.

불과 스물을 갓 넘은 청년의 생각치고는 너무나 깊었다. 사문 황보세가와 동료들의 신상에 어떤 피해도 돌아가게 하지 않겠다는, 혼자만의 고민과 갈등이 깊게 묻어 있었다.

"누, 누구시오?"

의식이 소멸되어 가고 있는 가운데에도 물었다.

빨리 의원을 찾아가야 할 것 같았다.

좌악!

전광석화.

잠깐 불빛이 일어났다 사라졌다.

그리고 신음.

"으으으!"

"저길 봐!"

"세상에!"

사람들이 기겁했다.

감안도가 아랫배 신궐혈을 붙잡고 웅크리고 있었다.

주르르!

바닥으로 흘러내리는 붉은 피.

감안도가 부상을 입었고, 방심을 했다고는 해도 단 일 초에 신궐이 뚫리자 구경꾼들의 눈이 커졌다.

—다행이다!

그 사이에도 단우태는 구경꾼들의 표정을 살피고 있었다. 자신들처럼 구경꾼들 속에 변장한 무림의 고수들이 있을지도 모른다. 그런데 아무도 감안도를 찌른 추작도의 도식을 모르는 얼굴들이었다. 하긴 다른 초식과 달리 찌르기는 모든 도식이

엇비슷해 전문가가 아니면 구별해 내지 못한다.

퍼억!

감안도가 무릎을 꿇더니 바닥을 나뒹굴다가 조용해졌다.

[먼저 가보겠습니다!]

추작도는 추운도수의 몸을 옆구리에 끼고 창문을 통해 날아갔다.

잠시 주루 안은 침묵이 흘렀다.

한바탕 폭풍이 휩쓸고 지나간 가게는 난장판이 되었고, 네 구의 시신은 처참한 몰골로 나뒹굴고 있었다.

"지금쯤 당문으로 소식이 전달되고 있겠지?"

"그럴걸."

누군가 속삭이듯 말했다.

[철수!]

단우태는 부하들에게 전음으로 명령했다.

모두가 조용히 장내를 빠져나오기 시작했다. 동시에 빠져나오면 일행인 줄 알아차린다. 한 명 두 명 소리없이 주루를 빠져나온 일행은 곧바로 근처 의원을 뒤지기 시작했다.

그런데 태룡에 있는 의원 일곱 곳을 찾았지만 추작도의 행적은 발견되지 않았다.

"찾았습니다. 태룡이 아닌 지동이란 곳에 있더군요."

지동은 태룡에서 십 리가량 떨어진 작은 마을이다. 의원이라고 딱 한 군데밖에 없는데 필시 멀리 떨어진 곳까지 간 것은 만약의 사태, 혹시라도 당문이나 그들의 비호를 받는 자들의 기습을 대비한 조치일 것이라고 단우태는 생각했다. 일행의 보고를 받은 그는 지동을 향해 몸을 날렸다.

칠십은 족히 넘어 보이는 꼽추 의원이 알몸의 추운도수의 몸에 시침을 하고 있었다. 꼽추 의원의 이마에 땀방울이 연신 맺히는 것이 추운도수가 아주 심각한 지경에 있음이 분명했다.

문득 꼽추노인이 돌아보았다.

"도움이 필요하오."

"말씀하시오"

"등에도 침을 꽂아야 하는데 몸을 들어 올려줘야겠소이다."

의원의 말인즉 앞가슴에 꽂고 시간이 지난 후 다시 등에 꽂게 되면 시간을 너무 지체한다는 것이다. 환자는 지금 화급을 다툴 만큼 위급한 처지라고 했다.

추작도는 망설이지 않고 쌍장을 뻗었다.

손끝에서 무형의 경기가 뻗어나가더니 추운도수의 몸이 떠오른다.

"좀 더!"

노인의 지시에 따라 두 자 정도 올렸다.

"됐소이다. 그대로 있으시오."

노인은 추운도수의 핏물 범벅으로 된 등을 닦더니 또다시 시침을 하기 시작했다.

능공섭물의 일종이다.

능공섭물이란 끌어당기기도 하지만 밀어내기도 하는데 정확한 표현은 부공추물(浮空追物)이 맞다.

문제는 이 상태로 침을 뽑을 때까지 부공추물을 펼치고 있어야 한다.

물론 펼치고 있을 수는 있었다. 그러나 동료들이 들이닥칠 가능성이 구 할 이상이다. 지금쯤 자신이 어느 의원으로 추운 도수를 데리고 들어갔는지 눈에 불을 켜고 찾을 것이다. 자신을 찾는 이유는 혹시 있을지도 모를 적의 공격이나 습격에 대비하려는 동지애.

그러므로 밖으로 나가 가르쳐 주거나 서둘러 여기 있다는 것을 안내해 줘야 한다. 찾지 못하고 헤매다 적과 조우라도 하면 큰일이다.

"됐소이다. 이대로 이각만 떠받치고 있으시오."

팟!

추작도의 눈이 빛을 발했다. 잠깐 떠받치고 있는 것이 무슨 일이랴.

그렇지만 속사정을 들여다보면 그렇지 않았다. 다른 사람들 눈에는 감안도를 아주 간단히 해치운 것으로 보였겠지만 추운 도수 상세가 워낙 위중하여 혼신을 다한 일 초였으므로 내공 소모가 컸다. 더구나 이곳 태룡까지 업고 달려오느라 소모된 체력 또한 적지 않다.

처음 몇 십 호흡 정도는 부담이 없었지만 점점 힘이 들어가며 팔이 떨려오기 시작했다.

그러나 바닥에 떨어뜨린다거나 한다면 등에 꽂힌 침이 몸속을 파고들어 위험한 사태가 벌어지고 말 것이다. 가벼운 물건일지라도 잠깐 들고 있는 것과 오래 들고 있는 것에는 큰 차이가 있다. 반 시진이 넘으면서 팔이 떨려오고 허리가 아파왔지만 추작도의 얼굴에는 한줄기 미소가 떠나지 않았다.

자신의 지금 모습이 너무나 뿌듯했다. 기예랄 것까지는 없지만 구십 년의 내공이 아니면 아무도 흉내 낼 수 없는 일이 아닌가.

꿈틀!

추작도의 눈이 빛났다.

"의, 의원님, 환자가 움직이는 것 같소이다."

손에서 뻗어나가는 내기를 통해 전달되어 온몸의 움직임.

밖에 있던 의원이 들어서더니 맥을 짚으며 놀란 표정을 지었다.

신속하게 등에 박힌 침을 뽑더니 내려놓으라는 지시를 내렸다. 거친 숨을 쉬며 다가온 추작도는 이제 막 눈을 뜬 추운도수의 시선과 마주쳤다.

추운도수는 얼른 자신을 알아보지 못했다.

뭔가 보이긴 하지만 흐릿한 듯 자꾸만 깜빡거린다.

푸욱!

의원은 명치 근처에 젓가락 크기의 침을 한 대 더 꽂더니 옆으로 고개를 돌렸다. 잠시 후 추운도수의 입에서 피가래가 쏟아져 나왔다.

왝!

피가래를 쏟아내자 추운도수는 한결 시원한 얼굴이었다.

"말을 해도 되지만 오래 나누지는 마시오. 이제 고작 정신을 차린 것뿐이오."

주의 한마디를 주고 의원은 밖으로 나갔다.

방 안에는 둘만 남았다.

추운도수는 조금씩 형체가 잡혀오는 듯했지만 아직까지 확실하게 보이지는 않는 듯 자꾸 눈을 깜빡거렸다.

뭐라고 말할까. 어떤 표정으로 대답할까. 노독수라고 하면 무척 놀라고 기뻐할 텐데 어찌할까. 차라리 있는 그대로를 고백해 버릴까. 자신이 죽이지 않았고 더구나 썩어 없어질 육신에서 잠시 얼굴 모습만 빌려왔는데, 크게 뭐라고 하지는 않을 것이다.

추작도는 이 생각 저 생각이 끊이지 않았다.

"누, 누구? 어디서 많이 본 듯하오만?"

꿀꺽!

추작도는 얼른 대답을 하지 못했다.

그러나 더듬거리면 더욱 의심을 받을 뿐이다.

"사, 사부님!"

"사부님이라니? 그럼……?"

"제자 독수이옵니다."

"도, 독수? 정녕 네가 독수란 말이더냐?"

"예, 사부님!"

“그래그래, 독수. 내 제자.”

추운도수는 고개를 끄덕이며 천장을 올려다보았다.

“이 험난한 세상에 목숨을 걸고 날 구할 인물이 너 말고 누가 있겠느냐?”

듣기에 따라서는 자신을 노독수로 알고 있음을 보여주는 모습이었지만 가슴은 여전히 떫다.

콱!

손을 꼭 쥐었다.

“어떻게… 그 자리에 네가 있었구나.”

“시, 실로 우연이었습니다. 처음부터 손을 보탤까 했지만 제자 나름대로 사정이 있어서…….”

“안다. 이제 난 너의 사부가 아니지. 너의 사문은 황보세가이니 그쪽 일이 우선이지. 함부로 날 사부라면서 달려들고 위험을 무릅쓰면 황보세가 사람들이 좋아하겠느냐?”

그까짓 일로 미안해할 것 없다는 위로.

추작도는 한숨을 쉰다.

아직 자신을 알아차린 건지 아닌지 확신은 할 수 없지만 한 가지 사실만큼은 알 수 있었다. 추운도수는 이제 자신을 제자가 아닌 남으로 생각한다는 것을.

아니, 이미 추천서를 써서 내보낼 때부터 노독수를 자신의 기억에서 지웠는지도 모를 일이다.

스르르!

문이 열리는 소리에 고개를 돌리자 단우태를 비롯한 광약의 조원들이 나타났다.

잠시 방 안의 상황을 들여다보더니 문을 닫았다.

"잠시 볼일 좀……."

"그렇게 해라."

밖으로 나오자 단우태가 말했다.

"먼저 갈 테니까 보호하고 천천히 돌아와."

부드러움이 물씬 묻어나는 음성에 모두가 돌아본다.

주루에서 본 추운도수의 칼은 소문 이상이었고, 자신들 일곱 모두가 붙는다면 오십 초 승부였다.

현재 강호의 인물 중에서 홍운 중 가장 강하다는 광약 일곱 명을 상대로 오십 초 승부를 벌일 인물은 많지 않았다. 그런데 오늘의 싸움으로 추운도수를 경시했던 단우태는 물론이려니와 다른 수하들까지 충격을 받았고, 필시 구경꾼들도 추운도수의 칼이 왜 아직까지 중천에 떠 있는지 그 이유를 알았을 것이다.

"먼저 간다."

이미 작전 성공 사실은 전서구를 이용해 보내졌다.

하루 이틀 늦게 돌아오는 것쯤은 기쁨에 취한 때문이라고 해석하겠지만 더 늦어지면 본부에서 염려를 하게 되기 때문에 더 이상 개인적인 일로 지체할 수가 없었다.

크든 작든 조직은 일심동체여야 한다. 살아도 같이 살고 죽어도 같이 죽어야 정상이다. 홍운처럼 강한 조직일수록 그런 필사의 결속력은 타의 추종을 불허한다.

하지만 사태가 사태인 만큼 추작도를 남겨두고 먼저 떠날 수밖에 없었다.

위험은 있었다. 지금쯤 당문의 귀에 들어갔을지도 모르고 추적대가 달려오고 있다면 추작도의 신변에 어떤 사태가 발생할지는 아무도 모른다. 그러나 위험이 다가온다고 해서 여럿이 기다릴 수는 없다. 빨리 본부로 돌아가 작전 성공과 무사 귀대에 대한 보고를 해야 했다.

동료들이 손을 들어 보이며 떠났다.

불과 한 번 벌인 작전인데 왜 이런가. 떠나는 그들을 보고 있는데 가슴이 뜨거워진다.

정사의 전쟁에서도 그렇고 이번 전쟁에서도 그러했다. 전쟁이란 묘하게 사람을 서로 끌어안고 뜨거운 관계로 만들어 버리는 마력을 지니고 있었다. 술 한잔 해보지 않은 관계인데도 마치 수십 년 사귄 벗처럼 느껴졌다.

잠시 동료들이 떠난 문을 바라보던 추작도는 한숨을 내쉬며 돌아섰다.

문을 열고 들어서자 추운도수가 물었다.

"모두 갔느냐?"

"예, 사부님!"

추작도는 가까이 가지 않았다.

두 걸음쯤 침상에서 떨어져 바르게 누워 있는 추운도수를 내려다보았고, 추운도수도 마찬가지였다. 이쪽을 돌아보지 않고 반드시 누워 천장만을 올려다보며 질문했다.

"일태사동도는 강한 인물이었다."

밑도 끝도 없는 얘기였기에 무슨 뜻이지 얼른 헤아려지지 않았다. 그러나 이내 추작도는 말뜻을 얼추 읽어냈다. 강한 일태사동도를 상대로 네가 도움을 줄 생각까지 할 정도면 칼 솜씨가 상당해진 모양이구나 하는 칭찬이었다.

"내 앞에서 한번 보여주겠느냐?"

대충 이쯤 되면 한 번쯤 돌아보고 묻는다.

그러나 추운도수는 꼿꼿하게 천장만을 올려다보며 물었다.

추작도는 마침내 올 것이 오고야 말았다고 생각했다. 본인 입으로 이제 과거사는 정리되었고 오로지 황보세가의 인물이라고 강조했지만, 필시 어느 정도의 칼을 성취했는지 보고 싶어할 것이라고 생각했는데 의외로 빨리 그 시기가 다가왔다.

자신이 아는 황보세가의 칼은 한 가지, 일류선이었다.

자신이 배우고 익혀 극철을 죽이고 놀라운 위력을 보이기 전까지 누구도 관심을 크게 두지 않았던 자도(刺刀)였지만 지금은 적지 않은 사람이 관심을 갖고 배운다고 들었다. 특히 황보세가의 수뇌부에서 평가하는 일류선은 삼종지도 중 하나로 묻혀 가는 식이 아닐 만큼 초미의 관심을 받고 있었다.

―운이 좋았다고 해도 상대는 극철이다. 상처 부위를 중심으로 자세히 연구하고 살피거라. 우리가 모르는 일류선의 비밀이 있을지 모른다.

황보곤은 은밀히 극철의 시신을 본가로 운반시켜 살피도록
했다. 아직까지 뭔가 발견된 건 없지만 수뇌부의 관심이 적지
않았다.

"예!"

추작도는 보여주기로 했다.

장소는 방 안이다. 칼 대신 맨손으로, 또한 내공과 힘을 뺀
형과 식만 보여주는 시형(示形)이다.

"시작하겠습니다."

말을 마침과 동시에 찌르기를 시작했다.

오른손을 칼처럼 날카롭게 만들어 허공을 찔러갔다. 처음에
는 단순한 찌름이었지만 시간이 흐를수록 손은 곡선을 그었
고, 찌름의 속도가 빨라졌다.

쉿!

쉭— 쉬쉬쉭!

어깨를 찌를 듯 날아가던 손은 어느새 하복부에 있었고, 분
명히 찔렀다고 했는데 손은 어느새 인중 근처를 뚫고 지나간
다.

멈칫!

그런데 부지런히 일류선을 시전하던 추작도의 눈이 좁혀졌
다.

추운도수의 고개는 여전히 천장을 올려다보고 있었다. 다
시 말해 자신의 시형을 전혀 보고 있지 않았다. 혹시 시원찮아
서 그러는가 싶어 좀더 마음을 가다듬고 속도와 변을 배가시

켰다.

쉬쉬쉬쉿!

뱀의 혓바닥처럼 직선과 곡선, 동그라미를 수시로 만드는 손놀림은 현란하다 못해 어지러울 지경이었다.

"그만 됐다!"

추작도는 멈췄다.

그러나 표정은 싸늘하게 굳어져 있었다. 처음부터 지금까지 추운도수는 단 한 번도 자신의 시형을 보지 않았다.

"좋은 칼이다. 지금 추세로 나간다면 향후 너의 적수는 찾아보기 어려울 것 같구나."

화악!

추작도의 눈이 커졌다.

단 한 번도 보지 않고 어떻게 자신의 칼을 안단 말인가. 오십 년 강호 인생에 상대의 시형을 보지도 않고 깊이와 능력, 더구나 미래까지 평가한다는 것은 금시초문이었다. 일단은 보아야 좋고 나쁘고 발전성이 있고 없고를 판단할 수 있는 것 아닌가.

"지켜볼 것이다. 그만 가보아라."

"네에?"

그제야 추운도수는 고개를 돌려 보았다.

얼굴에 마른 핏자국이 있으며 안색이 핼쑥했다.

"뭐하느냐? 어서 떠나거라. 지금쯤 당문에서는 나를 잡기 위해 혈안이 되었을 것이고 너 또한 그 속에 있을 것이다."

여기서 머뭇거리다 당문 무사들이라도 들이닥치면 골치 아
프다는 뜻.

"그럼 제자는 이만."

오래 있어봤자 불편할 뿐이다.

한시바삐 떠나고 싶었다.

"독수야!"

문의 손잡이를 잡으려는데 등 뒤로부터 추운도수의 낮은 음
성이 들려왔다.

"너답지 않구나. 어깨를 쫙 펴라. 당당하게."

그러고 보니 긴장하여 자꾸 몸을 움츠렸다는 기억을 떠올리
며 몸을 폈다.

"좋다. 바로 그것이니라. 장부는 죽을 때도 어깨를 펴는 것
이다. 그리고 어떤 위기와 절망 앞에서도 포기하지 않는 것이
며 흔들리지 말거라. 누가 뭐라고 해도 넌 노독수이니라."

파르르!

도둑이 제 발 저려서일까, 아니면 자신의 정체에 대해 뭔가
알고 있음을 확신해서일까. 자신도 모르게 온몸을 떨었다.

추작도는 문을 열고 밖으로 나갔다. 조용히 문이 닫혔고, 추
운도수는 모로 누워 닫힌 문을 말없이 바라보고 있었다.

—난 강한 제자를 원하지 사람을 원하지 않는다.

추운도수는 혼잣말처럼 조용히 중얼거리더니 눈을 감고 잠

속으로 빠져들었다.

한편 밖으로 나온 추작도는 한동안 잠긴 문에서 눈을 떼지 못했다. 얼마나 긴장을 했는지 온몸이 땀으로 흠뻑 젖어 있었다.

─난 강한 제자를 원하지 사람을 원하지 않는다.

추운도수는 낮게 속삭였지만 귀에 들렸다. 추작도는 주먹을 쥐었다. 그건 자신의 정체를 알고 있다는 우회적인 표현이었다. 그러나 이내 고개를 갸웃했다. 그런 식의 표현은 절대 아닐 것이라는 생각도 들었다. 하지만 분명한 건 뭔가 느낌이 다름을 알아차렸다는 것이다.
"가시려오?"
의원이 김이 피어나는 탕약을 쟁반에 받쳐 들고 다가왔다.
추작도는 주머니를 뒤져 은자 두 냥을 꺼내 내밀었다.
의원의 눈이 커졌다.
"많소이다."
"부탁하오."
쟁반 위에 돈을 올려놓고 추작도는 의원을 떠났다.

*　　　*　　　*

피광은 분명히 무공을 폐지당했다. 물론 정통 무림인도 아니었고 내공 또한 높지 않아 죽이지 않는다는 것에 큰 의미를 두었을 뿐 전혀 아깝다거나 하지 않았다.

그런데도 틀렸다.

밤에 잠을 자다 보면 마당에서 쥐들이 기어다니는 소리까지 귀에 들렸다. 심지어 사흘 전에는 두 명의 도둑놈이 침입했다가 단 두 방에 뻗어버렸다. 둘을 때려눕힌 것보다는 그들의 조용한 움직임을, 그것도 잠 속에서 알아차렸다는 것이 지금 생각해도 너무나 신기하고 새삼 무공이라는 것에 대해 경외심을 갖게 되었다.

"전쟁 출전으로 인해 너의 본능은 예전과 엄청난 차이로 발달해 있다. 너 같은 인물에게는 내공 폐지와 그로 인한 실력 저하는 큰 차이가 없다."

자신의 신체 이상에 대한 결론을 근처 하오문의 고수가 흔쾌히 해석해 주었다.

지금도 그러했다.

저잣거리는 해가 떨어지고 있었기 때문에 어느 때보다 시끄러웠다. 빈손으로 돌아가기 위해 팔리지 않던 물건들을 싸게 내놓는 장사꾼과 한 푼이라도 더 싸게 사려는 손님과 벌어지는 실랑이가 극도로 고조되면서 귀가 먹먹했다.

그런데도 또렷하게 들려오는 한 소리가 있었다.

─날 향해 오고 있다!

　발자국 소리였다. 이 많은 사람들 속에서 단 하나의 발걸음 소리만이 들린다는 것이 정말 이상했고, 더욱 놀라운 것은 자신을 향해 다가오고 있다는 것이다.

　마침내 발자국의 주인이 나타났다. 십여 장 전면으로부터 한 소년이 다가오고 있었는데 누가 봐도 평범하다. 굳이 특징을 꼽는다면 키보다 큰 장도(長刀)를 멨다는 것인데, 그런 무림인이 어디 한둘인가. 저잣거리를 구경하듯 눈에 잔뜩 호기심을 담고 주위를 휘둘러보고 있었지만 피광은 형식적일 뿐 소년이 자신의 움직임을 예의주시하고 있다는 것을 알아차렸다. 그것은 최소한 전쟁터에 끌려가기 전까지는 인지해 낼 수 없던 감각이었다.

　소년은 면전에 이르도록 가까이 다가와서도 피광에게 말을 건네지 않고 조금 떨어진 곳에서 금서비액을 파는 고씨에게 말을 걸었다. 찾는 인물은 자신인데 말은 엉뚱한 사람에게 건다. 나름대로 머리를 굴리고 있긴 하지만 어설픈 티가 흐른다.

　"이거 쥐약 맞소?"

　한 병을 쥐고 살 듯이 묻는다.

　"물론입니다. 쓰여 있잖습니까. 금서비액!"

　"내 말은 한 방에 가느냔 말이오."

　"갑니다."

"얼마요?"

"은자 세 냥만 내시게나. 원래는 다섯 냥씩 받았는데 해도 떨어지고."

툭!

소년은 살 듯이 이리저리 살피더니 쥐약 무더기 위에 다시 던져 버렸다. 사지 않겠다는 행동이다. 순간 고씨의 안색이 굳어졌다. 뭐라고 한마디 뱉고 싶었지만 소년의 등에 걸린 기다란 장도가 거슬리는 듯 애꿎은 가래침만 뱉었다.

"카악! 날씨 한번 더럽구만."

소년은 고씨를 흘긋 보더니 이번에는 피광의 마차를 향해 다가왔다.

피광은 때맞춰 장사를 끝내고 덮개로 수레를 덮고 있었다.

"이거 금선련 얼마요?"

"끝났소."

"끝나긴 뭐가 끝났다고 그러시오. 아직 이렇게 덜 덮었으면서. 이거 진짜요?"

"딴 데 가보시오."

산전수전 다 겪은 피광이다.

청우는 금선련을 사기 위해 온 것이 아니라 자신에게 용무가 있다.

─보아하니 어린놈이 어디서 까불고 있어. 용무가 있으면 '형님, 저 이러이러한 용무가 있으니 도와주십시오' 해야지.

　피광이 보는 청우의 모습은 서툴기 짝이 없었다. 건들거리면서 세파에 온통 찌든 시늉을 내기 위해 노력하고 있었지만 행동거지, 말투에는 부잣집 샌님의 모습이 짙게 배어 있었다. 필시 누군가로부터 저잣거리에서는 상당한 불량기를 보여야 쉽게 목적을 이룰 수 있다고 교육을 받은 모양이다.

　"갑시다, 형님. 오늘 내가 한잔 사겠수."

　피광이 수레를 끌며 말하자 고씨의 입이 환하게 찢어졌다.

　"하, 할 얘기가 있다니까요?"

　청우는 대번에 당황한 표정을 짓더니 수레 앞을 막고 묻는다.

　"금선련 산다면서 이번엔 또 무슨 할 얘기요? 당신, 도대체 누구요?"

　찌익!

　가래침을 뱉는 것도 청우와는 다르다. 청우는 목에 힘을 주고 있는 힘껏 소리를 내며 뱉지만 피광은 슬며시 잇새로 새 오줌 갈기듯 했다. 청우의 눈이 커졌다. 태어나 그토록 멋있게 가래침을 소리 죽여 뱉는 사람을 처음 보았다.

　가래침은 단순한 침이 아니다. 어떻게 어떤 모양새로 뱉느냐에 따라 그자의 심성이 악한지 선한지, 여유가 있는지 없는지, 저잣거리라면 어떤 위치에 있는지가 드러난다. 지금 피광이 뱉은 가래침은 오랫동안 저잣거리에서 뒹굴며 생사의 삶을 살아오지 않고서는 뱉을 수 없는 장중한 여유이기도 했다.

그렇다고 여기서 밀릴 수는 없었으므로 목소리를 낮추었다. 목소리가 클수록 별 볼일 없다.

"형장께서 피광이시오?"

피광은 눈을 크게 떴다.

순간적으로 많은 생각이 떠오른다. 혹시 이미 끝난 과거, 즉 전쟁터 일로 찾아온 건 아닐까. 전쟁터 때문에 찾아올 일은 없었다. 자신이 한 일이라고는 개방 제자 한 명을 추산과 몰래 묻은 것인데 그 일이 발각될 리는 죽었다 깨도 없었다. 그 이외에 어떤 큰 사건사고를 친 건 없었다. 하나 왠지 가슴이 뜨끔하는 건 어쩔 수 없었지만 짐짓 태연히 대답했다.

"누구슈?"

"난 청우라 하오."

피광의 머리는 또다시 빠르게 회전했다.

기억 속에 있는 모든 이름을 모조리 끄집어낸 것이다. 하지만 모조리 끄집어내어 살펴도 청우는 없었다.

"듣자 하니 추산이란 자와 친하다던데?"

추산이란 말에 피광은 물론이고 고씨까지 눈을 부릅떴다.

여유를 한가득 입에 물고 있던 피광의 눈이 가늘어지며 경계의 빛이 망설임없이 쏟아져 나왔다.

"산이는 왜 찾소? 개방 사람 같지는 않고?"

처음과 달리 약간 움츠러드는 피광의 모습에 청우가 입가에 미소를 머금었다. 지금까지는 피광의 분위기와 기세에 밀렸다. 그런데 이제야 자신이 조금 우월한 위치에 올라선 것이다.

"잘 아는 모양이군."

목소리를 깔았다.

"누구냐니까?"

빨리 말하지 않으면 금방이라도 멱살을 잡을 것 같은 피광의 태도.

그건 긴장이었다.

청우는 더욱 여유를 부렸다.

사냥꾼과 사냥감의 형국이랄까. 물론 자신은 사냥꾼의 위치라고 생각했다. 사냥감을 앞에 놓은 사냥꾼의 기분은 겪어보지 않으면 절대 그 맛을 모른다.

"추산이란 자, 지금 어디 있소? 사실 그대로를 말해주는 게 좋을 것이오."

거짓을 말한다거나 자신을 속이면 가만두지 않겠다는 경고와 차가운 협박.

피광의 안색이 굳어졌다.

감히 자신에게 경고를 하고 협박을 하는 사내가 있다니. 더구나 자신의 터전에서.

누가 뭐라고 해도 이곳 낙양 저잣거리는 추산의 거리이고 자신은 그의 오른팔이다.

더불어 육방이 몸까지 회복하여 거리를 깨끗하게 장악했으며, 추산이 떠나고 없는 거리에서 피광에 대한 애정은 더욱 깊어졌다.

어지간한 사건사고는 눈감아주었기 때문에 일인지상 만인지하라고 해도 되는 안방에서, 그것도 낯선 이방인이 겁을 주다니 참을 수가 없었다.

히죽!

피광은 식어버린 용기와 기울어지는 판세의 칼을 거머쥐기 위해 더욱 큰 누런 이를 드러내며 웃었다. 웃음은 움츠러드는 마음을 활짝 펴주기도 한다.

청우의 등 뒤에 짊어진 칼을 보며 한마디 뱉었다.

"모르고 있지만 알고 있어도 얘기해 주기 싫다면 어쩌겠소?"

그 긴 칼로 날 죽이기라도 하겠느냐는 배포 가득 담긴 도전적인 질문이었다.

멈칫!

이번에는 청우의 눈빛이 일렁거렸다.

황실에서의 경험에 비춰 대부분 이 정도 강하게 나가면 모두가 겁을 먹거나 자신의 실력을 알기 때문에 고분고분 대답해 주었다. 그런데 상대는 고분고분하기는커녕 오히려 치고 나온다.

이름하여 역습(逆襲).

힘들게 잡은 기세가 한순간 무너졌다.

바로 그때였다. 피광이 목소리를 부드럽게 바꾼다.

"이왕지사 이렇게 됐으니 우리 툭 까놓고 말해봅시다. 형장께서는 어디 문파에서 왔소이까? 거지새끼들 같지는 않고."

개방이라고 하면 이가 갈린다.

고씨가 말했다.

"피 동생, 이럴 게 아니라 이쪽도 손님이라면 손님일 수 있는데 같이 술이나 한잔하는 게 어떤가? 길가에서 이러는 것보다는 대접 겸 말이야."

"좋은 생각이군요. 그럽시다. 장부가 술을 마다할 리는 없을 테고, 할 줄 아슈?"

청우는 술을 할 줄 모른다. 그러나 이 상황에서 못한다고 할 바보멍청이는 절대 없다.

피광은 이쪽 대답은 듣지도 않고 앞장섰다. 일행은 곧바로 근처 주루로 들어섰다. 피광은 일부러 단골집으로 데려갔다. 피광이 들어서자 세 명의 점소이가 허리가 휘어지도록 절을 한다.

"어서 오십시오, 형님!"

"고생들 많구나."

피광이 세 점소이의 어깨를 토닥인다.

"몇 분입니까?"

피광이 손가락 셋을 펴 보이자 가장 나이 들어 보이는 점소이가 돌아섰다.

"그렇잖아도 안쪽에 좋은 자리가 났습니다. 모시겠습니다."

셋은 점소이의 안내로 창밖이 내려다보이는 아늑한 곳에 자리를 잡고 앉았다.

"형님, 뭘 드릴까요? 오늘 육질 좋은 토견(土犬:논밭을 휩쓰는 작은 개로 맛이 좋다고 함) 한 마리가 들어왔는데……."

피광의 눈이 커졌다.

"오, 그래? 정말 듣던 중 반가운 소리구나. 당연히 가져와야지."

"그럼 잠시만 기다려 주십시오."

점소이가 깍듯하게 허리를 구부리고 떠났다.

청우가 눈을 빛내며 물었다.

"토, 토견은 뭡니까?"

"이따 보면 알 것이오. 아주 상쾌하면서 몸에 좋지요. 몸보신에는 아마 그보다 더 뛰어난 음식은 없을 것입니다."

그때 점소이가 술과 간단한 안주를 가져다 놓았다.

"음식이 나올 때까지 마시면서 속 좀 데우시라고 가져왔습니다."

"고맙구나. 이거 몇 푼 안 되지만 넣어두거라."

피광이 품에서 은자 한 냥을 꺼내준다.

"아이고, 뭘 이렇게 많이……."

"넣어둬. 너도 요즘 쓸 곳이 많을 텐데?"

"감사합니다."

연신 넙죽거리며 사라지는 점소이를 보며 피광은 추산을 떠올렸다.

―돈만큼 사람을 부리는 데 유용한 물건은 없다. 누구든

돈을 아까워하지만 제대로 쓰기만 하면 몇 배의 이득을 안겨
준다.

추산은 자주 주머니에서 돈을 꺼내지 않았다. 그러나 한 번
씩 꺼내 후배나 선배들에게 식사 대접을 할 때는 아끼지 않는
다. 입이 쩍 벌어지게 판을 깐다.
추산만큼은 아니어도 그의 밑에서 오랫동안 생활하다 보니
많은 것을 배웠고, 그런 장점이 사람을 따르게 한다는 것을 배
웠다.
"장유유서라고 했는데, 먼저 형님부터 한잔."
고씨에게 술을 따른다.
"받으시오."
이윽고 청우를 향해 목소리를 깔고 술병을 내민다.
청우는 술잔을 받았다. 황실에서 주도가 어떠니 주법이 어
떠니 하는 소릴 들었지만 구경만 했을 뿐 직접 받아보긴 난생
처음이다.
후다닥!
피광이 잔을 내밀고 잠깐의 시간이 흐르고 나서야 청우는
깜짝 놀라며 병을 들었다. 잔이 채워지면 상대가 병을 들고 따
른다는 주도를 떠올린 것이다.
피광은 가득 채워진 술잔을 들며 호탕하게 웃었다.
"우리 정식으로 통성명을 합시다. 난 피광이라 하오."
잔을 내리고 이번엔 청우가 피광의 잔에 술을 따른다.

"청우라 하오."

"첫잔이니까 어서 들자고."

고씨가 재촉을 했고, 셋은 잔을 부딪치고 완전히 비웠다.

"카하, 이 맛이야. 이 첫맛, 목구멍을 넘어갈 때 싸아아 적셔 주는 이 맛. 안 그렇습니까, 형님?"

피광이 몸을 떨었다.

고씨 또한 크아 소리를 내며 진저리를 친다.

"이 세상에 이보다 더 멋진 음식은 없어. 과해서 문제지."

그 모습에 청우가 웃는다.

피광이 아직까지 비우지 않는 청우를 보며 말했다.

"뭐하시오, 어서 잔을 비우지 않고."

"예, 예!"

청우는 몇 번 망설이다 말고 속으로 까짓것 하며 마셨다. 술을 마실 줄 모르는 것이 아니라 처음부터 배우지 않았다. 수련하는 데 술은 아주 큰 방해가 되기 때문이다.

잔뜩 인상을 쓰던 청우의 얼굴이 조금 부드러워졌다. 첫맛은 쓰지만 뒷맛은 달콤했다.

여아홍 특유의 맛이었다.

"우리 이왕 이렇게 술잔까지 나누는 마당이니 속이지 맙시다. 어디서 왔습니까?"

피광은 정색했다. 청우는 피광을 빤히 보았는데 표정이 굳어졌다. 갑자기 굳어지는 청우의 표정을 보며 고씨까지 긴장한 모습을 했다. 청우는 갑자기 자신의 손으로 술을 한 잔 따

라. 훌쩍 마시더니 잔을 힘차게 놓고 말했다.

"좋습니다. 뭐, 피 형 말처럼 술잔까지 나누는 마당에 뭔가를 서로 속인다면 장부답지 못하지요. 내가 가장 사랑하고 아끼는 여동생 한 명이 있습니다. 그런데 그녀가 집을 나갔습니다."

"저런!"

"몇 살인데 가출을 했단 말입니까?"

"이제 두 달만 있으면 열다섯입니다."

피광의 눈이 커졌다.

자신도 두 달만 있으면 열다섯이다.

그때 나이 든 점소이가 커다란 쟁반을 든 두 점소이를 데리고 다가왔다.

"으헉!"

청우가 소스라쳤다.

점소이 둘이 들고 온 쟁반에는 작은 개 한 마리가 통째로 올라 있었기 때문이다. 더구나 개는 쟁반에 배를 깔고 엎드려 꼭 이쪽을 공격하려는 자세였다.

"개, 개 아니오?"

"맞소이다. 왜 그러시오? 어서 내려놓아라."

스윽!

탁자 중간에 개가 놓이자 고씨와 피광은 침을 삼켰다. 주위 사람들까지 부러운 시선으로 바라보며 침을 삼켰다.

"토견 중 제일 좋다는 황토견이로군."

“저건 뼈도 약이야.”

“어떻습니까? 아주 잘 씹힐 것입니다.”

점소이가 맛 좀 보라는 듯 서 있었다.

찌이익!

피광이 칼집을 낸 살을 손으로 찢어 입속에 넣고 씹었다. 한참을 씹고 삼키더니 엄지손가락을 내밀었다.

“아름답군. 좋아.”

“고맙습니다. 그럼 천천히 말씀들 나누면서 드십시오.”

점소이가 인사를 하고 물러났다. 고씨와 피광은 배가 무척 고팠다. 두 사람은 체면 차릴 틈도 없이 정신없이 뜯기 시작했다. 한참 먹던 두 사람은 멈칫했다. 청우가 인상을 쓴 채 두 사람을 혐오의 눈빛으로 바라보고 있었기 때문이다.

“왜 그러시오? 배고프지 않소?”

“어, 어떻게 사람과 친한 동물을…….”

“그런 소리 마시오. 세상에 사람과 친하지 않은 동물이 어딨소. 다행히 이 토견은 주인이 없는 야생의 것들이기에 맛이 있고 귀한 음식이오. 황제 폐하께서도 즐겨 든다오.”

황제 폐하라는 말에 청우의 눈이 커졌다.

“피, 피 형이 그 사실을 어떻게 아십니까? 정말로 폐하께서도 이것을 잡수신단 말입니까?”

“내가 괜한 거짓말을 하겠습니까? 당금 폐하께서는 토견광이라고 들었습니다. 하루라도 토견이 올라오지 않으면 가만있지 않는다더군요.”

황제가 개고기를 좋아한다는 말을 듣긴 했다.

하지만 청우는 반대자들이 황제를 폄훼하기 위해 만들어낸 소문이라고 들었다.

第四章
위기일발

검명도살

청우는 황제 폐하가 즐겨 먹는 음식이라는 말에 호기심이 생겼다. 황제는 아무 음식이나 먹지 않는다. 철저히 맛있고 몸에 좋은 귀한 것만 먹는다.

―그렇다면!

청우가 침을 삼키면서도 차마 손을 대지 못하자 피광이 살점 한 개를 길게 찢어준다.
청우가 가만있자 어서 입을 벌리라며 다그친다. 하는 수 없이 청우가 입을 벌리자 피광은 입안 가득 밀어 넣어주었다.
"뭐하오, 어서 씹지 않고?"

우걱우걱!

한참 입안에 넣고 있던 청우가 살피듯 조심스럽게 씹었다.

"어떻습니까?"

대답 대신 계속 씹던 청우의 눈이 커졌다.

─이 맛이란! 오오!

그것은 한 번도 맛보지 못한 것이었다.

뭐랄까. 오묘하기도 하고 달콤했으며 몇 번 씹지도 않았는데 꿀처럼 넘어가 버렸다. 사실 지금까지 청우는 육류보다는 나물을 비롯한 야채를 즐겨 먹었다. 이따금 육류를 섭취하긴 했지만 계탕(鷄湯) 두어 번 먹어본 것이 전부다. 하나 더욱 육류를 피했던 건 피부 발진 때문이었다. 계탕을 먹고 나면 그때마다 피부에 빨간 점이 생겨 의원을 찾았고, 가급적 야채를 섭취하라는 말에 충실하고 있었다.

그런데 발진이고 가려움증이고 한번 고생해 볼 가치가 있을 만큼 토견육은 맛있었다.

찌이익!

직접 팔소매를 걷어붙이더니 길게 찢어 입안 가득 넣고 씹기 시작했다. 늦바람에 날 새는 줄 모르고 촌 계집이 바람나면 속곳 밑에 단추를 단다던가.

토견육에 빠진 청우는 아예 허우적대었다. 걸신들린 사람마냥 양손을 이용해 정신없이 뜯자 피광과 고씨는 넋을 놓아버렸다.

꿀꺽!

꼬올각!

꺼억!

청우는 쉴 사이 없이 삼키고 연신 트림을 했다.

청우가 너무 거칠게 먹어대자 둘은 조용히 한발 뺐다. 이유야 어쨌든 청우는 손님이고 더욱 중요한 건 왜 그가 추산을 찾는지, 그가 말한 여인의 정체가 뭔지를 알기 위해서 자신들 배가 고프더라도 청우의 배를 부르게 해줘야 했다.

"끄어어!"

청우의 손이 느려지기 시작하더니 동작이 멈췄다. 쟁반 위에 올려 있던 토견 한 마리는 어느새 뼈만 앙상해져 있었다.

"여기서 뭐하느냐?"

"하, 학사님!"

"원주님!"

바로 그때였다. 청우는 물론이려니와 피광과 고씨까지 자리에서 일어났다.

나타난 사람은 놀랍게도 하후천이었다.

"이런!"

뼈만 앙상하게 남아 있는 토견과 최고급인 여아홍이 무려 열 병이나 비어져 있는 광경에 하후천의 표정이 굳어지더니 청우를 노려보았다.

"어떻게 된 일이더냐? 설마 네놈이 황실을 등에 업고……."

"아, 아니옵니다. 절대 아니옵니다."

청우는 눈을 크게 떴다.

"아니긴 뭐가 아니란 말이냐? 그렇다면 이 비싼 토견 값은 누가 지불할 것이냐?"

"그야 당연히 소생이……."

"네 이놈!"

벽력같은 외침에 객점의 모든 손님들이 일제히 돌아보았다.

"왜 이러십니까? 학사님, 진정하시고."

청우는 이유를 알 수 없다는 듯 울상을 지으며 허리를 굽실거렸다.

"감히 힘없는 백성을 협박하여 배를 채우다니 네놈이 그래 놓고서도 차후 동창을 이끌어갈 미래의 수뇌이더냐? 황실에 연락하여 당장 네놈의 모가지를!"

피광에 대해서 한두 해 겪었는가. 절대 낯모르는 사람에게 고가의 음식을 사 줄 피광이 아니었다. 다른 사람의 돈이라면 모를까, 자기 주머닛돈이라고 하면 죽었다 깨도 꺼내지 않는다.

필시 저 무시무시하게 생긴 칼로 피광을 협박했을 것이다. 겁에 질려 어쩔 수 없이 토견을 사 주었을 것이 틀림없었다.

쿵!

급기야 청우는 바닥에 무릎을 꿇었다.

"하늘에 맹세합니다. 절대 그런 일 없었습니다. 피 형이 그냥 사 주었습니다. 피 형, 뭣하십니까? 어서 학사님께 뭐라고 한마디해 주십시오, 그렇게 서 있지만 말고.”

구경하듯 서 있는 피광을 보며 청우가 볼멘소리를 했다.

피광은 터져 나오는 웃음을 가까스로 참았다.

비록 장도를 메고 있었지만 저잣거리에서부터 청우의 말투나 행동거지를 통해 자신과는 다름을 발견했다. 그것은 순수함이었다. 곧 잘하면 산전수전 겪다 못해 발랑 까진 자신의 능력으로 왜 추산을 찾는지 알 수 있을 것 같아 비싼 토견육을 시켰고, 술을 먹인 것이다.

토견육은 고가의 음식이고 처음에는 생김새 때문에 꺼려지지만 아무리 고기를 먹을 줄 모르는 사람일지라도 한 번만 입에 대면 백이면 백 모두 그 맛에 매혹되어 어쩔 줄 모른다는 것이 지난 경험.

무시무시한 칼을 차고 소중한 친구 추산을 찾는데 돈 몇 푼이 아까울 때가 아니었다.

“미안하구나. 내가 성급했다. 뭣하느냐. 어서 일어나라.”

피광으로부터 대략의 설명을 들은 뒤에서야 하후천의 표정이 풀렸다. 누명에서 벗어나긴 했지만 청우의 표정은 굳어져 있었다. 생각할수록 기분이 나빴으며 황실에서 자신을 겪었으면서도 한낱 모리배로 생각했다는 것이 너무나 서운했다.

마음 같아서는 모든 것 때려치우고 돌아가겠다고 말하고 싶었지만 그럴 수가 없었다.

자꾸 눈앞으로 하후청이 떠올랐기 때문이다. 그녀는 비록 몇 달 빠르지만 말끝마다 자신을 오라버니 하면서 따랐다. 그런 그녀가 홀로 험난한 강호를 떠돌고 있다는 사실을 생각하면 목구멍까지 올라온 그냥 돌아가겠다는 말이 저절로 삼켜졌다.

오늘밤은 기왕 이렇게 되었으니 백록서원에서 하룻밤 자라고 하후천이 말했지만 잔뜩 심사가 꼬인 청우는 단호히 거절했다. 어떻게 가난한 학사님에게 폐를 끼칠 수 있느냐는 식으로 비아냥대며 돌아섰다.

그럼 어디서 잘 것이냐고 하후천이 물었지만 걱정 말라면서 단단히 삐쳐 사라졌다. 객점을 나와 어둠 속으로 사라지는 청우를 보며 피광은 길게 한숨을 내쉬었다.

그런 피광을 보며 고씨가 왜 그러느냐는 듯 바라보았다.

"봤습니까?"

"뭣을?"

"골치 아프게 생겼잖습니까?"

"뭐가 골치 아프다는 거야?"

"세상에서 가장 무서운 게 뭔지 압니까?"

"그야……."

"저 친구, 청아를 사랑하고 있습니다."

그제야 고씨의 눈이 커졌다.

"지, 진짜로?"

"내가 누굽니까? 딱 보면 압니다. 녀석은 청아를 무진장 사랑하고 있습니다. 만약 사랑이 아니고 원주님으로부터 돈 따위를 받고 청아를 찾아 나섰다면 지금의 상황에서 돈을 돌려

주고 돌아갔을 것입니다."

고씨의 얼굴이 얼어붙었다.

무조건 추산을 귀찮게 하는 자는 모두 적이었다. 아망개도 적이지만 청우가 하후청을 사랑한다면 그도 적일 수밖에 없었다.

"어떡하지?"

고씨의 얼굴에 적지 않은 긴장이 흘렀다.

자신의 여인을 건드린다면 가만있을 추산이 아니었다. 언젠가 저잣거리를 종횡하는 선배 중 한 명이 지나가는 하후청을 보며 음담패설을 한 적이 있었다. 물론 그 선배는 하후청이 추산의 여인이라는 사실을 전혀 모르고 뱉은 말이었다. 그날 밤 누군지도 모르는 자에게 그 선배는 초주검이 되도록 맞았다. 물론 피광을 비롯한 고씨와 일부 동료들은 추산의 짓이라는 것을 짐작했다.

두 사람은 하후청의 무사 평안을 빌면서, 또한 청우와 추산 사이에 아무 일 없기를 바라며 걸음을 옮겼다.

이런 얘기 저런 얘기 주고받으며 호젓한 저잣거리를 걸어 올라가는데 누군가 나란히 붙어 섰다. 너무 자연스러워 누가 보면 일행으로 보일 정도였다.

"누……!"

누구냐고 물으려는데 사내가 조용히 말했다.

"계속 가시오. 걱정 말고."

나쁜 목적이라면 이미 칼이나 병기 따위가 옆구리에 닿아 있어야 하는데 그런 감축은 없다. 하지만 피광은 마른침을 삼키며 청우를 만났을 때보다 더욱 긴장했다.

사람에게서는 느낌이라는 것이 있고 냄새라는 것이 있다. 사내의 몸에서 풍기는 것은 한기였고, 냄새는 음습했다. 그것은 아주 거칠고 험한 일만을 하며 살아왔음을 말해주었다. 청우에게서 정광이 흘렀다면 사내에게서는 음광이 나온다.

"뉘, 뉘시오?"

"피광, 두 달 후면 열다섯?"

맞느냐는 듯 묻는다.

피광은 고개를 끄덕였다.

사내는 두말없이 주머니 한 개를 건네주었다.

주머니를 받아 안을 들여다보던 피광의 눈이 커졌다. 놀랍게도 주머니 속에는 금화가 수북했다.

"가까운 친척이 보냈느니라."

친척이란 말에 피광의 눈이 커졌다.

자기에게 친척은 없었다. 아버지는 자신이 다섯 살 때 노름빚을 지고 도망 다니다가 맞아 죽었는데 고아였다. 그때부터 집안의 모든 살림은 자기 몫이 되었고, 어머니 또한 고아로 핏줄이란 없었다.

"노독수를 아느냐?"

모르는 인물이었다.

"너와 멀긴 하지만 친척이라던데?"

"아아!"

굳었던 표정이 한순간 풀리며 피광은 입을 벌려 소리를 질렀다.

직감적으로 어떤 실타래가 엉킨 돈이라는 것을 알아차렸다.

"당신이 독수 삼촌을 어떻게 아시오?"

저잣거리의 산전수전이 빛나는 순간이었다.

"알 건 없고, 여기에 수령을 했다는 수결 하나만 해다오."

"그러죠."

사내가 내민 서책을 보던 피광의 눈이 커졌다.

맞은편 주루 간판 등 불빛에 드러난 서책에는 많은 사람의 이름과 수결이 있었다. 자신을 포함한 사람들이 누군가 전해준 돈을 받았다. 단지 자신과 차이라면 서책에 적혀 있는 이름 모두 성씨가 같았는데 홀로 다르다는 것이었다.

사사삭!

멋지게 수결을 해주자 사내는 서책을 덮더니 가벼운 미소를 지었다.

"내 이름은 고덕룡이라고 한다. 앞으로 자주 찾아올 것이다. 물론 돈과 함께."

"또 온단 말이오?"

"이상하게 노독수는 전장에 돈을 맡기는 것을 싫어하더구나. 직접 너에게 가져다주길 원했다. 그럼 수고하거라."

팟!

조금 전까지 서책을 펼치고 수결을 받던 사내의 그림자가 순식간에 사라져 버렸다. 눈을 뜨고서도 떠나는 것을 보지 못한 놀라운 신법이었다.

꿀꺽!

둘은 동시에 침을 삼켰다.

좀 더 밝은 등불 쪽으로 다가가 주머니를 열어 확인했다.

화악!

둘의 눈은 커졌다.

어두운 곳에서 볼 때보다 두 배는 많았다. 족히 쉰 냥은 넘어 보이는 거액.

"야, 이 자식, 선하게 살더니 기어이 이런 돈벼락을 맞고 마는구나. 그런데 독수라는 삼촌이 누구야?"

고씨가 부러워하며 물었다.

"으… 응, 있어. 좀 멀긴 한데……."

"너, 부모님 모두 고아라고 했잖아?"

"아냐. 엄마 쪽으로는 한 분 있다고 했잖아."

눈을 부라렸다.

없는 친척을 만들려면 하는 수 없었다.

"또 찾아온다는 것 보니까 너희 가정을 생각하는 마음씨가 각별한가 보구나. 그런데 주려면 직접 와서 주지 왜 모르는 사람을 보내지? 아, 이제 알겠다."

고씨가 혼자 묻고 답했다.

"너도 그렇고 너희 어머니가 워낙 공과 사에 단호하지 않느냐? 아마 돈을 주면 받지 않을 것이라고 생각해 사람을 보냈을 거야. 난 그렇게 생각하는데 넌 어때?"

"글쎄, 아무리 친척이라지만 작은 돈도 아닌 이런 거액을 불쑥 주면 형님 같으면 받겠소?"

"쉽게는 못 받지. 불안하지. 암튼 축하한다. 오늘 저녁 청우인지 하는 친구 때문에 크게 한턱 쏘았는데 바로 복구되는구나. 나 간다. 내일 보자."

"들어가십시오, 형님!"

고씨가 사라지자 피광은 다시 주머니를 확인했다.

"으음!"

혼자 있어서일까, 돈은 더 많아 보였다.

아무리 눈을 감아도 잠이 오지 않는다. 눈을 붙여보려고 했지만 더욱 말똥 거렸다. 피광은 하는 수 없이 일어나 궤짝 속에 숨겨놓은 돈주머니를 꺼내 다시 들여다보았다. 벌써 여섯 번째 확인하는 것이다.

금화 쉰 냥이었다.

쉰 냥이면 저잣거리에서 가장 목 좋은 곳에 넓은 공간의 가게를 얻을 수가 있었다.

전쟁터에서 갖고 돌아온 돈은 갑자기 집 한쪽이 무너지는 바람에 수리비로 모두 들어가 버렸다.

'독수, 노독수.'

피광은 또다시 중얼거렸다.

그러나 여전히 기억 속에 떠오르는 인물은 없었다.

* * *

의원의 눈이 커졌다. 탕약을 달여 문을 열고 들어서자 추운도수의 모습이 보이지 않았다. 사람들을 깨워 찾아보았지만 추운도수는 보이지 않았고, 일각쯤 전후하여 떠났다는 것을 피 묻은 흑의에서 알아차렸다. 치료비는 앞서 간 추작도로부터 받았기 때문에 걱정은 되지 않았지만 아직 움직여서는 안 될 몸이다. 혹시나 돌아올까 싶어 축시 될 때까지 가까이 기다렸지만 오지 않았다. 김이 피어나던 탕약은 싸늘히 식은 지 오래이다.

'부디 건강하시오.'

마음으로 건강 회복을 기원하며 의원은 손에 든 식어버린 탕약을 버렸다.

너무나 우울하다. 그러고 보니 이런 걸 두고 섭섭하다고 말하는 것일까. 비록 바둑에는 패해 속으로 꽁하고 있긴 했지만 어떤 원한 같은 것은 아니었다. 장부로서 승부에 패한 것에 대한 타오르는 복수욕이었을 뿐 한 번도 하후천을 미워한다거나 나쁜 사람이라고 여기지 않았다. 오히려 친아버지였으면 얼마나 좋을까 하고 생각한 적도 있다. 하후천 또한 자신에 대해 애틋함을 감추지 않았다. 어쩌면 부친의 누명을 벗겨준 가장 큰 역할을 한 사람이 하후천이었고, 응어리로 뭉친 꽉 닫힌 자신의 마음을 열어 안아주었으며, 하후청과도 친구로 맺어주었다. 어느 날 어디서 소문을 들었는지 하후청의 입에서 자신이 반란의 주모자 아들이라는 말이 나왔는데, 그 즉시 회초리 오십 대를 때린 모습은 지금도 잊지 못한다. 청우의 아버지는 누명에 의해 돌아가셨을 뿐 모반과는 무관하다고 단호히 설명하던 하후천의 모습은 어떤 불길보다도 뜨거운 감정을 가슴속에 일으켰다.

그래서 두말 않고 돕겠다고 나섰는데 이렇게 서운할 수가.

설혹 자신이 피광을 협박하여 저녁 한 끼 얻어먹었다고 치자. 그렇다고 그렇게 많은 사람 앞에서 큰 소리로 수모를 주고 혼을 낼 일인가.

걷고 걷다 보니 먼동이 터온다.

어둠이 점차 사라지고 지면으로부터 올라오는 작은 안개 무리가 발길질에 산산이 갈라진다.

뚝!

청우의 발걸음이 멈추었다.

십여 장 전방에 한 노인이 서 있었다. 어둠이 완전히 밀려나지 않았지만 청우의 눈에는 노인의 안색이 창백하다는 것과 걸친 흑의 곳곳이 예리한 병기에 잘려 너덜거린다는 것을 알아차렸다.

휘청!

예상대로 노인은 한 걸음 걸을 때마다 쓰러질 듯 비틀거렸다.

청우는 깜짝 놀라며 몸을 날리려다 멈췄다. 칼을 지팡이 삼아 몸을 의지한 채 걷는 노인에게서 범접하기 어려운 기도를 느꼈기 때문이다. 걸음을 제대로 걷지 못할 상태인데도 함부로 다가설 수 없는 기품이란 아무에게서나 풍겨 나오지 않는다는 것을 누구보다도 잘 아는 청우이다.

불과 십여 장 걸어오는 데도 노인은 힘들어했다.

청우의 지근거리까지 다가온 노인은 숨을 헐떡이며 산길 한쪽으로 있는 작은 바위에 엉덩이를 올렸다.

"흐휴, 힘들군."

노인은 주위를 휘둘러보았다.

어둠이 밀려나자 새들이 노래하기 시작했다.

앞산 등성이로 아침을 알리는 수꿩의 울음소리가 들렸고, 산달 한 마리가 인기척에 하늘을 찌를 듯 솟구친 고목을 타고 올라갔다.

"소형제, 혹시 먹을 것 있나?"

노인은 배가 고픈 모양이었다.

그러고 보니 자신도 배가 고프다. 좋은 음식, 소화가 잘된 음식일수록 일찍 허기가 진다. 밤새 걷기까지 했으니 체력 소모 또한 컸다.

"가시죠. 소생이 아침을 대접하겠습니다."

청우는 노인을 부축하고 마을을 찾아 내려갔다.

문을 열자마자 찾아온 두 손님.

가게 문을 열자마자 손님이 찾아왔다는 것은 삼십 년 주루

경험상 분명 경사스럽고 길할 일이었지만 문제는 둘 모두 칼을 쥐고 있다는 것이었다. 늙은 노인은 몸이 좋아 보이지 않아 그다지 경계할 것이 없었지만 동행자인 소년은 달랐다. 칼 중에서도 가장 큰 장도, 그것도 제일 무겁다는 대환도였다.

산속에 위치하다 보니 주로 지나가는 장사꾼이나 무림인들이 주 고객.

그래서 만약을 대비해 오 년 전 주먹 좀 쓴다는 점소이까지 데려다 놓았다. 기대대로 팔룡은 몇 번에 걸친 무전취식을 시도한 손님을 붙잡아 관가에 넘겼고, 두 명의 무림인과 격투를 벌여 기어이 밥값을 받아내는 혁혁한 전과를 올렸다.

조금만 밥값을 내지 않고 갈 눈치를 보이면 어느새 알아차리고 맹수처럼 발톱을 세우며 으르렁거리던 팔룡이 연거푸 뒷간을 들락거린다.

긴장하면 자꾸 뒷간을 찾게 된다.

팔룡이 긴장을 한다는 건 두 사람이 보통 인물들이 아니라고 봐야 했다. 아마 그중 오른쪽 소년이 자꾸 눈에 거슬렸고, 팔룡 또한 그쪽을 살폈다.

그런데 주인 용봉탁은 급기야 놀라운 광경을 목격하고야 말았다.

"무, 무엇을……."

천하의 팔룡이 떨고 있었다. 단순히 주문만 받는데도 말을 제대로 잇지 못했다. 더욱 놀라운 일은 지난 오 년 동안 단 한 번도 손님에게 하지 않던 인사까지 나긋나긋하게 하고 있었다.

"드, 드릴까요? 아침부터 저희 가게를 찾아주어… 감… 사
해요."

청우는 말했다.

"토견육 주시오. 배가 고프니 빨리 주시오."

비상 회의가 열렸다. 주방 안에는 주인 용봉탁과 팔룡을 비
롯한 두 명의 점소이, 주방장까지 모두 다섯 명이었다.

"어떡하면 좋겠느냐? 편하게 생각하고 말해보아라."

회의란 분위기다.

강압적이 되면 좋은 토론과 방법이 도출되지 않는다.

"좋습니다. 제가 먼저 말해보겠습니다. 제일 중요한 것은
저들이 시킨 음식이 토견육이라는 것이죠?"

토견육은 이곳 용봉루에서 가장 비싼 고가의 음식이다. 토
견 자체가 드물어 중간상들도 잘 가져오지 않는다. 한 달에 한
두 마리 들어올까 말까 할 뿐 아니라 누가 예약이라도 해버리
면 있어도 팔지 못한다. 들개와는 또 다른 것이 토견이었다.
집에서 가까운 논과 밭을 뛰어다니며 굴을 파고 사는데 천년
운지초나 공청석유, 만년봉밀(萬年蜂蜜) 따위만을 귀신처럼 찾
아내어 먹기 때문에 영양 덩어리이다.

한 마리에 은자 쉰 냥을 넘어가는 토견육을 저들이 먹고 그
냥 가버리는 날에는 최소한 보름 장사를 해야 손해를 복구한
다.

“어떡하면 좋겠느냐?”

“없다고 하죠?”

“늦었어.”

팔룡이 무거운 얼굴로 대답했다.

찾는 순간 없다고 했어야 하는데 이미 그 대답할 시기를 놓쳤다는 것이 팔룡의 말이었다.

“지금 없다고 하면 우리가 시비를 거는 꼴밖에 안 된다.”

“하면?”

가장 어린 점소이 칠곤이 눈을 빛냈다.

“해줘야 한단 말입니까? 돈을 절대 내놓을 인간들이 아니던데. 딱 보니까 인상도 더럽고 커다란 칼을 들고 들어오는 것이 우리 겁주기 위해 펴는 작전임을 훤히 알겠던데요.”

“형님!”

둘째 점소이 택동이 눈을 빛냈다.

“정말 셉니까? 제 말은 형님의 능력으로도 만일의 사태가 벌어졌을 때 어렵겠느냐는 말씀입니다. 우리 모두 힘을 합치면…….”

“솔직히 나도 창피하구나.”

“그 정도예요? 내 눈에는 속임수가 많이 들어 있어 보이는데.”

막내 칠곤이 흘긋 고개를 돌려 주방 밖에 있는 두 사람을 쳐다본다.

“야수는 야수를 알아본다. 보통 놈들이 아냐.”

“뭐로?”
팔룡이 인상을 썼다.
“개자식아, 야수는 야수를 알아본다고 했잖아.”
택동을 매섭게 노려보았다.
“하자!”
급기야 주인 용봉탁이 자리를 일어났다.
“해주거라. 대신 택동이는 지금 당장 관가로 달려가 지원을 청하거라. 만약을 대비해.”
“넷!”
택동은 눈치채지 못하도록 뒷문으로 빠져나갔다.
그사이 주방은 토견육 준비를 위해 바빠졌다.

김이 모락모락 피어나는 토견 한 마리가 놓이자 추운도수의 눈이 커졌다.
“이, 이건 토견육?”
“많이 드십시오. 제가 계산할 테니 돈 걱정은 마시고.”
흠칫!
한쪽에서 자꾸 창밖을 보며 관부 무사들을 데리러 간 택동을 기다리던 주인 용봉탁의 눈이 커졌다.
이제 고작 칠십.
인생 육십부터라고 했으니 얼마 늙지도 않았고 특히 귀가 아주 좋다.
그런데 지금 분명히 자신의 귀는 듣고야 말았다.

　─많이 드십시오. 제가 계산할 테니 돈 걱정은 마시고.

　갑자기 가슴이 뛰기 시작했다.
　괜히 해보는 소리와 정말로 계산할 놈의 목소리는 다르다. 청우의 목소리는 정말로 계산을 할 목소리였다.
　"칠곤아."
　막내를 불렀다.
　다가온 칠곤을 보며 다른 말을 하지 않았다.
　"왜요?"
　칠곤이 왜 불렀느냐는 듯 물었지만 대답하지 않고 이내 고개를 저었다.
　사람 일은 모른다. 괜히 목소리에 속았다가 안 주면 죽도 밥도 안 된다. 용봉탁이 청우의 목소리에 흔들리는 이유는 간단했다. 관부 무사들을 출동시키면 뒤로 찔러 넣어주는 것이 있는데 그게 녹록한 액수가 아니라는 점이었다.
　그때 한 떼거리 손님이 몰려왔다. 택동이 데려온 관부 무사들로, 일반인으로 변장했는데 열다섯이었다.
　'쳐, 쳐죽일!'
　용봉탁의 눈이 커졌다.
　자신은 많아야 다섯에서 일곱 정도 끌고 올 것이라 예상했다. 통상 일인당 은자 닷 돈씩을 건넨다. 그런데 열다섯이면 도대체 은자가 몇 냥인가.

"쳐죽일 놈아, 떼거리로 끌고 오면 어떡하느냐?"

구석진 곳으로 택동을 데려가 인상을 썼다.

택동이 더듬거렸다.

"저도 그러고 싶었지만 팔룡 형님께서 대여섯 갖고는 어림도 없다면서 최소한 스무 명은 되어야 한다고 했습니다."

그렇다면 다섯 명도 택동이 줄였다는 뜻이다.

팔룡의 눈은 서툴지 않다.

오랜 경험은 그의 눈을 상당히 정확하게 만들어놓았다. 스무 명을 요구했다면 그만큼 둘이 강하다는 뜻이다.

이런 깊은 산속에 무슨 지랄할 일이 있다고 아침부터 나타났느냐면서 실컷 욕을 했다.

청우는 살을 뜯어 씹으며 물었다.

"어떻습니까? 좋은 토견육 하나가 어지간한 영약보다 낫다는 것쯤은 아시지요?"

피광에게 들었던 얘기다.

"으알지!"

입안 가득 씹으며 대답을 하다 보니 노인의 발음이 꼬인다.

"천천히 드십시오. 체합니다."

추운도수가 말했다.

"이름이 뭔가?"

"청우라고 합니다."

"청우, 좋군. 잘 먹겠네. 내가 귀인을 만났군."

"귀인이라뇨? 당치 않습니다. 저도 마침 배가 고팠을 뿐입니다."

"그렇게 생각해 주니 더욱 고맙네."

그러면서 음식을 먹는 청우를 본다.

어리지만 범접할 수 없는 기품이 전신을 싸고돈다. 꼿꼿한 자세로 앉아 젓가락질을 하는 모습이 먹고 있는 토견처럼 마구 놓아 길러진 인물은 아니다.

엄격한 통제와 율법의 틀 속에 자신을 던져놓고 스스로를 성장시킬 때만이 풍기는 기운.

"술 한잔해도 되겠는가?"

술은 절대 금물이다.

그러나 이토록 좋은 음식을 먹어본 지가 얼마 만인가.

술이 왔고, 청우가 따른다.

뜨거운 술이 뱃속으로 들어가자 자잘한 고통이 일시에 술기운에 지배되어 사라진다.

추운도수의 얼굴에 환한 웃음이 나타났다.

"말씀 좀 묻겠습니다. 이 길로 곧장 가면 황산이 나옵니까?"

추운도수는 고개를 들었다.

그건 왜 묻느냐는 표정.

청우는 잠시 망설였다.

개인적인 일인데 괜히 알지도 못하는 사람에게 털어놓기가 거북했다. 하지만 마주 앉아 식사까지 하는 사이라면 굳이 숨길 것도 없다 싶었다.

　자신도 술을 한잔 따라 비우고 하후청과 추산의 관계, 그로 인해 하후청이 집을 나갔으며, 하후천의 부탁을 받아 지금 그녀를 찾아가는 길이라는 얘길 했다.

　"하후청이란 계집아이가 황산 무림맹에 있을 것이라는 걸 자네가 어떻게 아는가?"

　"뻔한 것 아닙니까?"

　"뭐가 뻔하단 말인가? 만약 무림맹을 갔는데 없다면 어찌하겠는가? 더구나 추산이란 아이는 흑도의 인물이므로 무림맹의 입장에서는 적 아닌가?"

　청우의 눈이 커졌다.

　"그 말씀은 이미 죽었을 수도 있다는 말씀입니까?"

　"그건 모르지. 그렇지만 분명히 말하는데, 그곳은 무림맹이고 흑도인은 절대 용서 않는 곳일세."

　"어쨌든 무림맹에 추산이란 자가 없을 수도 있다는 말 아닙니까?"

　"무림맹은 이번 종전으로 엄청난 흑도인을 죽였네. 물론 강호에 알려지기로는 일말의 교화 가능성도 없는 악질적인 인물 수십 명만을 참수했다고 했지만 그 말을 누가 믿겠는가?"

　"저어… 한 가지 물어봐도 되겠습니까?"

　"물론일세."

　추운도수는 토견의 가창 부드러운 아랫배 살점을 입에 쑤셔 넣으며 고개를 끄덕였다.

　청우가 말했다.

"무림맹에서 말하는 악질적이라는 것은 무엇을 뜻하는지요?"

추운도수의 눈이 가늘어졌다.

청우가 던지는 질문의 의도를 단번에 간파한 얼굴이다.

"적이 적을 향해 악질적이라고 판단하는 시선에는 여러 가지가 있지만 그중 가장 악질은 화근이 아니겠는가?"

"살려두면 나중 큰 화를 미칠 가능성이 있는 자를 말씀하시는군요?"

"역지사지라고, 자네 같으면 어찌하겠는가? 가장 큰 화근을 누구로 보겠느냐는 거지."

청우는 고개를 끄덕였다.

자신 같아도 가장 위험성을 갖고 있는 자부터 악질로 분류하여 처단할 것이다.

"추산이란 자가 별 볼일 없다면 살아 있을 테고 그들 눈에 범상치 않다고 판단되었다면 죽였겠지. 즉, 악질적인 인물이라면. 하지만……."

"하지만 뭡니까?"

"그보다 더 큰 인물이라면 살았을 걸세."

더 큰 인물이라는 의미에 청우의 눈빛이 멈췄다. 그 뜻을 정확히 헤아리기 쉽지 않았다.

추산에 대해 나름대로 많은 조사를 마쳤다. 자신과 동갑이고 생일은 추산이 조금 빨랐다. 단지 추운도수의 말을 대입한다면 흑도에서 그는 악질적인 인물이었다. 나이는 어리지만 실질적인 저잣거리 지배자라고 해도 좋을 만큼 신망이 두텁다고 했다. 그야말로 대인배라는 얘기인데, 전형적인 화근 덩어리가 아닌가.

살았을까, 죽었을까.

흔히 효웅(梟雄)이라고 부른다.

겉으로는 협을 내세우지만 실제로는 큰 야심을 가진 인물을 뜻한다. 효웅일수록 인심을 잃지 않고 주위 사람들로부터 신뢰가 두텁다.

사람 칭찬에 인색한 하후천이다. 그런데 추산이란 자의 얘기만 나오면 침을 튀겼다. 추산이 효웅이라면, 그리고 하후천이 넘어갔다면 절대 평범한 인물이 아닐 것이다.

팟!

"만약 살았다면 무서운 인물이라는 뜻이군요?"

"병신에 가까운 놈을 제외하고는 모두 죽였으니까."

불끈!

자신도 모르게 주먹이 쥐어졌다.

―추산!

하후청이 황궁을 떠난 이후 아직까지 단 한 번도 찾아갔다거나 인편을 통한 간찰(簡札)을 보낸 적이 없다. 보기 싫다거나 떨어지면 마음도 멀어진다는 따위의 이유 때문은 더욱 아니었다.

삶은 힘이다. 사랑도 힘이었다. 최소한 무인에게 있어 황궁이든 강호든 그 진리는 변함없다는 것이 작은 인생의 경험.

하후청이 황궁을 떠나고 단 하루도 잊어본 적이 없지만 이를 악물고 참았다. 반드시 성공하여, 황실제일고수가 되어 당당히 찾아가 청혼을 하리라 마음먹고 있었다.

─승부!

자신은 복잡한 건 딱 질색이다.

죽었든 살았든 추산을 만난다면 무사답게 승부를 결하리라고 마음먹었다.

*   *   *

갈수록 물의 양이 많아졌다. 그것은 뇌옥 쪽 바닥이 계곡 쪽보다 얕아지고 있다는 증거다. 그러나 아직도 두께를 알 수 없는 거대한 바위 층이 존재하고 있었다.

바위 층의 크기와 두께는 누구도 알 수 없었다. 열한 명이 동시에 바위를 향해 장력을 날려보기도 했고 격체전공을 이용해 부숴봤지만 꼼짝도 하지 않는 것에서 암산(巖山)에 가깝다고 짐작만 할 뿐이었다. 그렇지만 누구도 낙담한다거나 포기하지 않았다.

쾅쾅!

너나 할 것 없이 팔소매를 걸어붙이고 나섰다. 추산만 홀로 부수는 것이 아니라 열한 명 모두가 돌아가면서 작업에 나섰고, 속도도 빨라졌다.

그런데 한 가지 차이가 있었다.

열 명의 사내는 무작정 후려갈겼다. 오로지 바위를 깨고 뚫고 나가겠다는 집념을 누구라도 알 수 있는 모습.

하지만 추산의 움직임은 조금 달랐다.

바위를 깨는 동작이 달랐고 속도가 달랐다. 동료들은 오로지 단순한 동작을 반복했지만 추산의 움직임은 절제가 되어 있었다. 손놀림은 물론 힘에서까지 아낀다. 그건 단순히 바위만을 깨는 것이 아니라 끝없는 반복 수련, 북두칠권과 사악칠권을 수련하는 것이다.

어느새 무저옥에 갇힌 지도 일 년하고도 반년이 흘렀다.

추산의 나이는 열여섯을 넘어섰다.

추산의 손에서 나오는 동작 하나하나는 단순한 주먹이 아니었다. 절륜무비한 사악칠권이었고, 완성되어 가고 있는 북두칠권이었다.

퍽!

파팍!

느리게 나가다 빠르게 돌변했고, 금방이라도 으깰 듯 전광석화와 같이 나가던 주먹이 급변(急變)을 일으켜 애초의 표적이 아닌 전혀 다른 부위를 부쉈다.

우르르릉!

거대한 바위들이 힘을 이기지 못하고 무너져 내렸다.

금방이라도 바위에 깔릴 듯했지만 오연하게 선 추산을 보며 육중위의 눈이 좁혀졌다.

―저놈!

추산과 어느새 일 년 반을 보냈다.

미운 정 고운 정이라고 했던가. 처음에는 아랫사람이라고 깔아뭉갰고, 그다음에는 연륜으로 눌러 괴롭혔다.

피식!

그런데 갑자기 웃음이 나온다.

돌이켜 보니 당한 사람은 자신이었다. 나잇살깨나 먹은 자신이 이제 열여섯 먹은 아이를 괴롭혔다는 것도 어이없는 일이고, 그런 자신의 괴롭힘에 전혀 불쾌해하거나 화내지 않고 싱글거리며 구박을 고스란히 받은 추산의 인내력과 포용력에 자신이 당한 것이다.

더구나 추산은 지난 일 년 반 동안 쉬지 않는 고련으로 무공이 이제 추측할 수 없는 경지에 이르러 있었다. 말은 하지 않고 있었지만 모두가 인정하고 있었다. 특히 반년 전 공야색이 전이대법을 시전함으로써 그의 내공은 구십 년에 올랐고, 그 동안 하루도 빼먹지 않는 운기조식과 바위를 깬다는 명목하의 수련으로 일백 년에 도달했을 것이라는 게 한결같은 생각.

"우우웁!"

돌연 추산의 들숨 기세가 범상치 않다.

벌떡!

‘뭣 하려는 거지?

멀리서 지켜보고 있던 동료들이 자리를 박차고 일어났다.

들숨이 깊다는 것은 운기를 강하게 한다는 뜻이었기에 하나같이 긴장의 표정을 감추지 못했다. 추산의 동작 하나가 바뀌면 큰 변화가 있었기 때문이다.

“후흡!”

팽팽해진 만큼 가슴이 부풀고 이내 들이마신 숨은 온몸으로 빠르게 퍼져 나갔다. 그러더니 한순간 추산의 입에서 짤막한 외침이 터져 나왔다.

“무(無)— 권(拳)!”

주먹이 뻗어나왔다.

짧고 빠르다.

그러나 주먹에서는 아무런 기운도 없었다. 열 명의 동료 중 누구도 실망하는 시선을 던지지 않았다. 그들은 추산과 마주선 벽을 바라보았다. 북두칠권 마지막 식은 항상 조용하고 말이 없었다. 그러나 어느 정도 시간이 지나면 말을 했고, 침묵을 깼으며, 서늘한 위력으로 무저옥을 흔들었다.

쩍!

참새가 우는 소리인가.

아주 작다.

참고로 부서짐이 작을수록 굉음이 크다는 걸 얼마 전 추산의 주먹을 통해서 알았다. 주먹의 위력이 클수록 바위는 안으로 부서지고 주먹의 위력이 작을수록 바위는 바깥으로 깨진다는 것도 알게 되었다. 참새가 울음을 터뜨릴 만큼 작은 소리에 일행의 눈은 부릅떠졌다. 엄청난 깨짐이 일어날 것을 짐작한 것이다.

"과연!"

"역시 산이야!"

사내들은 환호했다.

더 이상 아무런 소리도 흘러나오지 않았다. 그런데 바위들이 굴러 떨어지고 있었다. 분명히 한 방 갈긴 것밖에 보지 않았는데 어른 머리통 크기로 깨진 수백 개의 바위.

천년 세공사가 뼘으로 재고 잘랐다고 해도 저토록 눈이 부실 만큼 크기가 같을 수는 없을 것이다. 더구나 한 방에 깨진 돌은 왜 수백 조각이란 말인가.

쓰ㅇㅇㅇ!

그런데 바로 그때 깨진 바위틈으로부터 빛이 들어왔다.

"햇빛이다!"

"안 돼!"

한 사내가 뛰쳐나가려 하자 공야색이 앞을 가로막았다.

아무리 내공이 높아도 몇 년 동안 어둠 속에 있다가 갑자기 환한 밖으로 나가면 시력에 손상이 가해진다.

"진정해! 당분간 연습을 해야 한다."

공야색의 빠른 설명에 모두들 고개를 끄덕였다.

공야색이 아니었다면 서둘러 뛰쳐나갔을 것이고, 어떤 화가 닥쳤을지는 미루어 짐작할 수 있었다.

공야색의 말을 따르고 있었지만 하나같이 흥분한 표정을 감추지 못했다.

쿠쿠쿵!

뚫린 무저옥 입구로 폭포가 떨어지고 있었고, 더 멀리 황산 천도봉이 눈 속에 묻혀 보인다.

천도봉에는 눈이 쌓였는데 동굴 밖은 푸른 잎사귀를 피워낸 초록의 나무들이 우거졌다. 놀랍게도 무저옥의 바닥은 황산 입구에 있었다는 뜻이다.

처음에는 두 호흡씩 하루 다섯 번씩 햇볕에 시선을 노출시켰다. 하루가 지나고 이틀이 지나면서 좀 더 햇볕에 노출되는 횟수를 늘렸다.

닷새가 지나자 일각이 넘도록 햇볕에 있어도 눈이 아프다거나 현기증 따위는 생기지 않았다. 일행은 그제야 조심스럽게 동굴 밖으로 나가기 시작했다.

"하늘이닷!"

"해다!"

햇볕은 봤지만 이글거리는 태양을 보는 건 도대체 몇 년 만인가. 모두가 주위 풍광에 감탄하면서 어찌할 바를 몰랐다.

풍덩!

풍덩!

약속이나 한 듯 폭포가 만들어낸 웅덩이로 뛰어들었다.

수영을 하며 물장난을 치고 괴성을 질렀다.

"살았다!"

"야호호호!"

"조용히들 해라!"

공야색이 물장난을 하며 떠드는 동료들을 향해 소릴 질렀다.

공야색은 말했다.

"황산이 아무리 넓다고 해도 무림맹의 터이니라. 어디서 불쑥 튀어나올지도 모르거늘 너무 떠드는 것 아니냐. 서둘러 대충 씻고 자리를 뜨자꾸나."

"옳은 말씀!"

"조용조용!"

사내들은 금세 표정을 고쳤다.

몇 년을 묵은 때가 벗겨지자 바닥까지 들여다보이던 웅덩이는 금세 뿌연 색으로 변해 버렸다.

"이렇게 많은 땟국물은 처음 본다."

"땟국물 색이 이렇게 고울 줄이야. 흐흐흐."

추산은 열심히 몸을 씻었다.

때는 밀어도 밀어도 끝없이 밀려 나온다. 옷까지 빨아 입고 나온 일행은 연기가 피어나지 않는 설사목(爇爇絲木)을 꺾어 쌓아놓고 불을 피웠다. 설사목은 손가락 절반 굵기인데 불을 피워도 연기가 나지 않아 적진에서도 피울 수 있었다.

第五章
탈출

검명도살

일행은 옷을 펼쳐 말리기 시작했다. 죽음의 뇌옥, 무저옥을 탈출했다는 기쁨에 사내들은 쉴 사이 없이 떠들며 웃었다. 육 중위가 알몸으로 사라지더니 잠시 후 커다란 흰사슴 한 마리를 잡아 익숙한 동작으로 해체해 말뚝을 박고 통나무에 사슴을 끼워 불 위를 가로질러 굽기 시작했다.

"넌 뭐하는 것이냐?"

모든 시선이 추산에게 몰렸다.

공야색이 재차 묻는다.

"그런 헛수고할 필요 없지 않느냐?"

사내들은 공야색의 말뜻을 얼른 알아듣지 못했다. 추산 또한 여느 동료들과 다름없이 알몸으로 흑의를 말리고 있었다.

공야색의 말인즉, 마음만 먹으면 넌 얼마든지 불이 없어도 젖은 옷 따위쯤은 말릴 수 있다는 질문이다.

"그러고 보니!"

"웃기는 놈이잖아."

동료들도 그제야 눈을 크게 떴다.

추산은 미소를 지으며 말했다.

"괜찮습니다. 전 이게 좋습니다."

"자식 너, 그럴 필요 없어. 네 무공 수준이 우리보다 높은 걸 여기서 모르는 사람이 어딨어."

"이대로 말리겠습니다."

"너의 겸손 따위를 보고 싶어 그러는 것 아냐. 삼매진화보다 어렵다는 기예를 보고 싶어서 그러는 거야."

"해봐."

"좋다. 함 보자."

여기 있는 인물 모두 삼매진화로 종이나 얇은 나뭇가지 정도는 태울 수 있었다. 그러므로 당연히 젖은 옷 정도는 손에 쥐고 태울 수 있다. 문제는 걸치고 말릴 수 있느냐 하는 것이었다. 손으로 펼치는 삼매진화와 몸으로 펼치는 삼매진화는 하늘과 땅 차이이며, 특히 젖은 옷을 걸치고서 몸으로 삼매진화를 펼쳐 태우지 않고 말리기만 하는 것은 절정의 고수가 아니면 불가능했다.

여기저기서 하도 보여 달라고 아우성을 치자 추산은 하는 수 없다는 듯 김이 피어나는 젖은 옷을 걸쳤다. 이어 선 채로 운기를 취하며 온몸을 뜨겁게 달구기 시작했다.

삼매진화는 극양의 신공이다.

태우는 것을 목적으로 만들어진 신공이기 때문에 태우지 않을 만큼 끌어올리기란 어렵다. 끝이 뾰쪽한 몽둥이를 쓰러지지 않게 평평한 바위에 세우는 것처럼 말이다.

북두심결을 일단 끌어올린 다음 불[火]로 조금씩 만들어가야 한다. 온몸을 조금씩 불덩이로 만드는 것이었다. 몸은 벌겋게 변한다거나 하는 변화는 없었지만 옷에서 김이 피어나기 시작했다.

"난다! 난다!"

"어어어!"

사내들 모두가 신기한 모습으로 바라보았다.

쏴아아!

마치 밥이 익을 때가 되면 솥에서 뿜어 나오는 수증기마냥 추산의 온몸에서는 강력한 수증기가 피어났다.

안개에 감싸인 듯한 기괴한 모습에 모두가 넋을 잃는다.

―더 크다!

공야색의 눈이 흔들렸다.

이미 추산을 처음 본 날 그의 됨됨이를 알아보았다. 나이는 그냥 먹지 않고 반드시 풍부한 식견과 안목을 가져다준다. 크게 될 인물임을 알아보았고, 그때부터 추산을 위해 무엇을 할까 연구했다. 더구나 추산에게 관심을 갖기 시작한 것은 사악칠권 때문이었다. 사악칠권은 금마옥의 옥주이자 흑천의 천주 모찰의 절기다. 단순히 그의 절기여서가 아니라 자신이 지금까지 보아온 사악칠권 중 가장 완벽했기 때문이다.

완벽하다는 것은 완벽한 사람으로부터 전수를 받았다고 해석해도 무리가 없다고 볼 때 어쩌면 모찰로부터 받았을지 모른다는 것이 공야색의 판단이었다.

아직 물어보지는 않았고, 그동안 쭈욱 지켜본 결과 모찰이 아니고서는 그토록 허점 하나 없는 정권(正拳)을 갖고 있을 리 없었다. 그래서 전이대법으로 내공까지 넘겨주었다.

뿌드득!

"세상에!"

사내들이 추산의 옷을 만져보며 놀란다.

어느새 그의 옷은 소리가 날 만큼 말라 버렸다.

"괜찮아?"

"삼매진화를 몸으로 잘못 펼치면 옆구리가 쑤시고 단전이 찢어지는 것 같다던데, 안 그래?"

추산은 고개를 끄덕였다.

"먹자. 익었다."

그때 육중위가 비수를 꺼내 고기를 한 점 도려내 씹더니 고개를 끄덕였다.

일제히 품속에서 비수를 꺼냈고, 없는 사람은 맨손으로 살을 찢어 씹어 먹기 시작했다.

"도대체 몇 년 만이냐?"

"오호! 이 맛."

사내들은 오랜만에 먹는 사슴고기에 깊이 빠져들었고, 추산
또한 같이 먹기 시작했다. 열한 명의 사내들 손에 커다란 사슴
한 마리가 빠르게 작아지고 있었다. 누구도 떠들지 않고 열심
히 사슴고기 먹는 데 심취해 있을 때 돌연 침묵을 깨는 목소리
가 들려왔다.

"뭐하는 놈들인데 이렇게 냄새가 좋아?"

뚝!

홱!

일제히 먹는 동작을 멈추고 고개를 돌렸다.

숲을 헤치고 모닥불을 향해 다가오는 다섯 명의 흑의사내.

공야색의 안색이 굳어진다.

—이토록 가까이 왔는데도 전혀 몰랐다!

아무리 먹는 데 빠져 있었다고 해도 충격적인 일이 아닐 수
없었다.

더구나 상대는 이쪽의 절반도 되지 않는 다섯 명인데 전혀
두려워한다거나 하는 따위의 행동은 하지 않았다.

"사슴 중에서도 가장 맛있다는 설록(雪鹿) 아냐."

사내들은 한쪽 바닥에 벗겨진 흰털을 보며 침을 삼켰다.

"사해가 친구라고 했는데 같이 좀 먹읍시다!"

모두가 입을 다물었다.

다섯 사내의 등장은 말 그대로 느닷없었다. 더구나 다짜고
짜 사슴고기를 찢어 먹는 그들의 행동을 아무도 제지하거나
가로막지 않았다.

"역시!"

"명불허전이로군!"

사내들은 고기를 먹으면서 자기네들끼리 감탄했다. 반 각이
채 지나지 않았을 즈음 사내들이 한참 고기를 먹고 있는데 왕
망둥이 입을 열어 말했다.

왕망둥은 서른두 살로 귀왕문 출신이다.

"뭐하는 친구들인데 이렇게 버르장머리들이 없는 거야? 당
신들, 뭐요?"

왕망둥이 옆에서 사슴 볼 살을 뜯고 있는 사내를 노려보았
다.

"형님, 그러지 마슈. 콩 한쪽도 나눠 먹으라는 말도 있는데
며칠 굶었더니 너무 배가 고파서 말이오."

"이자들이 정말! 당신들 주둥이에 처넣어 주려고 고생해서
구운 건 줄 알아! 모두 꺼져!"

"주둥이라니? 젠장!"

"더럽구만."

사내 둘이 눈을 부라렸다.

"왜들 이러나. 이분들 말이 하나도 틀리지 않아. 사해는 친
구라고 했어. 더구나 배가 고파서 그런 건데, 어서들 먹으시

오. 우린 어느 정도 배를 채웠으니.”

“옥황님!”

“시끄러. 먹는 것 갖고 그러는 것처럼 치사한 게 없느니라.”

공야색이 왕망동을 나무랐다.

“대장 분인 듯한데 고맙소.”

“대장은 뭐가 달라도 다르다니까.”

사내들은 자기네들끼리 낄낄거리며 부지런히 남은 사슴고기를 먹어치우고 있었다.

거친 말투, 고마움이라고는 전혀 찾아볼 수 없는 막무가내의 동작, 특히 수적으로 열세라는 것을 모르지 않을 텐데도 위압적이기까지 하다.

—누굴까!

공야색은 정체를 밝히기 위해 사내들을 훑었다.

하지만 쉽게 감이 잡히지 않는 듯 연신 이마를 찡그렸고, 짧은 숨을 내쉬었다.

팟!

그러다 어느 한순간 공야색의 눈이 이채를 발했다.

—부, 붉은 구름[紅雲]!

사내들의 왼손 소맷자락 끝에 수놓아진 작은 뭉게구름 한

조각.

언뜻 보면 피가 말라 붙은 것 같았지만 자세히 보면 무더운 여름날 하늘을 수놓는 뭉게구름을 닮았다.

─황보세가!

홍운은 황보세가의 정예들이다.

이제 고작 다섯 명이 열한 명을 앞에 두고 왜 주인 행세를 하는지 이해가 되기 시작했다.

공야색은 홍운이란 정제를 밝혀내자 눈빛이 달라졌다. 그들이 하는 일이라고는 암살과 납치 따위가 거의 전부이다. 그들이 출동했다면 반드시 누군가 죽거나 끌려간다.

황산에는 무림맹이 있고 수많은 기인이사가 은거해 있다. 정파 인물도 있고 흑도 인물도 있다.

팟!

공야색의 눈이 기광을 발했다.

그러더니 입술이 움직인다. 순간 사내들을 못마땅한 표정으로 보고 있던 육중위가 장내를 빠져나갔다.

잠시 후 사내들은 잘 먹었다는 말도 않고 각자 곁에 서 있는 공야색 일행의 어깨를 토닥이며 숲속으로 사라졌다.

"배가 부르니까 계집 생각이 나는구먼."

사라지면서 누군가 낄낄거린다.

"뭐하는 짓이냐?"

바로 그때였다. 뒤를 쫓아가려는 문인통 앞을 막는 공야색.

"옥황님, 놈들은 이대로 보내렵니까?"

"안 된다. 조금만 기다려 보자."

"뭡니까?"

그제야 문인통과 다른 동료 육중위의 모습이 보이지 않는다는 것을 알아차린 것이다.

"나 이거야 원, 살다 살다!"

왕망동이 분노를 삭이지 못하고 투덜거렸다.

모두들 한마디씩 뱉었지만 공야색은 알고 있었다, 자신뿐만이 아니라 모두가 사내들이 내뿜은 기세에 완전히 짓눌렸음을.

좋았던 분위기는 사내들이 나타났다 사라짐으로 무거워졌고, 하나같이 입을 다물어 버렸다.

오로지 육중위가 돌아오기만을 기다렸다.

어딜 보냈느냐고 물었지만 공야색은 기다려 보라고만 할 뿐 아무런 말이 없었다.

사내들이 떠나고 이각쯤 지나서 육중위가 나타났다. 그런데 그의 표정은 잔뜩 굳어 있었다.

"어찌 되었더냐?"

공야색이 물었다.

육중위는 거친 숨을 내뱉으며 말했다.

"예상대로 돌아가셨더군요. 목이 잘려 있었습니다."

“뭣이? 서독 어르신께서?”

서독이라는 말에 하나같이 놀란 표정을 지었다.

“서독이라고 하오면 흑도칠군 중 한 분이신……?”

왕망동이 물었다.

공야색이 입술을 깨물었다.

“가자!”

공야색은 곧바로 조금 전 사내들이 사라진 방향을 향해 몸을 날렸고, 일행은 뒤를 따랐다.

사슴고기를 먹은 곳에서 정확히 우측으로 일백 리를 가서야 다섯 사내를 따라잡을 수 있었다.

휙!

휘휘휙!

갑자기 자신들 앞을 열한 명이 가로막고 내려서자 다섯 사내가 놀란 표정을 지었다.

전력을 다해 달려왔기 때문에 숨이 거칠었다. 잠시 호흡을 조절한 공야색이 다섯 사내를 훑어보았다.

“호오! 설마 고기 값을 달라고?”

“에이, 아무렴.”

여전히 사내들은 제멋대로였다.

공야색이 무거운 표정으로 말했다.

“황보세가에서 왔소?”

흠칫!

사내들은 소스라칠 만큼 놀랐다.

작업(암살) 중에는 평범한 의복을 걸치고 끝나면 평상복으로 돌아온다.

즉, 강호 행도 시에는 과시도 할 겸 일체의 시비를 막기 위해 황보세가의 복장을 하고 다닌다.

특히 홍운의 무사들은 소맷자락 끝에 조그만 홍운을 일부러 내보이기도 한다. 워낙 작고 소매 춤 아래에 수놓아져 있어 쉽게 발견하지 못하며 강호 정보에 어느 정도 해박하지 않고서는 황보세가에 홍운이라는 특별 집단이 있다는 것도 상당수는 모른다.

자신들을 황보세가에서 왔느냐고 물었다는 것은 홍운이라는 것까지 알아차렸다는 의미인데, 문제는 왜 뒤를 쫓아왔느냐는 것이다. 앞서 동료가 말한 것처럼 황보세가의 홍운에게 고깃값을 받기 위해 오지는 않았을 것이다. 뭔가 목적이 있다는 것을 간파한 듯 두목으로 보이는 사내가 다가왔다.

오 척도 되지 않을 작은 체구.

그러나 떡 벌어진 어깨가 작은 바위를 연상케 하는데, 시종 떠들던 부하들과는 달리 침묵 속에 고기만 먹었었다.

"맞소. 우린 황보세가의 인물들이오."

여기까지는 서로가 문제없는 대화였다.

"서왕곡에서 사람을 죽였더구려."

뚝!

"음!"

"아!"

신음에 가까운 놀람성이 터져 나왔다.

아닐지도 모른다는 생각을 달려오면서 수십 번 했다. 하지만 육중위의 보고를 들으면 현장에 도착하자 까마귀들이 시체를 뜯고 있었으며 마당에 피가 홍건하게 흐르고 있었다는 것이 이들의 짓임을 여실히 말하고 있었다.

"서독이란 분의 목을 벴더군요."

수뇌의 표정이 돌덩이처럼 굳었다.

그러나 이내 피식 웃는다.

강력한 살의가 담긴 웃음이었다.

이제 어쩔 수 없다. 모두 죽이는 수밖에 없다는 의미다. 전쟁은 끝났고, 두 번 다시 흑도의 인물들을 찾아 암살을 한다거나 하는 행위는 무림맹주 이름으로 금지되어 있었다.

흑도칠군.

흑도의 최고 어른들이었다. 모찰도 생전에 자주 안부를 전했을 만큼 깍듯했고, 끝없는 소모전이라면서 어떻게 해서라도 흑과 백의 전쟁이 끝나길 바라면서 동분서주했던 인물들.

누구보다도 평화주의자들이었다.

그런 그들을 죽였다는 것은 아직도 물밑에서 전쟁을 벌이고 있으며 정신적 어른인 그를 죽여 흑도의 뿌리를 뽑겠다는 지독한 저의였다. 공야색은 크게 한숨을 쉬었다. 어쩌면 서독뿐만이 아니라 나머지 여섯 사람에게도 불행이 닥쳤을지 모른다는 예감 때문이었다.

"맞다. 우리가 죽였다."

우두머리 입가에 가냘픈 미소.

너희들까지 죽여 비밀을 지키겠다는 살인멸구의 의지.

"흐흐흐!"

"그 자식들, 매를 번다더니 그냥 있었으면 될 걸."

이쪽 열한 명쯤은 아무런 상대도 되지 않는다고 생각하는 듯 여전히 거침없는 말투.

"지체할 시간이 없습니다."

약속 시간에 약속 장소에 나타나야 한다.

자신들이 나타나지 않으면 실패한 것으로 간주하고 다시 홍운을 보낼 것이다.

문제는 다시 사람을 보내게 되면 실패할 확률이 커진다는 것이다. 즉, 다시 갔을 때는 서독의 죽음이 알려져 흑도에서 많은 인물들이 도착해 기다리고 있을 가능성이 크다는 것이다. 정작 중요한 건 그래도 가야 한다는 사실. 결국 비밀을 폭로하려는 흑도 쪽과 감추려는 황보세가 쪽과 엄청난 싸움을 벌일 게 뻔했다. 자신들의 실수로 그런 사태까지 일이 진행되어서는 절대 안 된다.

삼십 리 밖 관제묘에 황보세가에서 파견 나온 사자가 자신들의 등장을 기다리며 서 있을 것이다. 배가 고프기도 했지만 너무 구수한 냄새에 취해 그만 지체해 버린 것이 이런 불상사를 불렀다.

무조건 이각 안에 열한 명을 해치우지 않으면 안 된다. 사자는 반 각 이상을 기다리지 않고 본가로 돌아가 실패했음을 보고할 것이다. 자신들이 조금 늦게 돌아가도 추궁을 받는다. 제시간에 도착하지 않는 것은 성공을 했어도 책임 추궁이 크다.

성공한 것에 대한 상금이 없어지고, 석 달 감봉이 있고, 한 달 면벽이다.

혹독한 징계라 아니 할 수 없었다.

스으으!

옆구리에 매달린 낡은 철도를 잡아가는 수뇌.

매우 신중하다. 그의 시선은 공야색에게 머물러 있었다. 이미 공야색을 수뇌로 판단한 것이다.

공야색은 손을 뻗어 근처에 있는 나뭇가지 한 개를 적엽비화 수법으로 꺾어 다듬었다

사내들 눈이 커졌다.

적엽비화라고 모두가 같지 않았다.

동작이 지나칠 만큼 자연스러웠다. 사내들의 방만한 태도가 싹 가시며 신중한 낯빛들이다.

"감히 황보의 칼에 비견할 바는 못 되오. 그러나 가만있을 수는 없지 않겠소이까?"

"겸양의 말씀."

수뇌가 가볍게 목례를 했다.

바로 그 순간 목례가 끝나자마자 사내의 왼쪽에 꽂혀 있던 철도가 뽑혀 나왔다.

얼마만큼 칼을 갈지 않았는지 시뻘건 광채가 뿜어 나왔다. 시뻘건 녹이 슬어 만들어낸 혈광.

그러나 녹을 일부러 벗겨내지 않았다고 생각하면 오산이었다. 녹을 벗겨내지 않는 것은 상처에 치명적인 사기(死氣)를 묻히기 위함이었다. 녹이 슬면 각종 이물질이 발생하고 독기가 생성되어 피부에 닿으면 상처를 악화시킨다. 문제는 칼에 녹을 일부러 만드는 사람이 있다는 것이다.

주로 사람의 배설물, 또는 독성을 가득 머금은 곤충들이 썩어 가는 곳에 칼을 두어 그들의 몸에서 흘러나온 물질로 도신을 녹슬게 하는 것이다.

쏵!

공야색의 목검이 움직였다.

속도에서 전혀 뒤떨어지지 않는 속도였다.

미원(美院), 흑도오문 중 한곳으로 빠른 검을 사용한다. 아니, 제대로 미원의 쾌검을 연성하면 천하에서 손꼽히는 쾌검수가 된다. 공야색의 검 또한 미원에서 상당히 빠른 축에 속했지만 빠름을 형성하는 가장 중요한 요소인 내공이 상당 부분 이미 추산에게 전해져 예전만은 못했지만 눈이 부셨다.

―아아아!
―오오!

양쪽 모두로부터 흘러나오는 탄성.

이쪽은 수뇌의 빠른 칼에 감탄했고, 저쪽은 공야색의 빠른 검에 놀라움을 표시한 것이었다.

좌악!

둔탁한 소리가 흘러나왔다.

칼과 검이 부딪치는 소리였고, 두 사람의 몸은 바뀌었다.

처음에는 수뇌가 동쪽, 공야색이 서쪽에 섰지만 일 초를 겨루자 서로 위치가 바뀐 것이다.

여전히 둘의 자세는 처음 그대로이다.

좌아아!

이번에는 공야색이 선검을 날렸다.

추산은 공야색의 검이 처음보다 두 배는 빠르다고 생각했다. 추산의 생각이 채 끝나기도 전에 두 눈은 찢어질 듯 커지고 말았다. 수뇌가 칼을 뻗었는데 보이지는 않았다.

엄밀히 말하면 보이긴 했지만 아주 작았다. 처음과는 달리 혈광이 까만 콩알만 해졌다는 것이다. 수뇌가 든 녹슨 철도의 도신은 반 뼘 가까운 일반 도와 다를 바 없다. 그런데 어떻게 혈광이 콩알만큼 작아질 수가 있단 말인가.

"빠르면 작아진다. 사람도 빠르면 작아진다. 신법이 빠르면 작아지는 법이니라. 공기의 저항에 의해 급속하게 줄어드는 것이지. 고금제일신왕(古今第一身王)으로 불리는 일중자의 몸은 무려 칠 척이다. 그러나 그가 신법을 펼치면 오 척이 채 안 된다고 했다는구나. 주먹 또한 마찬가지이니라. 빠르면 작아질 것이다. 그리고 더 빠르면 보이지 않는다."

모찰의 말이었다.

늦게 발도했지만 중간을 먼저 넘어섰다. 당연히 공야색의 검이 먼저 뽑혔으니 둘 사이의 중간을 먼저 넘었어야 정상이지만 그렇지 않았다.

캉!

둘의 병기가 부딪치며 도선과 검선을 벗어났다. 힘에 의해 선을 벗어나는 것인데 이때 중요한 것은 누가 빨리 튕겨 나간 검이나 칼을 빨리 회수하여 공격에 나서느냐이다. 반탄강기에 튕겨 나간 병기를 회수하여 재차 반격에 나서는 것을 연공(連功), 또는 연식(連式)이라고 한다.

스윽!

슥!

언뜻 보면 거의 비슷한 순간에 검과 칼을 통제한 듯 보였다. 하지만 추산의 낯빛이 파래졌다. 반 호흡도 안 되는 아주 짧은 시간이지만 수뇌의 칼이 더 빨리 공격으로 변했다. 일반적인 도법이라면 반 호흡도 안 되는 짧은 시간은 무시해도 된다. 그러나 둘 모두 쾌검과 쾌도를 생명으로 살아온 사람들.

반 호흡이면 속된 말로 이들에게 세월이었다.

일반 무공을 펼치는 사람들에게 대입한다면 삼 초에서 사 초의 공세를 펼칠 만큼 긴 시간.

쉭!

공야색의 검이 통제에 들어섰을 때 수뇌의 검은 명치를 노리고 파고들고 있었다.

반 호흡 차이로 공야색은 죽는다는 것이 추산의 생각.

스윽!

추산의 신형이 찌그러지는 듯 공야색의 앞을 막아섰다.

앞서 언급한 대로 보법이 너무 빠르다 보니 사람의 몸이 찌그러진 것처럼 보인 것이다.

쾅!

뒤이어 들려오는 굉음.

"으음!"

작은 신음을 흘리며 뒤로 두 걸음 물러서는 수뇌의 안색이 창백해졌다. 그리고 더욱 놀라운 사실은 그가 칼을 거꾸로 잡고 있다는 것이다. 날이 공중으로 올라간 칼.

강한 충격에 칼의 손잡이가 손아귀에서 반 바퀴 돌아버렸다는 의미다.

믿을 수 없다는 듯 양쪽 누구도 입을 열지 못했고, 오직 추산의 입가에 작은 미소 한 방울이 걸려 있었다. 추산의 눈빛은 칼을 거꾸로 쥔 수뇌를 바라보고 있었는데, 한 가지 놀라운 사실을 읽고 있었다.

수뇌는 추산의 강한 권기에 칼을 놓칠 뻔했다. 아니, 칼을 놓쳐야 했다. 강한 타격이 올 때는 칼이든 뭐든 병기를 놓아버려야 한다. 몸에서 떨어뜨리지 않기 위해 붙들고 있다 보면 병기를 타고 온 힘이 온몸을 부숴 버린다.

병기를 쥐고 있음으로 인해 내상이 더 커지는 것이다.

"조장님!"

"조장!"

홍운의 동료들이 불렀다.

수뇌는 대답을 않는다. 여전히 미동도 하지 않았다. 추산은
그 이유를 알고 있었다. 그의 오른팔은 완전히 박살 나버렸다.
손목에서부터 시작하여 팔목, 어깨까지 강한 힘에 탈골이 되
어 더 이상 도수로서 어떤 신위도 보여줄 수 없게 되어버린 것
이다.

툭!

추산의 생각을 반증이라도 하듯 손에 들린 칼이 힘없이 떨
어졌다.

칼을 떨어뜨린 팔은 움직이지 않았다.

수뇌의 시선은 온갖 복잡한 감정을 담고 있었다. 사실 말은
하지 않았지만 처음부터 추산을 눈여겨보았다. 그러나 자신들
의 일방적인 무례에도 꼼짝하지 않자 잘못 보았다고 생각하면
서 무시한 것인데 이런 일이 생겼다.

일이 이렇게 된 이상 한 가지뿐이었다.

─죽든지, 죽이든지!

수뇌는 조용히 명령을 내렸다.

"살(殺), 멸구(滅口)하랏!"

네 사내가 칼을 뽑아 들었다.

이미 이쪽도 대기하고 있었기에 잔뜩 장력을 끌어올리고 있

었다.

아무리 홍운이 뛰어나다고 해도 수뇌가 치명상을 입은 마당이다. 그에 반해 이쪽은 비록 병기는 무저옥에 갇힐 당시 빼앗기고 빈손이었기 때문에 어쩔 수 없이 장력을 사용했지만 사기는 충천해 있었다.

"감히!"

"꼴 보기 싫은 자식들, 혼을 내주겠다!"

양쪽은 금세 치열한 싸움으로 빠져들었다.

하나같이 일 갑자 이상의 내공을 지닌 일류고수들이다. 추산 일행은 이인 일조가 되어 네 사람을 몰아붙였다. 싸움은 팽팽했고 공야색도 목검을 들고 뛰어들었다.

추산 또한 막 뛰어들려는데 수뇌가 말을 걸어왔다.

"이름이 뭔가?"

히죽!

추산은 대답 대신 미소를 지었다.

수뇌의 의도를 알아차렸기 때문이다. 자신들은 지금 철저히 불리했다. 그런데 추산까지 싸움에 끼어들면 더욱 위험해지므로 입으로라도 붙잡고 있겠다는 계산이었는데 그걸 추산이 모를 리 없었다.

"나중에 가르쳐 주지요."

뛰어드는 추산을 보며 수뇌의 눈빛이 떨렸다.

―사, 사악칠권!

사악칠권 하면 누구든 한 인물을 떠올린다.

그리고 그의 용맹함과 중후함에 흑백을 불문하고 경외심을
품는다. 적이지만 그릇이 워낙 컸기에 벗이 되고자 했고, 진정
한 무사라고 여겼던 인물 모찰.

어쩌면 무림맹과 같은 존재인 흑도의 성전, 흑천의 주인이
모찰이 아닐까 정파 무림에서는 생각을 했었다. 모찰 정도의
그릇이라면 충분히 흑천의 천주가 되고도 남는다는 것이 하나
같은 생각이었다.

하지만 심증은 가지만 물증이 없었다. 어쨌든 모찰의 사악
칠권은 악마의 주먹이라 할 만큼 빠르고 정확했다.

―마, 말도 안 돼!

모찰의 사악칠권을 본 적이 있었다.

비록 숨어 지켜본 것이었지만 대단했다. 그런데 지금 추산
에 의해 펼쳐지고 있는 사악칠권은 당시 숨어서 보았던 것보
다 훨씬 빠르고 강맹했다.

"커억!"

예상대로 홍운의 첫 희생자는 추산의 주먹에서 나왔다.

어찌나 빠른지 마치 길게 늘어지는 것 같은 주먹을 피하지
못하고 단방에 즉사하는 수하를 보며 수뇌의 눈빛은 암울하게
젖어들어 갔다.

“큭!”

팽팽하던 싸움에서 개인이든 집단이든 한쪽에 미세한 균열이 생기면 급속히 무너져 버린다. 그것은 실력이 없어서라기보다는 사기라는 심리적 이유 때문이다. 무사에게 심리전은 때로는 실력을 우선한다고 할 만큼 절대적인 요소로 작용한다.

“으아악!”

세 번째 홍운의 무사가 비명을 지르며 엎어지고, 무려 열한 명의 무사가 한 명을 포위했다.

열한 명이 자신을 에워싸자 아무리 훈련이 잘된 홍운 무사이지만 완전히 공포에 빠진 얼굴이었다. 이렇게 되면 먹잇감밖에 되지 않는다. 투쟁욕도 승부에 대한 기대치가 어떠하냐에 따라 강해지고 약해지는데 무조건 완패밖에 보이지 않는 상황에서 할 수 있는 것이라고는 한 가지뿐이었다.

푸욱!

아무도 예상하지 못한 행동이었다.

사내는 지체없이 자신의 아랫배에 칼을 꽂아 넣었다. 그것도 부족해 복부에 꽂힌 칼을 마구 돌린다.

뚝!

두두둑!

내장 끊어지는 소리와 함께 또다시 들려오는 파육음.

퍼억!

―이런!

　사내가 자신의 복부에 칼을 꽂고 돌리는 것을 보며 추산은 어쩌면 수뇌 또한 자결을 감행할지도 모른다는 생각을 했는데 유감스럽게도 예감은 맞아떨어졌다.
　수뇌 역시 천령개를 내려쳤다. 허연 뇌수에 덮인 수뇌의 표정은 비장했고, 눈빛은 추산에게 멎어 있었다. 그것은 증오나 원한 따위와는 전혀 다른 것이었다.
　승자에 대한 경외였다.
　자신도 강하다고 자부했고 멋진 무사가 되기 위해 스스로를 엄격히 다스리며 지금까지 살아왔다. 그러나 어린 추산에게서는 자신이 지니지 못한 것이 많이 발견되었는데 그중 최고의 것은 강함이었다. 강함은 무사에게 있어 어떤 것보다 우선한 멋이다.
　풀석!
　수뇌가 엎어짐으로써 다섯 명의 황보세가 무사는 모두 숨졌다.

　누구도 입을 열지 않았다. 패했다고 스스로 목숨을 끊는다는 것은 강호 무사라고 하여 누구나 취할 수 있는 행동이 아니었다. 패했을 때 자결은 한때 마교 무사들의 정신이었다. 잘못된 자부심과 명예로 무장된 마교 무사들은 패했다 하면 목숨을 끊어 마교와 자신의 가치를 상대에게 과시했다.

　그러나 요즘은 그들도 어떻게 해서라도 사는 길을 택하지 마구 죽지 않는다.

　그런데 사마외도의 무가도 아닌 황보세가의 무사들이 스스로 목숨을 끊었다는 것은 그렇게 간단한 문제가 아니었다.

　"이들의 자살은 비밀 유지 차원으로 해석해야 할 것 같습니다."

　육중위가 공야색을 보며 말했다.

　"비밀?"

　공야색이 묻는다.

　육중위의 눈썹이 모아졌다.

　"흑도칠군 중 한 분이신 서독의 암살을 우리가 알고 있잖습니까?"

　"스스로 목숨을 끊어 황보세가는 무관함을 강조하려는 것이라는 거군."

　"목숨을 끊는다고 의심을 피할 수 있을까요. 서독 어른의 은거지에서 일백여 리 가까운 이곳에서 이들의 시신이 발견되었다면 누구든 그 어른의 죽음에 황보세가가 개입했다는 것을 어렵지 않게 생각할 텐데."

　"그래도 살아 있는 것보다는 죽는 것이 오리발 내밀기에는 좋지. 우리에게 자백했다고 해도 고문이 무서워 입을 열었다고 해버리면 할 말은 없는 것이니까."

　장내는 다시 침묵이 찾아들었다.

　흑도칠군은 무너진 흑도의 마지막 기둥.

　재기를 꿈꾸는 흑도인 대부분, 추산을 제외한 이곳의 열 명까지도 그들에 대한 의지가 컸다. 정신적 지주만 살아 있다면, 기둥이 쓰러지지 않고 서 있다면 지붕을 다시 올리는 것은 그다지 어렵지 않기 때문이다.

　—틀림없다. 흑도칠군을 마지막으로 완전히 흑도란 존재를 이 땅에서 궤멸하려 한다.

　추산이 내린 결론이었다.

　해질 무렵, 한 명의 흑의중년인이 태봉령을 오르고 있었다. 태봉령을 넘으면 낙양이다. 태봉령 정상에 올라선 중년인의 입가에 미소가 떠오른다. 낯익은 모습이고 꿈에서도 잊지 않았던 정겨운 풍경들이다. 팔각등은 밤이 오지 않아 아직 타오르지 않았고, 심후한 내공 탓인가, 백룡지의 물결이 바람에 출렁거리는 것까지 보인다.
　일 년 내내 걸어놓는 백미사의 연등 또한 아직 해가 있어 보이지 않고 망산의 거총 석등도 요원하다.

　—삼 년 만인가.

　고향을 떠난 지 정확히 삼 년 만에 돌아왔다.
　중년인은 추산이었다. 그가 중년인으로 변장을 한 것은 개

방의 인물들 때문이었다. 낙양은 개방의 총단이 있는 개봉에
서 얼마 되지 않아 개방 무사들 발걸음이 잦다.

이미 무저옥 탈출은 드러났다. 무림맹에서는 그다지 중요한
자들도 아니기 때문에 유야무야 넘어가는 듯했지만 단 한 사
람, 아망개만이 바빠졌다.

─호랑이 새끼 한 마리가 우리를 빠져나갔다. 누구든 발견
즉시 때려죽여라.

아망개의 이름으로 개방의 강호 수천 분타에 내려진 추살령
이었다.

개방 무사가 무서워서가 아니라 귀찮을 뿐이었다. 아망개가
아닌 개방 무사들과 부딪쳐 봤자 애꿎은 죽음만 양산될 뿐이
었기에 변장을 한 것이다.

땅거미가 밀려오자 저잣거리가 바뀌고 있었다. 장사꾼들이
하나둘 사라지고 여인들의 목소리가 들려오기 시작했다.

"이보시오?"

팔고 남은 금서비액을 자루에 담던 고씨의 고개가 돌아갔
다. 한 명의 중년인이 다가왔다.

고씨의 눈이 커졌다. 가게 문을 닫을 때 손님이 오면 삼 년
안에 크게 번창한다는 속설이 있기 때문이다.

"그거 한 병에 얼마요?"

고씨의 허리가 납작 숙여졌다.

"두 돈이지만 한 돈 반에 드리겠습니다."

"효과는 확실하오?"

"걱정 마십시오. 어찌나 향기가 좋은지 자신만 먹는 것이 아니라 온 가족을 데리고 와 한꺼번에 먹습니다."

한 돈 반을 건네고 쥐약을 받는다.

고씨의 얼굴에 화색이 돌았다.

─됐어!

호형호제했다가 지금은 원수가 되어버린 피광도 언젠가 가게 문을 닫을 즈음 금설련 한 뿌리를 팔았는데 그로부터 반년 후 노독수라는 이름으로 돈이 오기 시작했다.

지금은 낙양의 저잣거리에서 손가락에 꼽히는 금설련 가게를 갖고 있을 뿐만 아니라 얼마 전에는 종이 장사에까지 손을 뻗으며 가세가 날로 늘어나고 있었다.

"말 좀 물읍시다."

고씨는 추산을 전혀 알아보지 못했다.

고씨는 얼굴 가득 미소를 담고서 대답했다.

"뭡니까?"

"이 근처에서 금설련을 팔던 친구가 있었던 것 같은데 안 보이는구려."

금설련이란 말이 나오기가 무섭게 고씨의 안색이 싸늘해졌다. 피 자나 금 자만 나오면 피가 거꾸로 용솟음쳤다.

피광과 틀어진 사건의 전말은 이러했다.

일 년 전 고씨는 돈이 필요했다. 금서비액은 일반 쥐약과 달리 석 달 이상 지나면 굳어버린다. 즉, 쓸모가 없어지는 것이다. 다른 쥐약은 몇 년을 두어도 독성이 사라지지 않는다. 금서비액이 일반 쥐약과 다른 점은 독성으로 죽이지 않는다는 것과 고씨가 직접 제조를 한다는 것이었다. 금서비액은 독성이 아닌, 쥐들이 좋아하는 향기로 유혹을 한다. 음령향(陰靈香)이라는 것을 비롯해 십여 가지의 기화이초로 만들어지는데, 쥐들이 좋아하는 음식에 묻혀 놓는다. 그럼 쥐들이 혼자 먹기가 아쉬워 온 가족을 데리고 와 실컷 먹는데 문제는 향기에 취해 배가 터져도 계속 먹는다는 것이었다. 그렇게 쥐를 잡기 때문에 다른 쥐약에 비해 비싸긴 해도 효과는 으뜸이었다.

그해 여름 큰비가 내려 쥐가 사라지면서 금서비액이 팔리지 않고 연거푸 버리게 되자 자금이 필요하여 피광을 찾아갔는데 일언지하에 거절을 당한 것이다.

―내가 당신을 언제 봤다고!

정 빌리려거든 살고 있는 집을 담보로 잡히라는 것이었다. 몇 번을 찾아갔지만 냉대만 더해졌고, 급기야 호위무사들에게 두들겨 맞고 쫓겨나기까지 했다.

"그래, 지금 그 피씨는 어디 있소?"

"무슨 얼어 죽을 피씨란 말이오, 피새끼지. 저쪽 밑으로 좀 더 내려가 보시오. 커다란 삼층 건물이 있을 것이오.”

“고맙소이다.”

돌아서며 이를 가는 고씨를 향해 야릇한 미소를 지어 보인 추산은 발걸음을 돌렸다.

이십여 장 내려가자 저잣거리에 아직 어둠이 채 덮이지도 않았는데 삼층 건물이 온갖 화려한 불을 밝혀놓고 있었다. 저잣거리에서도 가장 번화한 곳이었다.

두 대의 마차가 금설련을 내리고 있었다. 종이를 만들 닥나무를 가득 실은 세 대의 마차가 재차 들어서고 있는 모습을 보며 추산은 눈살을 찌푸렸다.

도대체 무슨 일이 있었던가.

이 정도 규모의 사업을 운영하려면 최초 자금이 못해도 황금 이백 냥 이상은 필요했다. 자신이 아는 피광의 돈줄은 용병으로 전쟁터에 끌려 나가 거둔 것 말고는 없었다. 거기서 받은 돈으로는 이런 규모의 장사는 절대 안 된다.

계단 앞으로 다가섰다.

척!

검을 쥔 한 명의 호위무사가 앞을 막는다.

“어디서 오셨습니까?”

눈을 위아래로 희번덕거렸다.

추산은 낮은 목소리로 말했다.

“주인 있는가? 주인을 좀 만나야겠네.”

“누구신지……?”

“옛 친구가 찾아왔다고 하면 잘 알 걸세.”

“옛 친구?”

호위무사의 표정이 사나워졌다. 자신의 주인은 어리다. 덩치는 크지만 장사꾼 특유의 올려 붙이기를 하고 있었다. 장사를 하다 보면 아무래도 필요에 의해 나이를 속일 수밖에 없기 때문이다. 너무 어려도 상대가 우습게 보고, 그럴 경우 거래를 위한 협상력에 문제가 생기기 때문이었다.

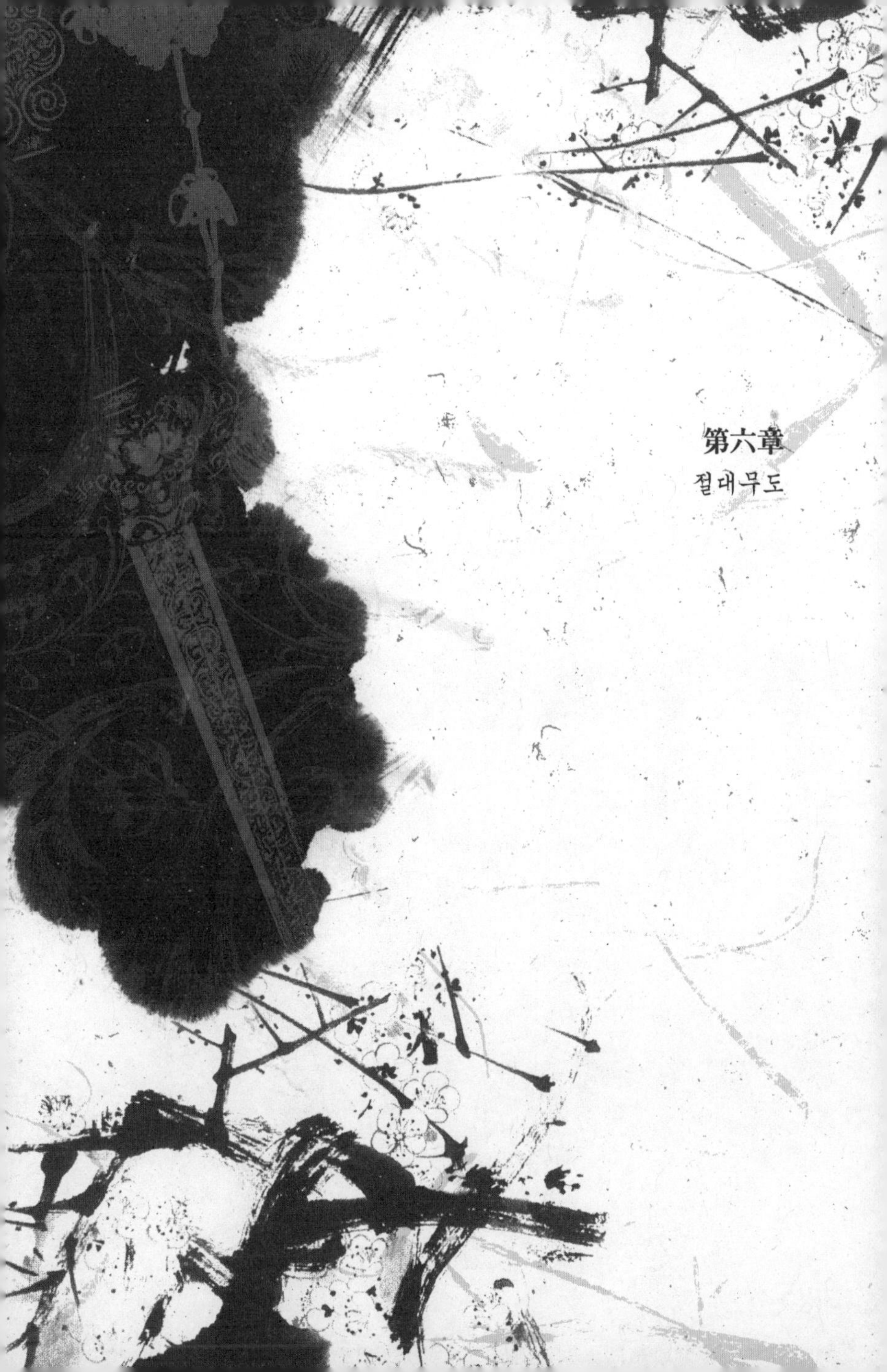

第六章

절대무도

검명도살

어쨌든 어린 주인 친구가 옛 친구 운운하자 배알이 뒤틀렸
다.

　─어린 노무 새끼들이.

자신의 나이는 서른둘이다.
어쩔 수 없이 받들고 있지만 말끝마다 하대를 하는 꼴이 영
못마땅했는데 추산까지 반말을 하지 않는가.
"알겠습니다. 그럼 그렇게 알고 소인은 이만 가보겠습니
다."
그때 안쪽 문이 열리더니 두 명의 인물이 나왔다. 한 명은

금포를 걸쳤는데 추산의 눈이 커졌다. 상대는 분명 피광이었다. 그런데 살이 뒤룩뒤룩했다. 거래를 마치고 나온 듯 맞은편 사십가량의 백의중년인은 피광의 오른손을 두 손으로 감싸며 연신 부탁한다는 말을 내뱉었다.

"걱정 마시오. 난 한다면 하는 사람이니까 믿으시오."

"믿습니다. 암, 믿고말고요. 그럼."

다시 한 번 큰절을 하고 계단 아래 대기하고 있던 하인이 끄는 말에 올라탄다. 하인이 말고삐를 쥐고 돌아섰다. 그 순간 추산의 귓가로 들려오는 백의중년인의 중얼거림.

─도둑놈의 새끼!

피광이 아주 못마땅한 듯 거친 욕설이었다. 물론 피광은 알아듣지 못했는지 그냥 돌아섰다.

"저 사람이 피광이라는 이곳 주인 아니냐?"

일부러 들으라는 듯 호위무사를 향해 큰 소리로 말했다.

안으로 들어가려던 피광이 돌아섰다.

호위무사가 버럭 소릴 질렀다.

"말조심하랏! 감히 주인님 존함을?"

피광은 등을 돌리고 다시 들어간다. 돈을 벌다 보니 자신의 친구라고 찾아오는 이가 어디 한둘인가.

"너희 주인에게 할 말이 있다고 하지 않느냐. 비켜라."

탁!

가로막는 호위무사를 왼손으로 밀치고 들어서려 했다.

바로 그 순간이었다.

휘휘휙!

처마와 지붕 등에 숨어 있던 호위무사 세 명이 가볍게 내려서더니 앞을 막았다.

한데 일은 다른 곳에서 터졌다.

"쳐랏!"

싸늘한 호통이 터지며 와와 하는 함성과 함께 이십여 명의 사내가 가게를 향해 뛰어들었다. 그러자 어디에 숨어 있었는지 다섯 명의 호위무사가 더 나타나 달려드는 사내들과 싸움을 벌이기 시작했다.

수적으로는 사내들이 네 배 정도 많았지만 십여 초가 지나자 밀리기 시작했다. 추산의 눈이 커졌다. 그가 놀란 것은 사내들 얼굴이 모두 낯이 익었기 때문이다.

─아니, 육방 형님!

피광을 공격한 사내들은 육방의 패거리였다.

"으억!"

"컥!"

비명이 터져 나오기 시작했다. 정상적인 무예 수업을 받은 호위무사들을 저잣거리 왈패들이 당해내기란 불가능했다. 악으로, 깡으로 버티고 저돌적으로 덤벼들었지만 체계적이고 침착한 대웅에 하나둘 나뒹굴며 피를 흘리기 시작했다.

스으윽!

추산이 끼어들었다.

가장 가까이에서 검을 휘두르는 호위무사의 검을 옆으로 쳐내고 빈 가슴에 주먹을 쑤셔 박았다.

"크아악!"

유난히 큰 비명이었다.

오른쪽으로 일 보를 움직였는데 얼음 위를 미끄러지듯 한다. 그리고 어느새 육방을 가격하려던 호위무사 뒤통수에 추산의 주먹이 다가섰다. 호위무사는 위험을 감지하고 육방을 베어가던 검을 회수하며 돌아섰다.

싸악!

호위무사의 검이 추산을 베었을 때는 이미 이 장 밖으로 물러난 뒤였다. 그 순간 육방의 손에 쥐어진 칼이 호위무사의 등에 깊숙이 박혔다. 우두머리답게 한칼 하던 솜씨가 그대로 드러났다.

"물러서지 마!"

외치는 육방의 목소리에 한이 맺혔다.

그러나 추산이 잠시 도움을 중단하자 다시 몰렸고, 육방의 처절한 외침이 다시 터져 나왔다.

"퇴각해라!"

수하들이 부상자들을 이끌고 어느새 몰려든 사람들 사이로 달아나기 시작했다.

"피광, 이 개자식아! 널 가만두면 네가 육방이 아니다! 각오해!"

악을 쓰며 육방은 어둠 속으로 사라졌다.

호위무사들이 주위를 둘러보았다. 조금 전 자신들과 언쟁을 하던 추산을 찾는 것이었다. 추산의 모습은 보이지 않고 육방의 칼에 등을 맞은 동료가 신음을 흘렸다.

"의원으로 데려가."

호위무사 한 명이 동료를 등에 업고 달음박질을 쳤다.

북리 의원의 손길이 바빠졌다. 십여 명의 사내가 침상에 누워 고통의 신음을 내뱉었고, 그중 일부는 엄중했다.

"살려줘!"

"나, 나부터!"

방 안은 사내들이 질러내는 신음으로 귀청이 먹먹할 지경이었다.

"병신 같은 놈, 내가 뭐라고 했느냐. 모두가 쓸데없는 짓이라고 하지 않았느냐?"

북리 의원은 연신 사내의 몸에서 피를 닦아내며 잔소리를 늘어놓았다.

"이제 예전의 피광이 아냐. 넌 죽었다 깨어나도 그 아이를 이기지 못해."

"이깁니다. 난 기어코 놈을 잡을 것입니다."

육방이 악에 받친 눈빛을 뿜어내었다.

“세 번째다. 다른 건 몰라도 한 가지는 분명하다.”

“그게 뭡니까?”

“이만큼 한 것도 피광이 옛정을 생각해서 호위무사들더러 손에 사정을 두게 했다는 것이니라.”

“그놈이요? 그걸 말이라고 합니까? 그 자식은 날 죽이지 못해 안달하는 놈이라구요.”

“난 안다. 그놈은 지금 널 봐주고 있다. 하나 언제까지나 봐주지는 않을 것이다. 이쯤에서 물러나라. 현실을 받아들이고 그놈 밑으로 들어가. 그게 너나 아이들 모두 편해.”

“죽어도 못 들어갑니다. 추산이라면 모를까.”

바로 그때였다. 입구 쪽에서 차가운 목소리가 들려왔다.

“그건 북리 의원의 말이 맞소. 피광이 지금 많이 봐주고 있는 것 같더구려.”

“웬 놈이냐?”

“누구지?”

다치지 않은 사내들이 일제히 칼을 뽑아 들었다.

방 안의 살벌한 공기에 촛불이 몸서리를 친다.

“멈춰! 당신은 아까 날 도와준 사람 아니오?”

육방이 손을 들어 올리며 말했다.

추산은 문설주에 기대선 채 말했다.

“피광이 정말로 당신들을 죽이려고 했다면 지금쯤 이곳으로 호위무사들을 보냈을 것이오. 많이 죽일 필요도 없지. 육방 형님 모가지 하나면 깨끗하게 정리된다는 것을 그가 몰라서 이렇게 놔둔다고 생각하오?"

"저 사람 말이 맞다. 그런데 지금 육방 형님이라고 했소?"

북리 의원의 눈이 빛났다.

육방 또한 침을 삼켰다.

추산은 왼손을 들어 이마로 손을 가져갔다.

스르르!

인피면구가 벗겨지고 새롭게 드러난 얼굴 하나.

"엇!"

"추, 추산!"

사내들은 소스라쳤다.

추산을 닮긴 했지만 워낙 체격이 커버렸고 무저옥에 갇혀 있는 동안 기른 수염은 언뜻 산적을 방불케 했다.

"후후후!"

추산은 야릇한 미소를 지었다.

사내 한 명이 버럭 소릴 질렀다.

"진짜잖아!"

"이런 젠장!"

"말도 안 돼! 이거 꿈 아냐?"

어떤 사내는 자신의 볼을 사정없이 잡아당겼다.

"아파! 꿈 아냐, 이것!"

"추산!"

"형님!"

육방이 추산에게 달려와 안긴다.

떠나기 전에는 육방이 컸지만 지금은 추산이 훨씬 크다. 한 체구 했는데, 장대한 추산의 가슴에 쏙 안기듯 묻히는 육방의 몸이었다.

추산의 몸에 안긴 육방이 흠칫했다. 사람을 끌어안고 있는 것이 아니었다. 그것은 바위요, 거대한 산맥이었다.

―이럴 수가!

악수라는 것이 있었다. 악수는 서로의 손에 아무것도 위험한 물건을 지니지 않았다는 것을 확인시켜 주는 것과 동시에 평화를 갈망하는 양쪽의 의지를 나타낸다.

악수는 화해의 상징이다. 그런데 악수라는 것을 해보면 상대의 몸에서 어떤 기운이 느껴진다. 적수인지 아닌지, 힘으로 꺾을 수 있는지 싸우면 패배가 뻔한지 알 수 있는 것이다. 그런데 지금 추산의 몸은 최소한 육방에게는 난공불락의 요새처럼 느껴졌다. 그냥 안겨 있는데 두려움까지 밀려들어 육방은 슬며시 떨어졌다.

"추산 아우, 이게 얼마만이야."

육방이 떨어져 나오자 그제야 육방의 부하들이 반가워했다.

"죽었다고 들었는데?"

"내가요?"

추산이 사내를 본다.

육방의 수하중 한 명인 기효붕이었다.

그는 왼팔 하나밖에 갖고 있지 않았다. 그러나 한방으로 불릴 만큼 주먹 하나는 세다.

"피광이 그러더라고. 죽었다고."

추산의 안색이 굳어졌다.

피광의 변함을 직접 두 눈으로 보고 고씨를 통해 들었지만 멀쩡하게 살아 있는 자신을 죽었다고 하다니.

—하긴!

그러다 이내 웃고 말았다.

무저옥으로 들어갔으니 죽었다고 말해도 무방할 일이었다.

교교한 달빛 아래 폐가 한 채가 서 있었다. 육방의 말에 의하면 간간이 하후천이 찾아와 집도 청소하고 잡초를 뽑고 했지만 하후청이 자신을 찾기 위해 가출을 한 이후부터는 더 이상 발길을 하지 않는다고 했다.

쏴아아!

눅눅한 바람에 마당의 잡초가 흔들거렸다.

추산은 부엌문을 열고 들어섰다. 부엌은 먼지가 수북이 쌓여 있었다. 솥은 녹이 잔뜩 슬어 있었는데, 아궁이 속으로 오른손을 집어넣었다. 자신이 집에 없으면 아버지는 돈을 아궁이 속에 넣어놓고 떠났다. 아무리 뒤지고 또 뒤져도 단 한 푼도 돈이 잡히지 않는다는 것은 그날 이후 단 한 번도 집으로 돌아오지 않았다는 뜻이다.

삼 년!

아직까지 단 한 번도 삼 년이란 긴 세월 동안 돌아오지 않은 적은 없었다.

그렇다고 두렵다거나 혹시 무슨 일이라도 있나 하는 불길한 생각은 더욱 떠오르지 않았다. 왕왕 부상을 입고 돌아오거나 아주 위험한 일을 겪었다는 말은 해주었지만 그때마다 아버지는 항상 씨익 웃었다. 백 번 자신있다는 말보다 신뢰가 가는 미소였다.

이제야말로 아버지가 궁금해졌다.

삼 년 동안 어디서 뭘 하기에 집을 한 번 찾아오지 않는단 말인가. 그리고 더욱 중요한 건 살아 있다면 반드시 생활비를 보냈을 것인데 그 돈은 어디로 갔을까.

아궁이에 돈이 없다고 생활비를 보내지 않았다 판단할 수는 없고, 죽었다고는 더욱 느껴지지 않는 묘한 기분.

털썩!

따뜻한 객점에서 자라고 했지만 고향에 돌아와 객점 신세를 지고 싶지는 않았다. 대충 방을 닦고 등을 대고 누웠다. 등을 통해 차가운 한기가 전해져 왔다.

고향은 엄마의 품이라고 했던가. 삼 년 만에 찾아온 집인데 고향집이어서인지 그는 금세 잠 속으로 빠져들었다.

눈을 뜨자 동창이 밝아오고 있었다. 해는 뜨지 않았지만 대략 묘시는 지났을 성싶었다. 한 번도 깨지 않고 깊이 잠들어서 인지 몸 또한 아주 가뿐했다. 오랜만에 맛본 깊은 단잠에 흡족해하며 양팔을 머리 위로 벌리며 기지개를 켠 추산은 자리에서 일어났다.

—아차!

부엌으로 들어선 추산은 쓴웃음을 지었다. 쌀독을 열어봤지만 한 톨도 없었다. 언제 돌아올지 모른다는 생각에 떠나기 전 썩거나 변색될 가능성이 있는 쌀과 반찬거리 모두 피광의 어머니에게 줘버렸다. 이렇게 되면 하는 수 없었다. 아침은 밖에서 해결해야 했다.

다행히 마당가 우물은 그대로였다. 양손을 움푹하게 만들어 바위에 고인 물을 퍼 얼굴을 씻었다. 소매춤으로 젖은 얼굴을 닦은 추산은 느릿하게 골목으로 접어들었다.

이른 아침의 저잣거리는 조용했다. 몇 곳의 주루를 살폈지만 모두가 문을 꼭꼭 닫았다. 하는 수 없이 방향을 바꿨다. 추산이 향하는 곳은 육전(肉典)이었다. 육전은 객점보다 하룻밤 유숙하는 데 비용이 싸고 밥값 또한 절반밖에 되지 않아 외지에서 오는 가난한 장사꾼들이나 길손들이 즐겨 찾는다. 특히 아침 일찍 열고 밤늦게 닫기 때문에 객점과 주루가 문 닫을 시간에도 열려 있었다.

육전을 찾아가기 위해서는 채화로를 가로질렀다.

채화로는 기루들이 밀집해 있는 곳.

선입견 때문인가, 채화로에 들어가는 순간 코끝으로 진한 남녀의 체액이 맡아진다.

"죽어라, 개 같은 년!"

채화로를 가로질러 가던 추산의 귓가를 파고드는 굵직한 사내의 음성.

이어 여인의 처절한 비명이 들렸다.

"아악!"

"이런 싸구려 창년 따위가 감히 날 깨물어!"

추산은 발걸음을 멈추고 고개를 돌렸다. 작은 담벼락 아래 한 사내가 쓰러진 기녀를 마구 짓밟고 있었다. 동료로 보이는 기녀 둘이 곁에 있었지만 '이 노릇을 어떡해' 하는 안타까운 말만 되풀이하며 발을 동동 굴렀다.

"그래, 날 죽여라! 날 죽이고 가거라! 죽여라! 죽여!"

여인은 악에 받친 듯 양손으로 사내의 발을 끌어안았다.

"호호호! 더 때려라! 좀 전 그 짓을 할 땐 힘이 좋더니 왜 이렇게 맥이 없느냐! 오늘 너 죽고 나 죽자!"

"우와, 씨이!"

사내는 자존심에 자극을 받은 듯 눈을 부라리더니 주위를 두리번거렸다.

그러더니 근처에서 자신의 머리만 한 바위를 양손으로 들어 올려 여인을 향해 다가갔다.

"피, 피해, 언니!"

"죽어!"

지켜보던 두 기녀가 소스라치며 앞을 막아섰다.

"돈 안 받을 테니까 그냥 가세요. 제발."

"괜찮아요. 어서 가주세요."

"비켜라, 이년들아. 나 오늘 저년 잡을 거야. 이것 안 보이느냐. 창녀에게 물리면 오 년 재수없다는데 네년들이 책임질 거야?"

한쪽 팔뚝에 이빨 자국과 피가 흘러내리고 있었다.

확!

바위로 찍을 듯하자 두 기녀는 얼른 좌우로 피했다.

사내는 바위를 머리 위로 쳐들고 피투성이가 된 기녀, 용월을 내려다보며 말했다.

"감히 나 독자생검 유미술을 물어뜯었겠다?"

그러면서 바위를 힘껏 찍는다.

흘긋!

그 순간 용월의 고개가 피하기는커녕 들려지며 환한 미소를 지었다.

정말 아름다운 미소였고 마치 한줄기 꽃이 피는 듯했다. 이별의 웃음이라 했고 혹자는 죽기 직전 피어난다 하여 사화(死花)라고도 부른다는 웃음.

무인에게서는 회광반조라는 것이 있다.

죽기 직전 온몸의 기력이 잠깐 되살아남을 말하는데, 그것과는 약간의 차이가 있었다. 회광반조는 본인의 의지와 달리

본능적으로 생기는 현상이지만 이별의 웃음 사화는 본인의 생
각과 의지로 짓는다. 용월이 짓고 있는 미소는 자기 삶에 대한
애처로움이었다. 뿌리가 누군지도 모른 채 세상에 던져져 몸
뚱이 하나 밑천 삼아 사십 가까운 나이까지 살아온 기구한 삶
에 대한 자기 연민.
　이내 환하게 피어났던 그녀의 미소는 보드라운 봄바람처럼
얼굴 전체를 덮었다. 미움도 원망도 모두 사라져 버린 평화로
움만이 넘실대는 얼굴이었다.

　―안녕, 나의 인생!

　용월은 조용히 중얼거렸다.
　그러나 단 한 사람의 귀까지 속이지는 못했다.
　따악!
　떨어지던 바위가 강한 뭔가에 부딪친 듯 퉁겨 날아갔다. 갑
작스런 변고에 유미술의 눈이 커지더니 오른쪽으로 고개를 돌
렸다. 삼 장쯤 떨어진 곳에 우뚝 서 있는 추산을 바라보더니
대뜸 으르렁거렸다.
　"너냐, 날 방해한 놈이?"
　추산은 사내의 질문에 대꾸는 않고 자신이 퉁겨낸 바윗돌을
주워 무게를 가늠하듯 두어 번 들어 올려본다.
　상당히 묵직했는데 대략 오 관은 되어 보였다.
　저벅저벅!

유미술을 향해 가까이 다가갔다.

유미술이 흠칫했다. 적당한 거리에서 멈추리라 예상했는데 그게 아니었다. 추산은 바위를 든 채 계속 다가왔다. 유미술은 검을 차고 있었는데 더 이상 다가오면 공격권 안이었다. 아무리 뛰어난 검수라도 검이 지닌 공격권 안으로 적이 들어와 버리면 제 위력을 발휘하지 못한다.

"멈춰랏!"

추산을 제지하기 위해 소릴 질렀지만 소용이 없었다.

그러면서 유미술은 공격권을 유지하기 위해 뒤로 한 걸음 물러났다. 하지만 이내 추산이 다가들면서 공격 거리는 무너지고 말았다. 이렇게 되면 선택은 한 길뿐이었다. 계속 뒤로 물러나 공격권을 유지한 채 왜 자신의 일을 방해하는지 물으며 은근슬쩍 상대를 탐지하여 제거할 수 있는 상대인지 아닌지 파악하는 것이었다. 또 하나는 무조건 공격을 하고 보는 것인데, 후자는 아주 위험하다. 상대를 정확히 파악하지도 않고 검을 뽑는다는 것은 죽음을 안고 덤벼드는 꼴이 될 수도 있기 때문이다.

그러나 진짜 중요한 것은 다가오는 추산이 뛰어난 고수인지 아닌지 파악이 안 된다는 것이었다. 아무리 훑고 살펴봐도 그저 평범할 뿐이었다. 물론 돌을 오른손에 받쳐 들고 다가오는 기세는 흉흉하다 못해 야수적인 기질까지 풍긴다.

단순한 야수인가, 고수인가.

야수라면 단번에 때려잡을 수가 있지만 고수라면 달라진다.

그러는 사이 그는 계속 물러났고, 담벼락에 등이 닿고 말았다. 더 이상 물러날 곳도 없었다.

"넌 뭔데 남의 일에 끼어드느냐? 그리고 설마 그 바위로 날 치겠다는 것이냐?"

휘익!

대답도 없이 바위로 쳤다.

아무 말도 없이 곧장 바위로 찍을 줄 몰랐기에 깜짝 놀랐다. 잽싸게 검을 뽑아 떨어지는 바위를 후려쳤다.

캉!

"우웃!"

유미술은 자신도 모르게 비명을 질렀다.

바위는 자신의 검에 전혀 영향을 받지 않았다. 후려친 검의 영향을 받지 않고 있다는 것은 바위에 실린 추산의 힘이 월등히 앞선다는 의미였다.

퍼억!

검을 퉁겨낸 바위는 유미술의 얼굴을 찍었다.

"컥!"

얼굴에서 가장 튀어나온 코가 먼저 주저앉았다. 얼굴에 자기 머리만 한 바위가 부딪치자 정신을 차릴 수가 없었다.

부우웅!

본능적으로 검을 휘둘렀지만 맞지 않았다.

빠악!

바위는 두 번째로 얼굴을 찍었다.

이번엔 눈자위였다.

순식간에 왼쪽 눈이 부어오르며 파랗게 물들었다.

"죽엇!"

악을 쓰며 검을 휘둘렀지만 추산의 옷자락도 베지 못했다. 세 번째 날아온 바위는 오른쪽 눈을 붓게 만들었다. 이제 두 눈은 무용지물이 되어버렸다. 퉁퉁 부어올라 앞이 보이지 않는 것이다. 완전히 감각과 흥분에 의지한 채 검을 휘둘렀다.

부— 부부붕!

뻐어억!

강한 파육음이 주위를 울렸다.

휘청거리며 오른쪽 무릎을 땅에 꿇었다. 바위가 오른쪽 무릎뼈를 부숴 버린 것이다. 그 바람에 손에 쥐고 있던 검이 저만치 날아가 떨어졌다.

빡!

이번엔 왼쪽 무릎이 박살 났다.

유미술은 주먹을 휘둘렀다. 그러나 부은 눈으로 인해 시력이 상실되었고, 분노와 공포에 사로잡혀 평상심을 잃다 보니 연속 헛손질만 해댔다.

"네놈이 아직도 정신을 차리지 못했구나."

추산이 분노의 일성을 나직이 흘리더니 유미술의 양 팔목을 낚아 잡았다.

후욱!

잡힌 손을 빼기 위해 온 힘을 다했지만 갈고리에 걸린 듯 꼼짝도 하지 않았다.

우드득!

강한 힘에 팔이 뒤틀렸다.

"크아아아!"

고통에 입을 벌리며 소릴 질렀다.

우지직!

급기야 양팔을 한 바퀴 돌려 버렸다. 뼈가 으스러지고 팔이
축 늘어지며 더 이상 주먹질을 하지 못했다. 추산은 옆에 떨어
진 바위를 거머쥐더니 왼손으로 유미술의 멱살을 거머쥐었다.

빽!

머리가 깨지며 피가 튀었다.

"사, 살려…….."

빽!

뻐버버벅!

자근자근 다지듯 유미술의 머리를 바위로 찍었다.

"혀, 형님, 제가 잘못했습니다. 으으웅!"

머리털과 살점으로 범벅이 된 바위를 들어 올린 채 추산은
나직한 목소리로 말했다.

"세상에서 제일 나쁜 짓이 뭔지 아느냐?"

"마, 말씀해 주십시오."

"계집 몸값 떼먹는 짓이다. 난 그런 놈들을 보면 돌아버린
다."

"살려주십시오. 당장 주겠습니다."

품속에 돈이 있었다.

그러나 이미 뼈가 부러지고 근육까지 완전히 뒤틀려 제 기능을 잃어버린 팔이 움직여지지 않았다.

"죄, 죄송하지만 소인 품속에 돈이 들었는데 조금 꺼내주시겠습니까? 팔이 말을……."

"이름이 뭐냐?"

"미술입니다. 유미술."

"좋은 이름인데 이런 나쁜 짓을 하면 되겠느냐?"

"안 됩니… 크억!"

바위가 또다시 머리 위로 떨어졌고, 유미술의 몸이 벼락을 맞은 듯 정지했다.

두 눈이 찢어져라 커졌는데 흰자위뿐이었다. 공포가 흰자위 위로 스멀스멀 기어다니고 있었다. 아직 숨이 끊어지지 않은 듯 입술을 달싹거렸다.

"사, 살려……."

빠아아아!

머리가 산산이 부서져 내렸다.

그러나 유미술의 눈동자는 움직였고 입술은 꿈틀거렸다.

"질기군!"

퍼억!

다시 떨어지는 바위.

유미술의 입술이 꿈틀거렸는데 분명히 들렸다.

"씨, 씨버얼 노오오옴!"

털썩!

그 한마디를 내뱉고 유미술의 몸이 옆으로 쓰러졌다.

추산은 바위를 버리고 일어섰다. 그때까지 용월을 비롯한 나머지 두 기녀는 침묵 속에 있었다. 너무 놀란 듯했는데 추산이 등을 돌리자 그때까지 땅바닥에 쭈그리고 앉아 있던 용월이 벌떡 일어서며 외쳐 말했다.

"산아!"

추산은 말없이 걷는다.

용월이 한 걸음 쫓아 나오며 외쳐 말했다.

"너 추산 맞지? 산이지?"

"언니, 왜 그래? 지금 누가 산이래. 이 언니 진짜 큰일 날 소리……."

두 명의 기녀가 앞을 가로막는다.

용월이 두 기녀를 밀쳤다.

"아냐. 틀림없어. 추산이 맞아."

"추산 아냐. 추산이면 우리가 모를까. 걔를 한두 번 봤어? 걔는 조그맣고 수염도 저렇게 없어. 야무지긴 해도 얼마나 잘 생겼는데."

"그래, 산이 아냐. 쭈욱 지켜봤지만 산이는 절대 아냐. 설혹 산이라고 쳐. 그 아이가 무슨 힘이 있어 저런 놈을 패 죽일 수가 있겠어?"

"이상해. 내 눈에는 추산 같았는데."

"언니 딴소리 그만하고 얼른 돈이나 찾아. 이놈 말 들었잖

아. 품속에 돈 있다고.”

　“내가 뒤져 볼게.”

　기녀 한 명이 품을 뒤지는 동안에도 용월은 밝아오는 골목 아래를 향해 걸어가는 추산의 뒷모습에서 시선을 거두지 못했다. 그러면서 그녀의 입술은 쉴 사이 없이 작은 움직임을 보였다.

　―하긴 그 아이가 저렇게 컸을 리가 없지. 워낙 못 먹고 자라 또래에 비해서도 작은 아이였는데.

　추산이 용병으로 출전했다가 돌아오지 못했다는 말을 듣고 믿어지지 않았다. 워낙 영악하고 야무진 아인지라 큰 걱정하지 않았는데 죽었다는 건 더욱 있을 수 없는 일이었다. 슬며시 용하다는 점쟁이를 찾아갔는데 살았다고 했다. 그럼 그렇지 하면서 마음이 편해지긴 했지만 아무래도 자꾸 불안해지고 있었다.

　“어머머머, 이 쳐죽일 놈 좀 봐. 언니, 이걸 좀 봐.”

　용월이 돌아보았다.

　유미술의 품에서 꺼낸 주머니에 은자가 가득했다.

　“족이 쉰 냥은 넘겠어. 이렇게 은자를 가득 두고서도 돈이 없다고. 호로 상놈의 새끼를 콱 그냥.”

　한 기녀가 죽은 시신을 노려보더니 용월의 손에 강제로 쥐어준다.

탁!

용월의 눈이 커졌다.

기녀가 눈을 부라린다.

"뭘 그렇게 봐. 언니 것이니까 어서 챙겨 넣어."

"너, 너무 많아. 한 냥만."

하룻밤 몸값이 한 냥이다.

그래서 한 냥만 가져가려는 것이었다.

"쯧쯧쯧! 저러니까 이놈 저놈 공짜로 처먹으려 들지. 받아 넣어."

꽥 소릴 지르며 기녀는 주머니를 용월의 앞가슴 속으로 넣어버렸다.

"퉤! 속이 다 시원하네."

기녀들은 죽은 유미술을 향해 침을 뱉으며 안으로 들어갔지만 용월은 여전히 사라지고 없는 골목 아래를 보며 중얼거렸다.

─산아!

용월은 한동안 꼼짝도 하지 않았다.

육전은 이른 새벽인데도 사람들로 붐볐다. 구석에 앉아 돈 육탕을 먹는 추산의 표정은 딱딱해져 있었다. 이유야 어쨌든 아침부터 사람을 죽였고, 특히 그의 기분을 상하게 만들었던 것은 상대가 용월이라는 것이었다.

—우라질!
—젠장!
—빌어먹을!

밥을 먹으면서 연신 욕설을 뱉자 주위 사내들이 흘긋거렸다. 밥 먹는데 아무래도 귀에 거슬린 모양이었다. 그런 것을 아는지 모르는지 추산의 입은 쉴 사이 없이 투덜거렸다.

—어떻게 자기 몸뚱어리 하나 간수하지 못하고 걸핏하면 얻어터진단 말인가. 염병할!

퍼퍼퍽!
미친 듯이 입을 벌리고 뜨거운 돈육탕을 입 속에 처넣었다.

—죽일 놈들, 공짜를 노릴 것이 있지. 계집년 치마 속을 공짜로 탐하려 들다니, 벼락을 맞아 뒈질…….

바로 그때였다. 좌측에서 음식을 먹던 덩치 좋은 장한 중 한 명이 인상을 썼다.
"이보쇼, 욕 좀 작작 하쇼. 더러워서 밥을 먹을 수가 없잖소이까?"

그러자 기다렸다는 듯 이곳저곳에서 원성을 해댔다.

"밥 먹으면서 무슨 욕을 그렇게 한대."

"욕을 달고 사는구먼."

"욕 장사 하시오?"

추산은 고개를 들었다.

표정은 여전히 굳어 있었다. 매서운 시선에 일부는 고개를 돌렸지만 일부는 마주 노려본다.

추산은 조용히 말했다.

"미안하오."

추산은 다시 식사를 했다.

추산이 사과를 하는데도 일부는 못마땅한 표정을 했지만 대부분이 수긍을 했다. 덥수룩한 수염과 거구, 매서운 눈빛에 자신도 모르게 움찔해졌다.

"여태 찾았잖아."

"여기서 뭐하는 거야, 아우?"

바로 그때 한 떼거리의 사람들이 우르르 밀려들며 추산에게 다가갔다.

"육방 패거리닷!"

누군가 소릴 질렀다.

맨 나중에 들어선 육방이 추산 앞에 서더니 말했다.

"이런 젠장, 아침 함께하자고 어제 내가 말했잖아."

추산이 고개를 쳐들었다.

육방이 인상을 쓰며 말했다.

"태월루에 지금 거하게 차려 놨는데 뭐하자는 거야?"

추산이 피식 웃음을 지으며 탁자 위에 채워진 냉수를 마셨다.

"미안합니다. 하도 배가 고파서."

"그래도 그렇지, 빨리 가자고."

"예……."

"가자니까? 식사해야지."

육방의 눈이 커졌다.

추산은 트림을 하며 말했다.

"식사했는데… 형님, 또 먹어요?"

추산은 육방의 손에 이끌려 육전 밖으로 끌려 나갔다. 추산이 사라지자 조금 전 그를 향해 욕한다고 투덜댔던 사내들이 마른침을 삼켰다.

추산이 아무리 배가 부르다고 해도 소용없었다. 가서 같이 앉아 냉수라도 떠먹으라는 성화에 더 이상 대책은 없었다. 해가 떠올랐고, 저잣거리는 부지런한 상인들로 인해 조금씩 채워지고 있었다.

멈칫!

선두에서 육방과 나란히 걷던 추산의 발걸음이 멈춰졌다.

맞은편에서 한 대의 마차가 다가왔다. 세 마리의 한혈마가 끄는 제법 화려한 마차였는데 다섯 명의 호위무사가 시위라도 하듯 험상궂은 기세로 따른다.

일순간 사내들 입에서 욕설이 터져 나왔다.

"재수없어."

"아침 일찍 어딜 가지?"

맞은편에서는 아직 이쪽을 발견하지 못한 듯했다.

육방의 눈이 활활 타오르더니 별안간 뒤를 돌아보았다. 자신들은 열두 명이다. 그에 반해 상대는 마부까지 포함하여 여섯, 마차 안에 피광이 있다면 일곱.

해볼 만하다는 계산이 빠르게 머릿속을 채웠다.

도저히 이대로 피광의 밑으로 들어갈 수는 없었다. 단순히 나이가 어려서 들어가기 싫은 것이 아니었다. 피광의 건방지고 오만한 행실과 자기 부하들에 대한 무자비한 폭력과 위아래를 계산하지 않는 마구잡이식 행동에 화가 난 것이다.

챙!

육방이 검을 뽑았다.

그러자 부하들 또한 일제히 검을 뽑는다.

"쳐랏!"

일제히 마차를 향해 달려갔다.

호위무사들이 잠시 당황한 표정을 지었다. 언뜻 보면 소수가 움직이기를 작정하고 기다렸던 것 같은 이른 새벽의 공격.

이른 아침 저잣거리는 고함 소리와 병장기 부딪치는 소리로 달아올랐다.

"컥!"

육방의 패거리 한 명이 가슴을 움켜쥐고 나뒹굴었다. 그와

같은 순간 호위무사 한 명도 나뒹굴었는데 한쪽 팔이 잘려 나
갔다.

"내 팔, 내 팔!"

호위무사는 팔딱이는 팔을 주워 잘린 곳에 대며 어쩔 줄 몰
라 했다.

누구의 편을 들 것인가.

피광은 자신의 절친한 벗이다. 육방은 자신이 좋아하는 형
님이다. 두 사내를 놓고 선택해야 하는 여인의 마음이 이럴까.

"으악!"

"억!"

싸움은 팽팽했다. 수적인 우세가 육방 패거리를 쉽게 무너
지지 않도록 했다.

팟!

돌연 추산의 눈이 빛을 뿌렸다.

―결자해지(結者解之)!

왜 그 순간 그 말이 떠올랐는지는 모른다.

단지 그 말 말고는 달리 해결 방법이 없다고 생각했다.

"멈춰랏!"

추산은 내공을 실어 외쳐 말했다. 강한 내공이 실린 외침에
모두가 손을 멈추며 돌아보았다. 하나같이 놀란 얼굴이었고,
특히 호위무사들 안색이 변했다. 조금 전 외침에 기혈이 흔들

렸기 때문이다. 지금까지 피광을 지키면서 단 일성에 자신들의 기혈을 뒤흔든 상대는 없었다.

덜컹!

심상치 않다는 것을 느낀 듯 굳게 닫힌 마차 문이 열리더니 피광이 모습을 드러내었다.

하나 그 역시 변해 버린 추산을 얼른 알아보지 못했다.

"죽일 놈!"

육방과 추산을 에워싼 양측 부하들이 서로를 노려보았다.

"형님 아니오? 정말 이렇게 나가면 나도 참는 데 한계가 있습니다."

피광이 싸늘한 웃음을 지었다.

육방 또한 냉소를 터뜨렸다.

"네까짓 놈이 안 참으면 어쩔 건데?"

"정말 해보자는 거요?"

"내가 지금 장난하는 줄 아느냐? 차라리 내 목을 가져가라."

"가져가라고 하면 못 가져갈 줄 아시오?"

"왜들 이렇게 시끄럽느냐?"

그때였다. 늙수레한 목소리가 들려오자 일제히 고개를 돌렸다. 한 명의 거지가 깡통을 들고 걸어오고 있었다.

ㅡ구타개!

육방의 표정이 구겨졌다.

—하필 이때!

　부하들 또한 딱딱해진 안색으로 육방의 눈치를 살폈다. 구타개는 낙양분타의 분타주이자 이번 전쟁에 큰 공을 세워 삼결에서 사결이 되었다.
　사결이면 호법이었다. 사결이다 보니 분타주이자 호법 대우를 받는 개방 사상 최초의 인물.
　"뭘 봐? 모두 엎드리지 못해!"
　구타개는 버럭 소릴 질렀다.
　육방이 더듬거렸다.
　"개, 개방 수하들도 아닌데 우리가 왜 호법님께 엎드려야 합니까?"
　"그래서, 죽여줘? 콱!"
　후려칠 듯 옆구리에 걸린 타구봉을 뽑아 들자 마지못한 듯 육방과 패거리들이 땅에 엎드렸다.
　"저, 저놈들은 안 엎드리는데요?"
　육방의 수하 중 한 명이 꼿꼿하게 서 있는 피광과 호위무사들을 가리켰다.
　"내 맘이야."
　한대 때릴 듯한 기세에 육방의 수하가 바짝 자세를 낮췄다.
　"형님, 이른 아침부터 어딜 나가십니까?"
　피광이 목에 힘을 주고 다가섰다.

“오오! 피 아우야말로 여기서 이놈들과 뭐하는가?”

“아니, 글쎄, 일 좀 보러 나가는데 귀찮게 하잖습니까? 나 참, 모르는 놈들도 아니고.”

피광은 귀찮다는 듯한 표정을 지었다.

“아직도 해결이 안 됐나?”

“죽어도 내 밑으로 들어오는 건 싫답니다.”

“피 아우도 참 어지간하구먼. 그렇다면 한 가지 방법밖에 없네.”

“그게 뭡니까?”

“패는 거야. 패면 돼. 죽도록 패. 그럼 들어와.”

피광이 웃는다.

“저도 그 방법을 생각해 보지 않은 건 아니지만 앞서 말한 대로 아는 처지인지라…….”

“피 아우가 손을 대기 어렵다면 내가 잠시 손을 좀 빌려줄까? 언제든지 말만 하게. 어떤가? 쇠뿔도 단김에 뽑으랬는데 지금이라도 당장 손을 빌려줄 수 있네.”

피광의 눈이 차가워졌다.

엎드려 자신을 노려보는 육방과 패거리들을 바라보았다. 쉽게 자기 밑으로 들어올 인간들이 아니었다. 독종들이다. 피광은 몇 번 입술을 깨물고 침을 삼키더니 입을 열어 말했다.

“육방 형님, 날 원망 마십시오.”

번쩍!

육방의 상체를 일으켰다.

"뭣이? 설마 우리 일에 무림인을 끌어들이겠다는 말이냐?"

저잣거리에서 발생하는 이익을 좇는 무리를 주로 하오문이라고 한다. 제대로 격을 갖춘 강호인들은 품위와 명예를 좇기 때문에 결코 저잣거리에 굴러 다니는 이익에 손을 대지 않고 바라보지도 않는다. 저잣거리 또한 다툼이 생기면 자신들끼리 해결하지 강호인들을 끌어들이지 않는다. 그것은 오랫동안 내려온 불문율이었고 약속이며 최소한의 법이었다.

"미안하오. 내 밑으로 들어오기 싫다니 하는 수 없잖소이까. 이해해 주십시오. 호법님, 적당히 주물러 주십시오. 다 내 부하 될 놈들이니 크게 다치지 않게."

"우화화화! 염려 말게, 아우. 다리몽둥이 하나씩만 분질러 놓겠네. 한 두어 달 고생한 후 자네 밑에서 충성하도록 해놓지."

"감사합니다. 그럼 일간 찾아뵙지요. 그만 가자."

피광이 명령을 내리며 마차 안으로 들어갔다.

마부가 채찍을 휘둘렀다.

세 마리의 말이 이끄는 마차가 움직였다.

그러나 삼 장도 가지 못하고 마차는 다시 멈춰야 했다.

"넌 또 뭐냐?"

마부는 마차를 막고 선 추산을 향해 버럭 소릴 질렀다.

그제야 추산을 발견한 구타개가 눈살을 찌푸렸다.

"넌 이쪽 아니냐?"

마차를 가리켰다.

추산은 가벼운 웃음을 지었다.

"비키지 않으면 가만두지 않겠다. 썩 물러나라."

호위무사 셋이 검을 뽑아 겨눈다.

추산은 조용히 말했다.

"주인 좀 보잔다고 하거라. 아니, 그럴 것 없다. 내가 직접 말하겠다. 주인 장, 밖으로 좀 나와 보시겠소?"

마차를 향해 소릴 질렀다.

그러나 마차로부터는 아무런 대답이 없었다. 주인으로부터 아무런 대답이 없다는 것은 더 이상 상관하고 싶지 않으며 서둘러 가자는 의미이다. 서둘러 가려면 앞을 막고 있는 추산을 베어야 했다.

"이놈이!"

"건방지구나!"

세 무사의 검이 서둘러 끝내겠다는 듯 힘차게 떨어졌다.

일렬로 서서 내려치는 직도 황룡.

스윽!

추산은 뒤로 반보 후퇴했다.

—아무리 뛰어난 공격도 한 걸음만 제대로 걸으면 해결된다.

일보(一步)면 충분히 피할 수 있다는 달마대사의 얘기이다.

생사는 한 걸음에 결정된다고 하여 생사지보로도 불리는 한 걸음.

파파팍!

세 호위무사의 검이 땅바닥을 찍었다.

그 짧은 순간, 셋 모두 허리를 숙인 상태.

추산은 맨 좌측에 있는 호위무사에게 빠르게 달려들었다.

스윽!

역시 한 걸음이다. 단지 클 뿐이었다.

빠악!

다가서는 순간 어느새 호위무사의 안면에 박히는 오른 주먹.

왼쪽에 있는 동료가 당하자 나머지 두 호위무사의 검이 방향을 틀어 찔러 들어왔다.

빙글!

추산의 동작은 신속했다.

주먹에 맞아 중심을 잃고 휘청거리는 사내의 몸을 자기 앞으로 끌어당겼다.

움찔!

동료가 방패가 되자 찌르기를 멈췄다.

그 순간 추산의 몸이 다시 움직였다. 이번에는 오른쪽 호위무사에게 다가서더니 복부에 왼 주먹을 틀어박았다.

"컥!"

쏴악!

흔히 벗겨치기라고 한다.

　다수가 있을 때 끝에 있는 자를 공격하여 하나둘 옷을 벗기듯 해치운다고 해서 유래된 말이다. 가운데 인물을 공격하면 좌우 인물들로부터 협공을 받아 운신의 폭이 좁아지기 때문이다.

　유일하게 온전한 호위무사가 검을 수평으로 쓸었지만 추산의 몸은 아주 가까이 붙어버렸다.

　화악!

　호위무사의 눈이 커졌다.

　검끝에 걸려야 할 표적이 손잡이 부분에 와 있었다.

　베긴 베었다. 단지 상대가 손잡이 부분에 걸려 있어 잘리지 않았을 뿐.

　지척(咫尺)!

　너무 가까워 주먹을 뻗을 수조차 없었다.

　빠악!

　추산의 이마가 호위무사의 얼굴을 정면으로 박았다. 다행히 둘의 신장은 엇비슷했기에 정통으로 찍혔고, 괴성을 지르며 뒤로 물러났다.

　셋은 죽지 않았다. 부상을 입었지만 누구도 재차 달려들 기미를 보이지 않고 있었다.

第七章

추적

검명도살

　고수는 아니지만 일 초를 겨뤄보면 안다.

　더구나 자신들은 셋인데도 옷깃 하나 건드리지 못하고 제대로 당했다. 바위에 아무리 많은 계란을 던져도 부서지는 건 계란이다. 장내는 쥐 죽은 듯 고요했다. 구타개까지 진중한 신색으로 추산의 움직임을 지켜보고 있었다.

　"안 나와!"

　버럭 소릴 질렀다.

　여전히 마차는 조용했다.

　"이놈이!"

　"나갈게!"

　추산이 두 걸음쯤 다가가자 다급한 외침이 터져 나오며 피광이 마차에서 나왔다.

"추, 추산!"

목소리를 듣고 그는 이미 추산이라는 것을 알아보았다.

추산이라는 말에 구타개의 눈이 커졌다.

"추산? 네가 정말 그 추산이란 말이냐?"

구타개가 다가와 위아래를 훑었다.

덥수룩한 수염과 장대한 체구에 얼른 알아보지 못하는 듯하더니 고개를 조금씩 끄덕이기 시작했다.

"야, 세월이 유수와 같다더니 자세히 보니 옛날 모습이 있구나. 정말 몰라보겠다."

그런데 바로 그때였다. 마차에서 나온 피광이 신속하게 구타개 곁으로 붙어 섰다.

그 모습에 추산의 얼굴이 얼음장처럼 변해 버렸다. 이미 구타개와 어떤 선이 닿고 있다는 것을 짐작했지만 자신이 보는 앞에서 취한 행동은 짐작에 대한 완전한 뒷받침이 되고 있었다.

추산의 고개가 구타개 곁에 선 피광을 바라보았다. 왜 네가 거기 서 있느냐는 무언의 질문이었다. 피광은 히죽 웃을 뿐이었다.

피식!

너무 기가 막히면 웃음이 나온다던가. 믿어지지 않는 현실에 추산이 취할 수 있는 것은 실소 말고는 없었다. 한참을 바라보던 추산의 얼굴이 얼음장처럼 굳어졌다.

한데 바로 그때였다. 아침을 일깨우는 또 하나의 발걸음 소리가 있었다. 모두가 고개를 돌리자 한 사내가 다가왔다. 서른 중반가량의 회백색 피부를 지닌 인물.

아침 이슬을 잔뜩 머금고 다가오는 기세가 범상치 않은 전혀 낯선 자.

구타개 옆에 붙어 서 있던 피광이 사내를 향해 아는 체를 했다.

"아니, 고 급주님 아니십니까?"

고 급주란 사내가 살벌한 주위 공기를 느끼고 돌아 살피다 추산에게 시선이 멎었다. 눈살을 가볍게 찌푸리는 것이 예사 인물이 아니라는 것을 느낀 듯했다.

피광이 빠르게 말했다.

"급주님, 먼 길을 오느라 고생이 적지 않았을 텐데 이 일을 어떡하지요. 아무래도 오늘은 한 끼 식사 대접도 하지 못하고 보내 드려야 할 것 같습니다."

"무슨 일인가?"

"보다시피."

고 급주란 사내가 이마를 찡그렸다.

이마를 찡그리자 대번에 인상이 섬뜩해졌다. 누구든 피광을 건드리면 자신이 가만있지 않겠다는 태도를 노골적으로 드러냈다. 사실 피광은 자신의 가문에 소속된 한 인물의 위험 수당을 수령하는 유일한 핏줄.

즉, 돈만 전달하는 것이 아니라 안전까지도 책임질 수 있다면 책임져 줘야 한다.

"말해보시게. 무슨 일인가?"

피광이 추산의 눈치를 살피며 머뭇거렸다. 아니, 일부러 무서워 말을 못하겠다는 듯 머뭇거렸다.

눈치 빠른 고 급주란 사내가 그걸 모를 리 없었다. 대번에 추산을 향해 다가온다.

"너군."

다짜고짜 험악하게 노려본다.

"왜 피광 아우를 힘들게 하느냐?"

이번에는 추산의 인상이 찌푸려졌다.

"난 추산이라 하오."

이럴 때 가장 편한 건 이쪽의 이름을 밝혀 상대의 정체를 드러내게 하는 것.

물론 공야색에게 배운 것이다.

"상대를 모르겠으면 일단 내 이름을 밝혀. 그렇게 하면 예의 차원에서라도 상대도 이름을 밝히지. 그때 싸울 놈인지, 숙일 놈인지, 무조건 도망쳐야 할 놈인지 결정을 하라는 얘기지."

그런데 여기서 추산이 자신의 이름을 밝히고 상대의 정체를 드러내도록 유도한 것은 절대 겁이 난다거나 두려움 때문이 아니었다. 강호에서 급주라는 직위가 흔치 않았고, 또한 피광과 오랫동안 생활하여 그의 신변 인물을 거의 꿰고 있었기 때문이다. 눈앞의 고 급주란 인물만큼 뛰어난 고수는 없었다. 물론 고 급주가 뛰어나다는 것은 피광의 수준에 견줘서이지 강호의 절정고수 개념과는 상당한 차이가 있었다.

"난 고덕룡이라 한다. 누구든 피광 아우를 괴롭히는 자는 내가 참지 않는다."

고덕룡은 직설적으로 치고 들어왔다.

그럴 수밖에 없는 것이, 그동안 피광은 추작도의 위험 수당이 올 때마다 일정액을 고덕룡에게 쥐어주었다. 그런 이유로 피광을 향한 고덕룡의 정은 상당이 두터워졌다.

금전으로 깊어진 정은 때론 혈육보다 더 끈끈하고도 질기다.

"저자가 주인을 해치려 했습니다."

호위무사 중 부상을 입은 자가 추산을 가리켰다.

순간 고덕룡의 눈이 커졌다.

"아우의 적은 곧 내 적이다. 적은 제거해야 하는 상대."

단호히 외치며 사내의 칼이 뻗어온다.

콰아!

포물선을 그리며 다가오는 칼의 빠름에 추산은 적이 놀라며 뒤로 물러섰다.

팍!

서 있던 지면에 커다란 구덩이가 만들어진다.

일 초를 놓친 고덕룡이 음산한 괴소를 터뜨렸다.

"크크크! 제법이구나. 처음엔 맛보기니라."

두 번째 칼.

첫 번째 칼이 맛보기라는 것을 증명이라도 하듯 격렬하고 빠르다.

쇄액!

그러나 추산의 몸은 어느새 옆으로 일 보 움직여 칼을 피한다.

퍽!

고덕룡의 칼이 지면에 닿은 것과 같은 순간에 일 보를 앞으로 내딛자 어느새 가슴 앞이었다.

빠악!

오른 주먹이 정통으로 앞가슴에 틀어박혔다.

휘청거리며 뒤로 물러나는 고덕룡을 바람같이 쫓아간다. 기회가 왔을 때 밀어붙여야 한다는 모찰의 얘기가 귓가를 강력히 맴돈다. 중심을 잡지 못한 고덕룡의 얼굴에 좌우 주먹이 쏟아졌다.

바바바— 빡!

그야말로 전광석화이다.

사권이 틀어박힌 고덕룡의 얼굴은 걸레조각이 되어버렸고, 마지막 우권에 저 멀리 날아가 길가 도랑에 거꾸로 처박혔다.

쉭!

추산은 멈추지 않았다.

도랑으로 다가가 일어서기 위해 버둥거리는 고덕룡을 무자비하게 짓밟는다.

퍼퍼퍼퍽!

좁은 고랑에 덩치 큰 고덕룡이 쐐기처럼 박혔다.

탁!

추산이 고덕룡의 긴 머리칼을 거머쥐더니 끌어낸다.

끼이이!

좁은 도랑에 박혀 있던 몸이 빠져나오며 오싹한 소릴 냈다.

정신줄이 반은 나가 버린 듯한 고덕룡을 향해 추산은 날카롭게 추궁한다.

"말 잘하시오. 대답 여하에 따라 내년 오늘이 당신 제삿날이 될 수도 있소. 피광과는 어떻게 아시오?"

"네, 네가 감히."

"아직도 정신을 못 차렸군."

왼손으로 머리를 잡고 오른 주먹으로 얼굴을 있는 힘껏 때렸다.

퍼퍼퍼퍼뻑!

살과 피가 추산의 옷으로 튄다.

"다시 묻겠소. 피광과 어떤 관계이오?"

고덕룡의 눈빛이 흔들렸다.

추산의 눈에서 살귀의 무정을 읽은 것이다.

하나 쉽게 입을 연다는 것이 왠지 마음에 들지 않고 자존심이 허락하지 않았다. 그렇게 갈등하는 사이에 추산의 주먹은 더욱 잔혹한 타격을 가했다.

"나, 나는 황보세가의 광약 조원들의 위험수당을 가족에게 배달하는 전병(傳兵)입니다."

부서질 만큼 부서지고 나서야 고덕룡은 말했다.

피광의 육촌 형님이 보낸 위험 수당이라는 말에 눈이 커졌다. 그러더니 흘긋 한쪽에 서 있는 피광을 바라보았다. 피광의 가정사는 잘 알고 있다. 그에게는 어머니와 여동생 말고는 어떤 혈육도 없었다.

이번엔 피광을 노려보았다.

이젠 네 입으로 설명해 보라는 뜻이었다.

피광은 말했다.

"있어. 있다구."

추산의 고개가 고덕룡을 향해 돌아갔다.

"그 사람 이름이 뭐요?"

"그, 그건……."

자파의 중요 인물의 면면을 외부인에게 알린다는 것은 배신이고 이적 행위이다. 더욱이 홍운에서도 가장 뛰어난 광약의 인물이다. 쉽게 열릴 입이 아니라는 걸 알고 추산은 주위를 살피더니 주먹만 한 돌멩이를 발견하고 거머쥔다.

단단히 움켜쥔 돌멩이로 머리를 찍기 시작했다.

콱— 콰콰콱!

"으아아아아!"

모두가 고개를 돌려 버렸다.

특히 살점과 뼈 조각이 튀어 추산의 얼굴에 묻으면서 상황은 눈 뜨고 볼 수 없을 만큼 참혹했다.

"후후! 쉽게 대답하면 재미가 없지."

추산 또한 흥분한 듯 거칠게 찍었다.

매 앞에는 장사 없다.

단순 폭력은 어떤 고문보다 앞선다고 했다.

"노, 노독수."

뚝!

추산의 동작이 멈췄다.

"다, 다시. 누구라고 했소?"

"노독수."

모르는 인물이다. 누구냐고 다시 피광을 돌아보았다.

"우리 육촌 형님이라니까 그러네."

피광이 핏대를 올렸다.

한편 구타개의 눈은 조용히 타올랐다. 갑작스런 피광의 번성에 의문을 품고 뒤를 캤다. 그러나 아무런 소득도 얻지 못했다. 용병으로 끌려 나가 벌어온 돈으로 이렇게 큰 사업을 일으켰다는 것은 아무리 백보를 양보해 피광에게 천재적 상인의 기질이 있다고 해도 이해가 되지 않았다. 그런데 오늘 그 의문의 일부가 풀린 것이다. 누군가 황보세가에 몸담고 있는 인물이 정기적으로 돈을 보내주고 있다는 것.

하나같이 크고 작음에 차이는 있지만 황보세가야말로 철저히 돈으로 부하들을 다스린다는 건 천하가 알고 있다. 어떤 강호의 유명한 고인은 아들의 장사가 흔들리자 돈을 벌기 위해 황보세가의 문도로 들어가기도 했다.

　사업의 급속한 번창을 보건대 거액을 보내주고 있음이 분명했다. 그런 거액을 받을 정도면 무공이 강하고 고위직에 있으며 위험한 일을 진행하는 자라고 봐야 했다. 가뜩이나 불꽃처럼 타오르는 황보세가의 기세에 경계심을 늦추지 않고 있는 개방이다. 잘하면 오늘 황보세가에서 요즘 무슨 일을 꾸미고 있는지까지 알 수 있을지도 모른다는 사실에 구타개는 흥분하며 지켜보기로 했다.

　추산의 고개가 육방에게로 돌아갔다.

　"육방 형님!"

　"말해, 동생!"

　"가서 피광의 어머님 좀 데려오십시오. 여동생까지."

　"뭐하려고?"

　피광이 발끈한다.

　추산의 재촉은 냉혹했다.

　"어서 가서 데려오십시오."

　"안 돼!"

　"다녀오십시오."

　"형님, 빨리 어떻게……?"

　피광이 구타개를 바라보았다.

　구타개가 멋쩍은 표정을 지었다.

　"왜 그러는가? 떳떳하다면 막을 일이 아니잖은가?"

"누가 떳떳하지 않답니까. 어머니까지 불러와 확인한다는 게 창피스러워 그러는 거죠. 어떻게 좀 해보십시오."

하는 수 없이 구타개는 음산한 웃음을 지었다.

"너무한 것 아니냐? 친구 말을 못 믿으면 안 되지."

추산이 눈을 좁히며 말했다.

"가만 계십시오. 다치기 싫으면."

구타개의 눈이 커졌다.

"뭐, 뭐, 다치기 싫으면? 이런 시부럴 놈이."

엄청난 모욕이다.

금방이라도 가만두지 않을 듯 옆구리에 끼인 타구봉을 잡았지만 빼어 들지는 못했다.

예전의 추산이 아니었다. 조금 전 고덕룡을 요리하듯 묵사발 내는 것은 아무나 할 수 있는 일이 아니었다. 자신이 보는 고덕룡은 상당한 인물이었다.

"죽고 싶나? 너 정말 이러면 골로 가는 수가 있느니라."

거듭된 겁박만 줄 뿐 행동에 나서지는 못했고, 그사이에 육방은 두 부하를 대동하고 피광의 집을 향해 사라졌다.

저잣거리는 사람들로 가득 차버렸고, 하루가 시작되었다.

양측의 오묘한 대치에 좋은 구경거리라는 것을 민감하게 알아차린 사람들이 몰려들었다.

사람들은 피광과 구타개를 알아보고 인상을 썼다. 그런 행동에서 추산은 침음성을 흘렸다. 구타개가 저잣거리 사람들에

게 인심을 잃은 것은 이해가 되었지만 피광까지 외면을 받는
다는 것은 간단히 넘어갈 문제가 아니었다.

"육방 형님이다."

인파를 헤치며 피광의 어머니와 여동생 피숙이 나타났다.

피숙이 잠이 덜 깬 표정으로 화를 버럭 냈다.

"오빠, 이른 아침부터 무슨 일로 사람을 오라 가라 그래? 어
우, 짜증나. 뭔 일이야?"

움찔!

우람한 덩치의 수염 가득한 추산을 보며 피숙이 놀란 표정
을 짓는다.

"놀랄 것 없다. 나 오라비니라, 추산 오라비."

"정말?"

추산은 가벼운 미소를 지었다.

"어머님, 인사 올리겠습니다. 추산입니다."

추산이 땅바닥에 무릎을 꿇고 큰절을 올렸다.

절을 하고 몸을 바로세운 추산을 살피듯 보던 피숙의 눈이
커졌다.

"어어! 진짜 추산 오라버니다! 세상에, 어쩜!"

"정말 산이구나."

"어머니!"

"산아!"

두 사람은 서로의 손을 꼭 잡았다.

"네가 살아 있었구나. 죽었다고 하기에."

“누가요?”

“내가 누굴 통해 네 소식을 듣겠느냐? 저놈이 죽었으며 시신까지 파묻었다고 하더구나.”

피숙이 나섰다.

“오빠가 혹도 애들한테 까불다 맞아 죽었다던데?”

피광이 버럭 소릴 질렀다.

“닥쳐! 내가 언제 그런 말을 했느냐?”

“어머머!”

피숙의 눈이 커졌다.

“어제도 얘기해 놓고. 죽은 산이 오빠 생각을 하니 목이 메어 밥이 넘어가지 않는다고 내 앞에서 그랬잖아.”

“그럼 그렇지. 내가 관상을 좀 볼 줄 아는데 넌 쉽게 줄을 상이 아니라고 했잖느냐. 정말 반갑구나. 신령님께서 돌봐주셨다.”

“어머니, 한 가지 여쭐 게 있습니다. 피광에게 육촌 형님이 있습니까?”

“먼 촌?”

“육촌 형님!”

“있잖아요. 육촌 형님! 노독수라는 분.”

모친이 눈을 부라렸다.

“저런 미친놈을 봤나. 네놈에게 무슨 육촌 형님이 있어, 이 등신 같은 놈아. 죽은 니 아비가 고아인데. 먼 친척도 없으니 정신 바짝 차리고 살아야 한다고 그렇게 말을 했는데도 저런 등신 같은 놈. 아이구야!"

피숙도 한마디 거들었다.

"무슨 얼어죽을 육촌이야. 나 이 나이 먹도록 친척이라고 집에 찾아온 사람 한 명 못 봤다. 저 인간이 산이 오빠에게 무슨 거짓말했는지 모르지만 친척 없어. 우린 고아야. 아직도 저 인간 말을 믿는 거야? 저 인간 입김도 거짓말이야."

"형님, 다시 모셔다 드리십시오."

"알겠네."

육방이 부하에게 눈짓을 했다.

"가시죠. 저희가 모시겠습니다."

부하가 가자는 손짓을 하자 모친이 말했다.

"너무 기쁘구나. 살았으니 자주 놀러 오너라."

"산이 오빠, 모레 내 생일인 거 알지? 기다릴게."

피숙이 한쪽 눈을 찡긋하고 사라졌다.

두 사람이 사라지자 추산은 곧바로 물었다.

"제대로 대답해라. 거짓말을 섞었다가는 봐주지 않는다."

"네가 뭔데 내가 번 돈에 대해 이러쿵저러쿵하느냐고!"

"네가 번 돈을 따지자는 게 아니다. 어디서 이런 큰 가게를 거느릴 거액이 나왔느냐는 것이지."

"내가 왜 너에게 그걸 말해야 돼? 내참, 기가 막혀서. 형님, 좀 어떻게 해보십시오. 이럴 때 도와달라고 매달 용돈 드린 거지, 언제까지 그렇게 보고만 있을 셈입니까?'

피광이 구타개를 향해 불만 섞인 표정을 드러낸다.

구타개는 좀 더 상황을 지켜보고 싶었지만 하는 수 없었다.

그의 얼굴이 싸늘해졌다.

"알고 있나? 아망개 장로께서 자네를 발견 즉시 추살하라는 명령을 내렸다는 것을 말일세. 더구나 자넨 무림맹의 무저옥을 탈출한 현행범일세. 우리 개방뿐만이 아니라 전 무림의 공적으로 사살 대상자에 올라 있네."

"그래서 어찌하겠다는 말씀입니까?"

죽일 테면 사살해 보라는 행동.

구타개의 얼굴에 순간적으로 당혹스런 표정이 떠올랐다.

개방의 분타까지는 백 리 길이다. 수하들을 데려올 때까지 기다려 달라고 할 수는 없었다. 아니, 기다려 주지도 않을 것이다. 방법이라고는 한 가지 뿐이었다.

일대일로 마주 싸우는 것뿐이다.

그리고 피광더러 사람을 보내든 아니면 자신이 직접 달려가든 수하들을 데려오게 하는 것.

"이놈이 보자 보자 하니까!"

이렇게 되면 더 이상 싸우지 않고서는 방법이 없었다.

휙!

타구봉을 뽑아 곧장 찔러들어 왔다.

추산이 뒤로 물러서자 파고들며 본격적인 타구십팔초(打狗十八招)가 펼쳐졌다.

구타개는 조금도 방심하지 않았다.

아망개까지도 경계의 끈을 놓지 않던 추산이다.

쉭!

쉬쉬쉭!

타구십팔초는 회선장법과 더불어 개방의 양대 절기이다. 모두 십팔초식으로 이뤄진 봉법으로 힘에 근간을 두고 있었다. 그러나 사대 개방 장문인이었던 취악개에 의해 빠름까지 곁들어지면서 위력이 배가되었다.

유일한 단점이라면 너무 어렵다는 것이다.

특히 초식과 초식이 연결되는 부분에서 많은 흔들림을 양산해 내고 있었는데, 구타개 또한 그 단점을 떨쳐내지는 못하고 있었다. 다른 제자들과는 달리 상당히 부드러운 편이었지만 추산의 눈에는 걸을 때 한쪽으로 기우뚱거리는 절름발이 같은 동작이 훤히 보였다. 물론 그때는 안목이 낮은 탓도 있지만 과거 아망개가 펼친 타구십팔초에서는 찾아내지 못했다.

기우뚱!

미세했지만 추산에게는 완전한 주춤거림이었다.

공격이 파상적으로 몰려오다 다른 초식으로 이어지는 순간 멈칫했다.

번쩍!

추산의 주먹이 짧고 빠르게 뻗었다.

그런 틈을 공격할 때는 힘보다는 짧고 빠른 공격이 좋다.

패(孛).

사악칠권에서 패는 빛이었다.

빠르면 공기와 마찰이 강하게 일어나면서 빛이 생기는데 패가 그러했다.

추산의 패는 완벽하게 익어 있었다.

빡!

들어오는 주먹을 보고 빠르게 타구봉으로 쳐내려 했지만 어느새 주먹은 자신의 어깨에 일격을 가하고 빠져나간 뒤였다. 한 대를 맞은 구타개는 열이 뻗쳤다.

"죽여 버리겠다!"

악을 쓰며 타구봉에 힘을 실었다.

슈슈슈슉!

흥분은 금물.

흥분은 몸에 힘을 불러와 동작을 크게 할 뿐 아니라 공격을 초식에서 벗어나게 한다. 초식에서 벗어난 동작은 모양만 커 보일 뿐 위력은 떨어지고 느리다.

빠박!

연거푸 이 권이 틀어박혔다.

이번에도 왼쪽 어깨였다.

―한 곳만 때려라!

수련을 하고 있을 때마다 방추 형이 찾아와 강조하던 말이다. 강호의 알려진 전술에는 크게 두 가지가 있다고 했다. 첫째는, 다리를 공격하여 움직임을 둔화시키는 것으로 최상의 전술이다. 다리는 곧 움직임이고 상대가 지닌 능력의 절반이

기도 하기 때문이다. 천하없는 장사도 다리가 느리면 당할 수밖에 없었다.

두 번째가 한 곳만 공격하는 것이었다.

여러 가지를 공격하면 상대의 버티는 힘은 오래간다. 그러나 한곳만을 집중적으로 노리면 쉽게 무너진다. 그런데 한 곳만 노리는 데에는 더 큰 계산이 깔려 있었다. 그건 다름 아닌 자신의 신체 일부만은 끈덕지게 물고늘어지면 자신도 모르게 그쪽에 모든 힘을 기울이고 신경을 쓴다. 즉, 다른 신체에 대한 방비가 허술해진다는 것이다. 바로 그때 다른 부위를 공격하며 싸움을 유리하게 이끈다는 것이었다.

빡!

빠박!

가랑비에 옷 젖는다던가.

패는 빠르기 때문에 강한 타격을 줄 수 없었다. 그러나 자꾸 맞다 보니 어깨가 무겁다. 그뿐인가. 자신도 모르게 어깨를 움츠렸고, 그럼으로 인해 가뜩이나 흥분하여 제 틀을 벗어난 타구십팔초는 더욱 헝클어졌다.

교활할 만큼 왼쪽 어깨를 노린다.

왼쪽 어깨를 보호하려다 보니 왼쪽 팔 또한 마음대로 움직일 수 없었고, 이상한 자세로 타구봉을 휘두르게 되었다.

꽈아악!

급기야 추산은 온 때를 놓치지 않았다. 구타개의 모든 감각이 왼쪽에 몰려 있을 때 오른 주먹은 오른쪽 어깨를 찍었다.

어찌 보면 성동격서의 전략.

"크윽!"

우람한 기둥일수록 떠받치고 있는 지붕의 무게는 대단하다. 그래서 한번 무너지면 그 속도 또한 빠르고 장렬하다. 지금 구타개가 그러했다.

스스슥!

현란한 보법에 의한 좌우 연권이 작렬한다.

완전히 놓고 때린다. 왼쪽으로 갈지 오른쪽 갈지, 추산의 주먹이 어딜 노릴지 신경 쓰다 보니 공격은 더욱 시원찮다. 반면 추산의 눈에 보이는 구타개는 완벽한 허점 덩어리다. 타구봉을 휘두르고 있긴 하지만 본능적인 동작일 뿐이었다.

빡!

퍼퍼펵!

"끄으윽!"

타구봉까지 날아갔다.

급기야 맨손으로 회선장법을 펼쳤다. 하지만 구타개의 절기는 타구십팔초. 회선장법은 동료들이 수련할 때 어깨 너머로 몇 수 익혀둔 것이기에 보잘것없었다.

빠바박!

"크어억!"

빡!

뒤로 주춤 물러나는 구타개의 아랫배에 박히는 오른 주먹.

"꾸우욱!"

구타개는 허릴 구부리며 배를 움켜쥐었다.

꾸역꾸역!

입으로 토해내는 붉은 피.

퍽퍽퍽퍽!

복부를 감싼 손 위로 무자비하게 파고드는 주먹.

손목이 부러지고 뼈가 산산이 부서졌다. 구타개는 얼른 아랫배를 감싼 양손을 치웠다.

빠아악!

자신의 손을 노리는 줄 알고 피했는데 주먹은 아랫배다.

—아아!

뒤통수를 때리는 강한 충격 하나.

한 곳만 때리라는 강호의 정설.

아랫배에 원수라도 있는 듯 때린다.

쿵!

끝내 구타개는 무릎을 꿇고 엎어졌다.

추산은 옆에 쭈그리고 앉았다.

"고개 좀 드시겠습니까?"

구타개는 꼼짝도 않고 엎어져 있을 뿐이다.

콱!

머리채를 휘어잡더니 들어 힘껏 땅바닥에 찍는다.

퍼억!

"컥!"

퍼퍼퍼퍼!

인정사정없었다.

피로 범벅이 된 얼굴에 이번에는 흙이 범벅이 된다.

"들게. 든다고."

구타개는 있는 힘을 다해 고개를 쳐들었다.

"저를 보셔야지, 하늘을 보시면……."

구타개는 얼른 추산을 바라보았다.

"반갑습니다. 호법이 되셨군요."

"고, 고맙네."

"아망개는 어디 있습니까?"

"나, 나야… 모르지. 정말이야. 내가 거짓말 않는다는 건 낙양 사람이면 다 알잖나."

"전혀는 아니지만 다른 사람에 비하면 안 한 편이지요."

추산이 믿어주자 구타개는 감격의 표정을 짓는다.

추산이 자리에서 일어났다.

"육방 형님."

"말하게, 아우."

"의원으로 데려다 주십시오."

육방이 수하들을 향해 외친다.

"뭣들 하느냐! 구타개 호법님을 서둘러 의원으로 모셔가 치료받도록 하라!"

"옛!"

두 명의 수하가 구타개를 업고 타구봉을 들고 달려갔다.

사라지는 구타개를 보며 육방이 말했다.

"자식, 감격했나. 무지하게 우는데."

부하가 말을 받았다.

"그런 것 있잖습니까? 죽었다고 생각했는데 살아났을 때 가슴 뜨거워지는 것. 그나저나 추산 아우, 불씨를 꺼야지 살려두면 어떡하나?"

구타개를 아예 없애 버리지 왜 살려두느냐는 질문이다.

"끝났다. 놈은 조금 전 어깨와 얼굴로 이어지는 근육이 끊어졌다. 근육이 다시 붙는다고 해도 고개가 옆으로 눕는다. 생각해 봐라. 고개가 옆으로 누워버린 사람이 어떻게 무사 생활을 할 수 있겠느냐. 뿐만 아니라 녀석의 단전은 날아갔느니라."

획!

흠칫!

모든 시선이 추산을 바라본다.

조금 전 아랫배를 때리면서 추산은 강한 경기를 쏘아 하단전을 부숴 버렸다. 그런데 육방은 어느새 그 사실을 알아내었다. 역시 조직의 우두머리는 다르다고 추산은 생각하면서 바라보는 수하들을 향해 고개를 끄덕여 주었다. 육방의 말이 맞다는 뜻이다.

"야호!"

"그 자식, 이제 죽었다. 나타나기만 해봐라."

사내들이 씩씩거린다. 고덕룡은 싸우는 틈을 노려 어느샌가

도주하고 보이지 않았다.

추산의 고개가 피광에게 돌아갔다.

피광의 안색은 잿빛으로 물들어 있었다.

"네가 어떻게 하루아침에 거부가 되었는지는 차차 알게 될 테고, 한 가지만 경고한다. 육방 형님을 괴롭히지 마라. 넌 이제 저잣거리에 관여하지 않아도 네 바닥에서 충분히 벌어먹을 수 있지 않느냐."

"아, 알았어. 절대 안 그럴게."

추산은 눈살을 찌푸렸다.

피광에게서 뭔가 어두운 내막이 있다는 것을 짐작할 수 있었지만 속 시원히 집히는 것은 없었다. 워낙 교활한 녀석이어서 어지간한 고문에는 말을 하지 않을 것이다. 그렇다고 무턱대고 한때 친구였던 피광에게 고문이라는 혹독한 수단을 사용할 수는 없는 노릇.

심증은 가지만 물증이 없었다.

*　　　*　　　*

알몸으로 무릎을 꿇고 있는 곽무랑의 얼굴은 피로 범벅이 되었다. 바람을 피운 사실이 부인 오방숙에게 발각되고 만 것이다. 주위 눈도 있고 체면을 생각해서 얼굴만은 손대지 말 것을 사정했지만 소용없었다. 번지르르한 얼굴을 놔두면 또다시 바람을 피울 것이라면서 손톱으로 마구 할퀴어 버렸다.

"여기 있습니다."

마부 후춘모가 들어서더니 가시가 박힌 몽둥이를 내밀었다.

손잡이는 낫으로 다듬어 쥘 수 있도록 만들어온 방망이를 바라보는 오방숙의 입가에 잔인한 미소가 번들거린다.

"마님, 제발 한 번만 용서를……."

역시 알몸으로 무릎을 꿇고 있는 홍파화가 울며 하소연했다.

알몸으로 끌어안고 있을 때 오방숙이 밀치고 들어와 꼼짝 못하고 걸려든 것이다.

부욱!

몽둥이로 홍파화의 탐스런 젖가슴을 푹 찔렀다.

"탄탄하구나. 하긴, 한창 그럴 나이지."

"흐흐흑! 제, 제발요."

"이년아, 왜 우느냐? 누가 때렸느냐? 난 아직 네년 털끝 하나 건드리지 않았느니라."

"그 몽둥이로 소첩을 때릴 거잖아요. 무서워요."

"당연하지, 이년아. 그걸 지금 말이라고 하느냐? 내 가슴에 천불을 질러놓고 온전하길 바랐더냐? 이런 도둑년 같으니."

"용, 용서해 주세요. 지금 떠나겠습니다. 두 번 다시 나리 곁으로 돌아오지 않을 거예요. 머릴 깎고 중이 될 테니……."

"일단 기본으로 다섯 대만 때리겠노라."

따악!

몽둥이가 허연 홍파화의 가슴을 찍었다.

대번에 가시에 살이 찢어지며 피가 터졌다.

"아아악!"

빠악!

딱!

홍파화의 몸은 금세 피투성이로 변했고, 방망이 가시에는 살점이 너덜거렸다.

"으어엉! 살려주세요! 마님, 두 번 다시 소첩이 나리를 찾으면 개년이옵니다! 마님! 마님!"

"호호호!"

오방숙이 고개를 쳐들고 웃는다.

오방숙의 고개가 곽무랑에게 돌아갔다.

움찔!

곽무랑이 얼른 고개를 돌린다.

"당신 생각은 어때요? 봐줘요, 말아요? 이 계집이 한 번만 봐주면 당신 곁에서 멀리 떠나겠다고 하는데, 봐줘요?"

홍파화는 무릎을 꿇은 채 싹싹 빌었다.

"중이 될 것입니다. 머리 깎을 거예요. 거짓말 아닙니다."

"넌 조용히 해, 이년아. 말해봐요. 당신 생각은 어때요. 봐주라고 하면 봐주고 그러지 말라고 하면 때릴 테니까."

"나리, 제발……."

홍파화는 눈물을 훔치며 곽무랑을 돌아보았다.

곽무랑이 말했다.

"저, 정말로 내가 하자는 대로 하겠소?"

"물론이죠. 제가 언제 당신 말을 존중하지 않던가요?"

꿀꺽!

곽무랑은 침을 삼켰다.

"봐, 봐주시오. 아니, 때리려거든 날 때리시오. 파화는 잘못이 없소. 모든 건 내 책임이오."

"호호호! 뭐, 파화는 잘못이 없다고? 이 인간이 끝까지 날 미치게 만드는구만!"

파파파팍!

그녀가 미친 듯 몽둥이로 홍파화를 때렸다.

"으악! 악!"

"죽어라, 이년!"

덜컹!

갑자기 문 열리는 소리가 들려오자 오방숙은 몽둥이질을 멈췄다. 한 명의 흑의사내가 제법 소년티가 나게 자란 충아의 손을 잡고 서 있었다.

"형아, 저 아줌마야. 저 아줌마가 우리 엄마를 때리고 아빠를 패."

"알았어. 내가 혼내줄 테니까 걱정하지 말거라."

"밟아버려."

아무리 바람을 피웠어도 그렇지, 마누라 앞에 알몸으로 무릎을 꿇고 있다니 소문이 사실인 모양이었다. 오늘날 곽무랑이 낙양 제일의 장사꾼이 될 수 있는 데에는 오방숙의 힘이 절대적으로 작용했다고 했다. 오방숙의 친정이 장안에서 손가락

에 꼽히는 거부다. 오방숙의 친정에서 흘러온 돈이 곽무랑을
키웠다는 것이 업계의 시각.

"뭐하는 놈인데 남의 집에 함부로 들어오느냐?"

히죽!

오방숙의 거침없는 행동에 추산은 미소를 짓더니 들고 있던
가시 방망이를 빼앗으려 했다. 오방숙이 피하는 건 당연지사.

그러나 절정의 고수인 추산의 손길을 뿌리치기란 불가능했
고, 탁 소리와 함께 어느새 가시 방망이는 추산의 손에 쥐어졌
다. 추산은 방망이를 고쳐 쥐더니 엄지손톱만 한 크기로 붙은
가시들을 보며 입을 열었다.

"남의 가정사에 끼어들 맘 없고."

곽무랑을 향해 고개를 돌렸다.

피가 말라붙은 곽무랑의 처참한 얼굴을 보자 웃음이 터져
나온다.

"웬 놈이냐?"

불쾌한 듯 곽무랑이 소리친다.

추산이 몽둥이를 쥔 채 말했다.

"내 힘은 장주님 마누라와 비교가 되지 않습니다. 또한 열
받았다 하면 얼굴 할퀴는 것으로 끝나는 게 아니라 반 죽여 놓
을 것입니다. 후회는 아무리 빨라도 늦다는 말을 명심하시고
묻는 말에 대답해 주십시오."

곽무랑의 안색이 변했다.

장사로 잔뼈가 굵었다. 딱 보면 고분고분해야 할 상대인지

아닌지 구별이 가는데, 지금 눈앞의 추산에게는 오로지 시키
는 대로 하는 것만이 해가 없다는 결론이 절로 내려졌다.
"무영 노사를 아시오?"
"무, 무영 노사?"
곽무랑이 소스라친다.

다음날 추산의 모습은 상관세가 앞에 나타났다. 가세는 문
에서 드러난다고 했다. 상관세가의 문루는 금방이라도 허물어
질 듯 곳곳에 잡초가 자라고 있고 지키고 있는 무사 둘 또한 대
낮인데도 몰래 숨어 술을 마시고 있었다.
"뭐, 뭐냐?"
빠악!
추산의 주먹이 둘을 갈겼다.
기절한 둘을 넘어 안으로 들어선 추산은 곧바로 상관세가
뒷산으로 내달렸다. 곽무랑의 호위 측근 배속이란 자의 말에
의하면 부친은 위풍찬의 공격을 받아 곧바로 회하로 뛰어들었
다고 했다.
철썩!
우르릉!
엄청난 파도가 절벽을 때렸다. 배속이나 곽무랑 모두 거짓
말을 하지 않을 것이다.
피식!
인생사 새옹지마라지만 자신에게 북두칠권이라는 희대의

무서를 건네준 위풍찬이 부친을 회하로 뛰어들도록 만든 장본
인이라는 게 어이가 없었다.

　그 이후의 행동은 모른다고 했다. 그렇다면 방법은 하나뿐
이다. 자신이 직접 뛰어들어 아버지가 어떻게 살아났는지 체
험을 해보는 것이다. 분명히 아버지는 위풍찬에 의해 회하로
떨어진 한참 뒤 젊은 공자의 모습으로 자신에게 돈을 보냈다.
그건 회하에서 살아났다는 뜻이고, 다른 일을 시작했다고 봐
야 했다.

　절벽을 때리고 나오는 파도와 들어오는 파도가 만나는 지점
이 가장 소용돌이가 작다.

　슉!

　추산의 몸은 물 속으로 한참 들어가 곧바로 솟구쳐 올랐다.

　흘끔!

　위를 보자 절벽 끝이 보인다. 누군가 서서 내려다보고 있다
면 살아 있다는 것을 알아차릴 수 있었다.

　—나 같으면!

　자신 같았으면 이 상황에서 어떤 방법을 택했을까.

　—아버지 같았으면!

　그리고 아버지였더라면 무슨 계책을 펼쳐 절벽 위에서 내려

다보고 살피는 시선을 피했을까.

아버지는 무공이 약하다. 하지만 영리하셨다. 영리하지 않았다면 결코 잡객의 신분으로 자신을 여태껏 먹여 살리지 못했을 것이다. 무공은 약하지만 머리가 뒷받침되어 곡예에 가까운 위험한 삶이었지만 오늘날까지 숨쉬도록 했다는 것이 아버지에 대한 자신의 냉정한 평가.

─필시!

물속으로 잠수를 한 추산은 절벽으로 붙어 올랐다. 그러자 위에서는 보이지 않는다.

등하불명!

아버지는 필시 멀리 도망치지 않고 적에게 달라붙었을 것이다. 사냥감이 사냥꾼에게 잡히는 이유는 도망치려 하기 때문이라고 이따금 말씀하셨다. 도망보다는 오히려 달라붙어 가까이 접근하면 생존할 가능성이 더 높다고 했다.

병풍처럼 둘러쳐진 절벽의 허리를 따라 걸음을 옮겼다. 한참을 걸어가자 절벽이 낮아지고 작은 산으로 들어설 수 있었다. 추산은 지금 자신이 가고 있는 길이 아버지가 걸었던 길이라고 확신했다.

땡땡!

건추(犍椎) 소리였다. 범종대산 작은 암자에서 치는 종소리인 것이다. 그것은 멀지 않은 곳에 암자가 있다는 뜻이다.

─어쩌면!

추산은 눈을 빛냈다.
예상대로 직진암이란 암자가 나타났다.
"어떻게 오셨어요?"
자기 또래쯤 된 젊은 승려가 묻는다.
추산은 주위를 스윽 한번 살피며 용건을 말했다. 갑자기 젊
은 승려의 표정이 굳어지더니 잠시 기다려 보라 말하고는 안
으로 뛰어들어 갔다. 반 각이 되지 않아 노승을 데리고 나왔
다.
"아미타불!"
추산도 마주 합장했다.
"이것도 인연인데 들어가십시다."
노승의 안내를 받아 암자로 들어섰다. 작은 방으로 들어서
자 젊은 승려가 익숙한 솜씨로 차를 끓여 내놓고 노승 곁에 앉
았다.
"드시오."
추산은 이곳 암자와 아버지가 어떤 인연을 맺었음을 간파하
고는 느긋하게 차를 마셨다.
"맞소. 공자의 아버지인지 아닌지는 모르지만 삼 년 전쯤 한
사람이 부상을 입고 본 암자를 찾아왔소."
"아버지인지는 모르지만 그 사람 나빠요. 금핵단만 싹 먹고

튀었어요."

"말조심해라. 그런 속된 말버릇이 어디 있단 말이냐?"

"사실이잖아요. 금핵단이 어떤 건데."

젊은 승려는 금핵단의 제조가 얼마나 까다롭고 그것 한 개를 제조하기 위해 수대가 엄청난 고통과 싸워왔다는 사실을 말해주었다.

노승은 해가 떨어지고 있으니 하룻밤 유숙할 것을 권했지만 추산은 점잖게 거절했다. 거절의 사유는 낙양에 집이 있다는 사실이었지만 진짜 속내는 불길함 때문이었다. 며칠 전부터 계속 이유 없이 가슴이 두근거렸다. 불안할 이유가 없는데 누군가로부터 쫓기는 사람처럼 가슴이 콩닥거렸다.

이유는 아버지였다.

이상하게 아버지에게 불리한 일이 일어나면 가슴이 두근거린다. 아버지가 편안하면 자신의 마음 또한 편하다. 무어라고 설명할 수 없는 오묘하고 신비한 둘 사이의 정신적 소통이 이뤄지고 있었다.

하도 이상하게 여기어 하루는 북리 의원을 찾아갔다. 자신의 애길 듣던 북리 의원은 뭔가 알겠다는 듯 고개를 끄덕이며 입을 열어 말했다.

"정신감응(精神感應)이라는 것이니라. 감각기관에 자극을 미치지 않고 어느 한 생명체에서 다른 생명체로 관념이나 인상이

전이되는 것을 말하느니라. 무공이 높을수록 수천 리가 떨어져
있어도 어떤 교감이 이뤄지는 반면, 전혀 그렇지 않는 보통 사람
인데도 이뤄지는 경우가 있느니라."

자신은 무공을 배우지 않았을 때에도 그랬다. 그런데 근래
들어 더욱 강하고 또렷해지는 것을 보면 무공이 강해지면서
아버지와의 교감 또한 높아진 것이 틀림없었다.
뚝!
숲길을 걸어가던 추산의 걸음이 멈췄다.
뭔가 이상한 느낌이 전해져 오고 있었다. 뭐랄까, 시큼한 냄
새였다.
추산은 천천히 좌측 숲 속으로 걸음을 옮겨 들어갔는데 두
눈이 커졌다. 여기저기 백골이 흩어져 있었다. 사람의 뼈는 고
유의 냄새가 있다. 세월이 오래될수록 그 냄새는 삭아지면서
옅어지는데 일백 년 내가공력을 지닌 자신의 후각임을 감안하
더라도 냄새가 맡아졌다는 것은 죽은 지 몇 년 흐르지 않았다
는 것이다.
꿈틀!
백골들을 살피던 추산의 눈썹이 모아졌다.
하나같이 강력한 칼에 끊어지고 베어진 백골들이었다.
벌름벌름!
다시 코를 들썩거리더니 아래쪽으로 십여 장 내려갔다.
그곳에 또 한 구의 백골이 헝클어져 있었다.

―알겠다!

　추산은 앞뒤 정황을 정확히 선으로 그었다.
　위 여섯 구의 백골을 죽인 장본인이며 그 또한 여섯에 의해
죽었다. 양패구상이 분명했다.
　멈칫!
　돌아서려던 추산의 발걸음이 멈췄다.
　백골의 얼굴이다.
　오른쪽 광대뼈가 불룩하지 않고 납작하게 깎여 있었다.
　추산은 주저앉아 얼굴뼈를 살폈다.

―그렇다면!

　인피면구로 사용하기 위해 얼굴 피부를 뜯어내다 칼질을 잘
못하여 안쪽 뼈를 건드린 것이 분명했다. 추산은 품속에서 손
수건을 꺼내 반듯하게 펼쳐 얼굴뼈를 조심스럽게 쌌다. 추산
은 얼굴뼈를 싼 손수건을 들고 산을 내려갔다.

　낙양에 어둠이 깔리고 있었다. 추산은 곧장 낙양 제일의 면
신전을 향해 발걸음을 옮겼다. 한 발만 늦었다면 하루를 허비
할 뻔했다. 면신전에 도착할 때쯤 주인 아들 망둥이 문을 닫고
있었다.

“형님!”

문을 닫던 망동이 고개를 돌렸다.

망동의 눈이 커진다.

“어, 추산 아냐?”

친하진 않지만 지나치면 아는 체는 할 정도이다.

망동은 자신보다 세 살이 많았다. 어려서부터 가업을 잇고자 의수, 의족 따위를 만드는 일에 몰두했다. 성격은 내성적이며 나이는 위지만 추산에게 함부로 하지 못했다.

한때는 추산보다 월등히 컸지만 이제는 추산이 내려다본다. 또한 딱 벌어진 어깨와 어느새 추산의 소문을 들어서인지 자꾸 몸을 움츠렸다.

“형님, 몇 년 만이우? 혼인은 했수?”

“으… 응.”

“정말이오? 언제 했소?”

“이 년 되었어. 아들까지 하나 있는걸.”

“으와, 축하드립니다. 진심으로 축하드립니다. 가만있자, 형님께서 혼인을 했는데 이대로 지나가면 안 되고.”

망동은 얼굴이 빨개지며 손을 내저었다.

“아냐. 괜찮아. 그러는 넌 고생 많았지?”

“고생이랄 것 뭐 있습니까? 그냥 그럭저럭.”

추산은 주위를 한번 휘둘러보고 목소리를 낮췄다.

“형님께 할 말이 있는데요.”

“응, 그래, 말해봐.”

추산은 다시 한 번 주위를 살핀 후 들고 있던 보자기를 슥
내밀었다.

망동이 뭐냐는 듯 바라보았다.

추산이 낮은 목소리로 말했다.

"해골이야."

망동은 해골이라는 말에 깜짝 놀라는 표정을 지었다.

망동 또한 주위를 살피더니 가게 안으로 들어가면서 들어오
라는 눈짓을 했다.

망동은 추산을 가게 안쪽에 있는 방으로 데리고 들어가더니
문을 닫았다. 추산은 방 가운데에 해골을 놓고 조심스럽게 손
수건을 풀어 헤쳤다.

인피면구를 만들어달라고 죽은 이의 얼굴을 가져오는 사람
도 왕왕 있지만 해골을 갖고 온 사람은 추산이 처음이었기에
망동은 의혹의 표정을 감추지 못했다.

어떤 목적인지 넘겨짚을 수가 없었다.

"형님, 얼굴에 살을 붙여 얼굴을 복원할 수 있겠소?"

"복원?"

"예."

추산의 눈빛이 강렬한 것을 발견한 망동은 입술을 깨물었
다.

"어렵지는 않아. 단지 제 얼굴로 살릴 수 있을지……."

뛰어난 면신가들은 해골을 가져다주면 가짜 살을 붙여 생전
의 얼굴로 복원해 버린다.

팟!

자신없는 투로 말을 하던 망동의 두 눈이 빛을 뿌렸다.

"아버지께 부탁해 볼까?"

요즘 망동의 부친은 가게 일에서 손을 떼고 손자와 노는 데 한참 빠져 있었다.

손자도 손자이지만 일찍 손을 뗀 것은 하는 일이 워낙 위험하다 보니 자주 관부를 비롯해 무림 단체에 끌려가 고문을 당해 올해 환갑인데도 삭신이 쑤시고 아프지 않은 곳이 없었기 때문이다.

아버지라는 말에 추산은 망설였다. 당장 그렇게 해보라고 말하고 싶었지만 이미 일선에서 손을 뗀 부친을 끌어들인다는 게 선뜻 내키지 않았다. 그러나 망동이 자신없는 표정을 지으니 달리 방법이 없었다.

第八章
노독수

검명도살

두 사람은 가게 문을 닫고 집을 향해 걸었다.

"구, 구타개를 반 죽여놨다고 들었어."

추산은 가벼운 미소로 대답을 대신했다.

"아주 잘했어. 예전에도 그랬지만 전쟁 끝나고 돌아온 이후 놈의 횡포가 더 심해졌어. 더구나 피광이가……."

망동은 얼른 입을 다물어 추산의 눈치를 살폈다.

피광과의 관계를 알기 때문이었다.

"괜찮아. 나도 알 건 알고 있어. 그리고 형, 말 편하게 해. 난 형 동생이잖아."

망동의 얼굴이 빨개진다.

"그럼 아, 알았어."

"편하게 하라고 했잖아. 추산아, 그렇게 말해봐."

"추, 추산아."

"자신있게 부르십시오. 형님보다 세 살이나 어린 동생입니다."

"고마워. 그럼 시키는 대로 할게. 이 지역의 최대 관심사는 피광이 놈이 어디서 그런 막대한 돈이 생겼느냐야. 몇몇이 피광의 뒷조사를 해봤지만 도무지 돈의 출처를 알 수 없다는 거야. 구타개조차도 벼락부자가 된 피광의 배후를 조사했지만 아무것도 얻지 못했다더군."

피광의 자금 출처는 황보세가이다.

황보세가에서 전병이란 자가 한 번씩 올 때마다 작게는 은자 쉰 냥에서부터 금화 쉰 냥까지 전달된다고 했다. 대개 방(幫)은 문과 달리 이익을 목적으로 결성된 단체이다 보니 금전으로 사람을 붙드는 경우가 허다하며, 그중 위험한 임무를 수행하는 데에는 적지 않은 수당을 지불한다. 황보세가 또한 방을 대표하는 집단이었다.

숫을대문이 서 있는 작은 기와집 앞에 망동이 섰다. 문을 두드리자 잠시 후 안으로부터 신발 끄는 소리와 함께 여인의 목소리가 들려왔다.

"기풍이 아버진가요?"

"그렇소, 여보."

발걸음 소리가 가까워 오더니 대문이 열렸다.

대문이 열리고 이십대 초반쯤의 여인이 모습을 드러냈다.

제법 단정한 외모에 머리를 틀어 올렸는데 드러난 흰 목선이
아름답다.

"어맛!"

여인이 망동과 나란히 선 추산을 보며 놀랐다.

망동이 말했다.

"내가 언젠가 말했지 않소, 추산 아우라고."

망동은 여인이 얼른 알아보지 못한 표정을 짓자 약간 언성
을 높였다.

"저잣거리 상인들로부터 신임을 받고 차오라는 아주 나쁜
놈을 한 방에 날려 보냈다는 아우 말이오."

"아, 생각나요. 안녕하세요. 반가워요."

"들어가자꾸나."

앞장서서 망동이 들어섰고, 추산은 뒤를 따랐다.

"아버님은?"

"기풍이 재우고 계세요."

망동은 별채로 추산을 데리고 들어갔다. 별채의 댓돌에 낡
은 신발 한 켤레가 올려 있고, 안으로부터 아이를 재우는 듯한
노랫소리가 나직이 흘러나왔다.

"아!"

"쉿!"

아버님하고 부르려다 부인 기씨가 손가락으로 조용히 하라
는 신호를 보냈다. 망동은 추산을 돌아보며 어색한 표정을 지
었다. 하는 수 없이 잠시 기다려야겠다는 뜻이다.

추산은 괜찮다는 표정을 지으며 별채 뒤뜰로 돌아갔다. 작은 집이지만 뒤뜰은 아늑하게 단장되어 있었다. 특히 손바닥 모양의 연못을 만들어 뒷산에서 흘러온 물을 받아 흐르게 하고 주위로는 구부러진 노송과 옆으로 성장하는 향나무들을 적당히 배치해 심은 모습이 무척 인상적이었다.

"손님이 왔다고?"

산책을 하며 두 사람이 이런저런 얘기에 한참 빠져 있을 때 탁한 소리와 함께 망동의 부친이 지팡이를 짚고 나타났다.

흠칫!

추산을 보자마자 망동의 부친은 놀라는 표정을 지었다. 추산은 그 순간을 놓치지 않았다. 망동은 안면이 있지만 부친은 처음인데 자신을 보고 왜 놀라는 모습을 할까.

추산은 이름을 밝히고 곧바로 들고 있던 해골을 꺼냈다.

뚝!

해골을 바라보던 망동의 부친은 얼어붙었다.

그의 두 눈은 평평하게 깎인 해골의 광대뼈에 고정되어 있었다. 백골에 난 검흔만을 갖고도 고수는 자신의 것인지 아닌지 아무리 세월이 흘러도 알아본다.

망동의 부친은 단번에 자신의 솜씨임을 알아보았다. 삼 년 전 그날 상대는 몰랐지만 자신이 만든 인피면구에는 중대한 문제점이 있었다. 얼굴 살갗을 떼어내면서 칼놀림을 잘못하며 광대뼈 일부를 도려낸 것이다. 물론 인피면구에는 아직까지 뼈가 붙어 있을 것이다. 문제는 세월이 흐를수록 인피면구는 줄어들고 뼈 따위가 안에 붙어 있으면 밖으로 도드라져 정체 노출의 위험이 따른다는 것이었다.

"사실은!"

망동의 부친은 자신이 놀란 이유를 밝혔다.

삼 년 전 한 사내의 얘기를 풀었고, 인상착의를 듣던 추산의 얼굴은 굳어졌다.

―아버지!

망동의 부친 입에서 흘러나온 인물은 틀림없는 아버지였다. 그러면서 사실을 증명하겠다는 듯 추산이 가져온 해골에 가짜 살과 피부를 입히기 시작했다. 가짜 살과 피부는 용한토(龍寒土)라는 부드러운 진흙에 십여 가지의 약물을 섞은 것으로 반죽을 해놓으면 진짜 사람의 살처럼 변한다.

잠시 후 그가 복원한 얼굴은 이십대 초반의 인물 노독수였다.

생활비를 가져왔던 소년의 입에서 이십대 초반의 공자가 주었다고 했다.

부친은 노독수로 변장하여 떠나갔다.

팟!

불현듯 떠오르는 인물 하나.

추산은 곧바로 망동의 부자와 작별을 고했다.

잠시 후 추산이 다시 나타난 곳은 피광의 가게가 내려다보이는 맞은편에 있는 현왕각이라는 삼층 객점이었다. 현왕각은 육방의 수하가 운영하는 객점이지만 그건 겉으로 드러난 것일 뿐 진짜 주인은 육방이었다. 대부분 저잣거리 두목들은 관부나 무림인들의 표적이 되는 것을 피하기 위해 수하 중 한 명을 대리인으로 내세워 재산을 관리하고 불린다. 워낙 은밀했기 때문에 피광도 맞은편 객점이 자신의 적수인 육방의 가게라는 것을 모르고 있을 정도였다.

추산은 점소이의 안내를 받아 삼층 끝에 위치한 방으로 안내되었다. 문을 열고 들어선 추산은 창문에 쳐진 발을 치웠다. 그러자 맞은편 피광의 가게가 훤히 보였다. 추산은 해골을 싼 보자기를 한쪽에 치워놓고 본격적으로 피광의 가게를 염탐하기 시작했다.

우당탕!

뒤늦게 연락을 받은 듯 육방이 수하들을 끌고 들어섰다.

"아우!"

"어떻게 여긴……?"

모두가 궁금한 모양이었다.

추산은 육방을 향해 말했다.

"며칠 방 좀 빌려 써야겠습니다."

"돈 줬다면서?"

추산이 점소이에게 방값으로 건넨 은자를 육방이 내밀었다.

"이러지 마. 우리 사이에 지금 뭐하는 짓이야?"

"왜 이러십니까? 공과 사는 구별해야죠."

"우리 사이에 공과 사가 어딨어. 어서 집어넣어."

육방은 추산의 손에 돈을 쥐어 품속에 쑤셔 넣게 만들었다.

"저건 뭔가?"

육방이 창문 아래 놓인 해골 보자기를 발견하고 물었다.

추산이 웃음을 지을 뿐 말을 하지 않자 육방은 더 이상 묻지 않았다.

"구타개는 어찌 됐습니까?"

추산이 물었다.

육방의 수하중 한 명이 대답했다.

"떠났대. 북리 의원의 말에 의하면 중요한 치료 몇 가지가 끝나자마자 마차 한 대를 부르더니 청해로 떠났대. 그러면서 계속 눈물만 흘리더라는 거야."

"청해?"

"놈의 고향이라더군. 충격이 크긴 컸던 모양이야. 개방 분타에도 알리지 않고 실종되듯 떠나는 걸 보면."

추산은 아무런 말도 하지 않았다.

─현명하오. 만약 복수를 한다고 개방에 알린다거나 수하들을 불렀다면 일은 더욱 커졌을 것이오.

혼자 중얼거리며 밖으로 고개를 돌리던 추산의 눈이 커졌다.

십여 명의 장사꾼이 봇짐 한 개씩을 멘 채 피광의 가게로 들어가고 있었다.

"왔다."

"뭐가 말이야? 누구야?"

육방이 물으며 다시 말했다.

"장사꾼 같지는 않고 가만, 맨 앞에서 절뚝거리며 가는 놈 말이야. 왠지 낯이 익는데?"

"그자입니다. 나에게 두들겨 맞은 고덕룡이란 자."

"아니 그럼 그자가 일행을 데려왔단 말인가?"

"아마 이곳에서 멀지 않은 곳에 있는 황보세가 비밀 분타를 찾아가 지원을 요청했을 것입니다."

노독수 얼굴을 알아볼 인물은 황보세가뿐이다. 물론 아버지가 추작도 노독수 얼굴로 변장했다는 전제하에서이다. 그렇다면 아버지는 황보세가에 신분을 속이고 잠입했다는 뜻이 된다. 아버지가 그런 명문가에 신분을 이십대로 위장하고 들어가는 이유는 딱 한 가지뿐이다.

―무공!

강한 무공을 얻을 욕심에서 한 일이겠지만 드러내 놓고 그 사실을 확인할 수는 없었다. 지금으로서 아버지의 확실한 소재를 알 수 있는 방법은 고덕룡을 이용하는 것인데, 필시 자신에게 복수를 하기 위해 피광의 가게를 다시 찾을 것이라 예상하고 이곳에 진을 친 것이다.

"형님!"

"말하게, 아우."

"이것 좀 들고 절 따라오십시오."

추산이 보자기를 내밀자 육방이 물었다.

"이게 뭔가?"

추산은 미소를 지었다.

"알게 될 것입니다. 가시죠."

추산은 앞장을 섰다.

그 뒤를 육방과 수하들이 따랐다.

피광의 호위무사들 입가에 미소가 떠올랐다. 추산을 필두로 다가오는 육방의 패거리들을 보며 쾌재를 불렀다.

―어서 오너라, 이 불나방들아!

안에는 지금 황보세가 인근 분타에서 온 무사들이 있었다. 다시 말해, 어제와는 전혀 판이 달라질 것이 뻔했다.

"안에 기별할까?"

"아냐. 그럴 것 없이 내버려 둬."

"왜?"

"이 사람아, 모르고 들어갔다가 뒈지게 깨져야 재밌잖아. 똥을 알고 밟으면 무슨 재미가 있나?"

"으흐흐! 역시 자넨 천재야. 어서 오십시오. 오늘은 무슨 일
로……."

"안에 있소?"

추산이 물었다.

호위무사 중 한 명이 깍듯하게 대답했다.

"계십니다. 들어가십시오."

"고맙소이다."

호위무사들은 추산을 따라 들어가는 일행을 보며 희희낙락
했다.

그런데 들어가는 추산의 입가에도 웃음이 배어 나왔다. 지
금쯤 피광은 고덕룡이 데리고 온 아홉 명의 도객을 접대하고
있을 것이다.

사람이 사는 집의 방은 아무리 커도 좌우 열네 자를 넘지 않
는다. 크기로 따지면 일 장 반 전후이다. 손님만을 전문적으로
접대하는 빈청 또한 대저택이나 장원이 아닌 한 삼 장을 넘지
못한다. 하물며 저잣거리 가게의 빈청이 삼 장의 크기를 상회
하기란 불가능하다는 게 추산의 생각이었다.

피광까지 모두 열한 명.

탁자와 의자가 차지하는 면적을 제외하면 더 좁아진다. 아
마 실 크기만을 놓고 본다면 아무리 크게 잡아도 좌우 이 장이
채 되지 않을 것이다. 이 장이라는 좌우 공간에 열한 명이 들
어 있다는 것은 벌집과 다를 바 없었다.

'후후후!'

추산의 미소가 더욱 짙어졌다.

복도를 꺾어들자 안쪽으로부터 웃음소리가 흘러나왔다.

"사냥이 끝나지 않았으니 술은 자제합시다."

"사냥감도 사냥감 나름이지, 그까짓 놈을 잡는 데 술까지 자
제할 필요 있소이까. 더구나 우리 쪽은 무려 열 명이나 되오이
다."

"맞소. 호랑이도 아니고 여우새끼 한 마리 잡는 데 타는 목
에 술을 붓지 않는다는 것은 자존심의 문제요."

차가 아닌 술을 마시는 듯했다.

추산의 미소가 노골적으로 변했다.

아무리 고수일지라도 술은 사람의 움직임을 둔화시켜 버리
는 마취제이다. 또한 술은 사람을 흥분하도록 만들어 제 실력
을 벗어나게 만든다.

쨍!

"하하핫!"

술잔 부딪치는 소리와 함께 커다란 굉소가 터져 나왔다.

복도 맨 끝 방이다.

"궐수 형님, 뒤쪽으로 한번 돌아가 보십시오. 창문이 있는지
없는지 확인 좀 부탁합니다."

"알았어."

궐수란 사내가 빠르게 후원 쪽 문을 이용해 복도를 나가더
니 잠시 후 다시 돌아왔는데 흐흐흐 하고 웃는다.

"없어. 두꺼운 벽이야. 금정석토로 되어 있어 어지간한 고수라고 해도 흠집 하나 낼 수 없어."

"금정석토로 되었단 말입니까?"

"내가 누구냐? 지금은 망했지만 한때 낙양제일의 벽돌장사 아들 사귈수 아니냐?"

금정석토는 흙이지만 한번 물을 묻혀 굳어버리면 돌보다 단단하다.

추산은 이제 너털웃음을 지었다. 장사를 하다 보면 아무도 엿듣지 못하는 밀실이 필요했을 것이다. 그래서 피광은 빈청을 금정석토로 발라 버린 것이 분명했다.

육방이 거들었다.

"굴속에 갇힌 토끼새끼들 아닌가?"

추산은 잠시 호흡을 가다듬고는 문을 열었다.

벌컹!

문이 열리는 소리에 방 안에 있던 사람들이 일제히 돌아보았다.

추산의 예상은 한 치도 틀리지 않았다.

빈청이랄 것도 없는 조그만 방 안에 긴 탁자가 가운데로 놓여 있고 좌우로 열 명의 사내가 앉아 술을 마시고 있었다. 끝자리에 피광이 앉아 있다가 벌떡 일어섰다.

"추, 추산!"

"저놈이오!"

피광 곁으로 앉아 있던 고덕룡이 소리쳤다.

순간 사내들 표정이 하나같이 굳어졌다.

추산은 입구를 막고 있었는데 워낙 덩치가 커서 생쥐 한 마리 빠져나갈 틈이 보이지 않았다. 어느 정도 수련이 된 고수답게 입구가 봉쇄되어 자신들에게 아주 불리하다는 것을 간파한 것이다.

더구나 술까지 먹었을 뿐 아니라 자기들은 칼을 쓴다. 과연 좁은 방에서 열 명이 칼을 뽑아 휘두를 수 있을까.

"빌어먹을!"

한 사내가 자리를 박차고 일어나 반쯤 칼을 뽑다 말았다. 마침 자기 맞은편 동료도 칼을 반쯤 뽑다 멈췄기 때문이다. 상황은 계속 이어졌다. 너나 할 것 없이 칼을 뽑다 말고 일제히 머뭇거렸다. 칼을 뽑을 수 없다는 사실을 깨달은 것이다. 아니, 엄밀히 말하면 뽑으려면 뽑을 수 있었지만 제대로 휘두를 수가 없는 것이다. 서로의 칼에 서로가 다치는, 자칫 참사가 일어날 가능성이 높았기 때문이다. 방법이라고는 한 가지뿐이었다.

한 명씩 추산을 공격하는 것이었다.

"차합!"

문 쪽에서 가장 가까이 서 있던 사내가 칼을 내리그었다.

슈악!

칼은 정확히 입구를 막고 선 추산의 몸을 대각선으로 베었다. 그러나 뒤에서 지켜보고 있던 사내들 입에서는 환호 대신 비명이 터져 나왔다.

“엇!”

“실패!”

추산의 몸이 흐릿해지면서 칼이 만들어낸 그림자[刀影]에서 사라졌다.

단 한 걸음을 움직였을 뿐인데 칼은 문을 쳤고, 그사이 추산의 주먹이 허공에서 칼과 일체가 되어 떨어져 내린 사내의 복부에 틀어박혔다.

뻑!

“컥!”

주먹도 짧고 비명도 짧았다.

꽈당!

사내의 몸은 바닥에 떨어져 잠시 경련을 일으키다 축 늘어졌다.

“노옴!”

두 번째 사내가 달려들었다.

술까지 먹은 뒤끝이어서 공격이 사납다.

술이 낳은 최악의 폐단이다. 불리할수록 냉철해야 한다. 가장 기본적인 상식도 술이란 괴물이 쫓아버린 것이다.

추산에게도 한 가지 단점이 있었다.

몸을 크게 움직일 수가 없다는 것이었다. 움직이면 틈이 생기고, 그때를 놓치지 않고 문밖으로 일부가 탈출을 감행할 것이다. 방 안팎에서 협공작전이 되면 아무래도 불리하다. 육방과 수하들 능력으로는 상대할 수 없는 고수들이기 때문에 혼자 해결해야 한다.

스윽!

이번에는 추산이 반대방향으로 일 보를 움직였다.

여지없이 상대의 칼은 빗나갔다.

"헛!"

사내는 위기를 느낀 듯 기겁했다.

빠악!

눈앞으로 빛이 번쩍하더니 정신이 몸을 떠난다.

꽈다당!

사내가 날아왔던 곳으로 떨어지면서 탁자 위에 올려 있는 음식들이 뒤집어지고 실내는 난장판으로 변했다.

슈악!

쐐애액!

두 명의 무사가 입가에 미소를 물고 달려들었다. 절대 웃을 수 없는 절박한 상황에서 웃음을 흘린다는 것은 한 가지 이유 때문이다. 자신들에게 어떤 계책이 생겼고, 이미 전음으로 토론을 거쳐 결정을 내렸다는 뜻이다.

하나 추산은 그다지 신경 쓰지 않았다.

어차피 적은 갇혀 있고 자신이 비켜주지 않으면 나가지 못한다. 그 때문에 자신 또한 움직임이 여유롭지 못해 적지 않은 위험을 감수해야 했다. 그렇지만 분명한 사실은 유리한 쪽은 자신이라는 것이다.

둘은 쳐왔다.

공간이 좁아 대각선이나 여타 다른 형태의 베는 식은 펼칠 수 없었다. 오직 찌르기 아니면 직도항룡, 즉 곧바로 내려치는 것 말고는 달리 방법이 없었다.

추산은 양 주먹을 거칠게 뻗어냈다.

양 주먹에서 강한 권기가 뻗어나갔다.

두 사람의 칼은 나란히 추산의 좌우 어깨를 베었다. 어깨보다는 머리가 좋은데 왜 어깨를 노렸을까. 그 이유는 간단하다. 단순히 내려치는 직도항룡의 식은 상대의 내공에 따라 그 도기가 달라진다. 황보세가의 무사들 정도 되면 지나치게 접근하여 직도항룡을 펼치면 각각의 칼에서 뿜어 나온 강한 도기에 의해 서로 퉁겨내는 사태가 발생하기에 어느 정도 거리를 둬야 한다. 그런 사태를 막기 위해 최소한의 거리를 두다 보니까 좌우 어깨다. 그래 봤자 세 뼘이 채 안 되었지만.

세 뼘 갖고는 좁다. 예상대로 서로의 칼에서 뿜어 나온 도기가 엉켰고 위력은 감소되고 말았다.

꽈가강!

권기와 도기가 부딪쳤다.

"커억!"

"으흑!"

퍼더덕!

두 사람의 몸이 탁자 위로 엎어졌다.

입으로 토해내는 붉은 피가 탁자를 적셨다.

히죽!

추산은 미소를 지었다.

"이런 애송이 한 놈을."

역시 술의 괴력이다.

흥분한 사내의 칼이 날아왔지만 추산은 냉정했다.

"와라!"

빠아악!

도기와 권기가 정면으로 부딪쳤다.

누구도 피하거나 물러서지 않는 정면충돌.

"헉!"

사내의 눈알이 뒤집히며 나가떨어졌다.

바로 그때였다. 사내의 손에 쥐어져 있던 칼이 힘없이 날아가 열린 문에 또다시 부딪쳤다.

그런데 문은 여전히 멀쩡했다. 추산은 얼른 돌아보았다가 고개를 돌렸다. 하는 수 없이 복도에 있던 육방이 문을 자세히 살폈다.

"어엇! 모금한철이잖아."

모금한철은 만년한철처럼 단단하면서도 가벼워 주로 전장이나 돈 많은 거부들이 금고를 숨기는 지하 문으로 이용했다.

"좋군!"

추산은 웃었다. 금정석토에 모금한철. 비밀을 지키기 위해 꼼꼼하게 짓는다는 것이 되레 화를 불러왔다.

부르르!

아무도 몰랐지만 피광은 추산의 웃음의 의미를 알고 있었다. 그것은 아주 무서운 상황을 예고하는 것이었다.

"문을 닫으십시오. 절대 열리지 않도록 밖에서 잠그십시오"

"그, 그건……."

추산의 등 뒤에서 육방이 더듬거렸다.

아무리 추산이 강하다고 해도 좁은 방 안에 같이 가둬 버리면 처지는 똑같아져 버리고, 아니, 오히려 위태로워진다.

"걱정 말고 닫으십시오"

"아, 아우!"

"거참, 형님도."

"괘, 괜찮겠어?"

"절대 고리가 떨어져 나가지 않도록 단단히 잠가야 합니다."

하는 수 없다는 듯 육방은 문을 닫고 손가락 굵기의 고리를 채웠다.

추산은 안에서도 고리를 채웠다.

찰칵!

추산이 고리를 잠그고 들어서자 무사들이 웃었다.

"흐흐흐!"

"같지 죽자는 건데, 좋다. 우리도 피하지 않는다."

어차피 자신들은 위기였다. 수적 우세는 아무런 도움이 되지 않고 독 안에 든 쥐였다. 그런데 상대가 스스로 독 안으로 같이 들어왔으니 좋아할 수밖에.

그러나 피광의 생각은 달랐다.

문을 잠갔다는 것은 추산의 의지를 보여주는 것이었다. 이 안에 있는 누구도 절대 살려두지 않겠다는 의지.

그리고 자신의 위엄과 무서움을 똑똑하게 보여주겠다는 의도다.

추산은 영리하다. 어려서부터 힘보다 머리를 앞세우는 특이한 아이였다.

승산이 없으면 절대 움직이지 않고 싸움도 걸지 않는다. 승산이 있을 때까지 참고 기다리는 무서움과 인내력을 지닌 인물이 추산이다.

"치시오, 어서 치시오!"

피광은 생각할수록 무서운 생각이 들었다.

그래서 무서움을 없애는 방법은 악을 쓰는 것뿐이었다.

피광이 악을 쓰자 사내들이 달려들었다.

이판사판.

추산도 실내에 있고 자신들도 실내에 있으므로 더 이상 공간의 방해에 매달릴 필요가 없었다. 추산도 똑같은 입장 아니냐는 것이 그들의 생각이었다.

쐐애애!

파아아!

사내들이 기러기처럼 날아왔다. 그것도 일렬로.

피광을 제외한 여섯, 그중 고덕룡은 부상으로 인해 몸놀림이 시원치 않았다.

"헉!"

"어라랏!"

사내들은 소스라쳤다.

문 앞에 있던 추산의 모습이 사라졌기 때문이다. 그들이 정신을 차렸을 때는 이미 턱 밑에서 주먹을 날리고 있었다. 병기이기 때문에 마음대로 휘두르지도 못하는 판국에 상대가 가까이 붙어버리자 허공을 헛치는 꼴.

빡!

빠바박!

그야말로 전광석화였다.

사실 좀 더 일찍 발견했다고 해도 뻗어나간 칼을 회수하여 베거나 찌르기는 불가능할 만큼 가까이 붙어 있었다.

일 초에 네 명이 쓰러졌다.

남은 인원은 두 명.

"죽엇!"

두려움이 넘치면 발악한다.

사내가 악을 쓰며 칼을 찔렀다. 하지만 그의 칼이 뻗어 나왔을 때 추산은 그 자리에 없었다.

"외, 왼쪽!"

뒤에서 지켜보고 있던 고덕룡이 가르쳐 주었다.

보지는 않고 본능적으로 왼쪽을 찔렀지만 또다시 끝이 가볍다.

“오, 오른쪽!”

“아앗!”

괴성을 지르며 있는 힘껏 오른쪽을 찔렀다.

역시 칼끝에 걸리는 건 없고 너무 많은 힘을 쏟은 탓에 앞으로 넘어지고 말았다.

꽈당!

벌떡 일어나려다 뚝 멈췄다. 추산의 발이 자신의 목을 누르고 있었다. 목덜미가 무거워 일어날 수가 없었다. 점점 거세지는 압력에 꼼짝할 수가 없었다.

뚝!

압력이 거세지며 목뼈가 부러졌고, 뒤이어 와지직 하는 소리가 나며 완전히 부스러졌다.

와당탕!

피광과 고덕룡이 뒤로 물러섰다. 공포가 폭우처럼 두 사람 얼굴에 쏟아져 내렸다. 둘은 벽에 등을 붙인 채 아무 말도 하지 못했다. 추산은 그들을 날카로운 시선으로 노려보더니 입구로 걸어갔다.

딸칵!

손가락 굵기만 한 고리를 풀고 문을 열었다. 기다렸다는 듯 육방의 패거리가 쏟아져 들어왔다.

“이겼구나!”

“역시!”

“형님, 아까 맡긴 것 어딨습니까?”

“아, 그 항아리 같은 것? 내가 잘 놔뒀지.”

육방이 밖으로 나가더니 복도 한쪽 선반에서 보자기에 싸인 해골을 내려 가지고 들어왔다. 추산은 해골을 육방으로부터 넘겨받아 탁자 위에 놓았다.

“잘 보시오.”

고덕룡이 침을 삼켰다. 추산은 천천히 보자기를 풀었다. 육방과 패거리 또한 진즉부터 어떤 물건인지 잔뜩 호기심을 가졌는데 풀리는 시간은 너무 짧았다.

“엇!”

“사람, 아니, 해골이닷!”

누가 봐도 해골에 가짜 피부와 살을 붙였음을 알 수 있었다.

바로 그때였다. 고덕룡이 놀라면서 입을 열어 뭐라고 말하려 들자 추산이 소리쳤다.

“입 닫으시오!”

고덕룡은 얼른 입을 다물었다.

추산의 시선이 피광에게 돌아갔다.

“알겠느냐?”

피광은 재수없다는 듯 인상을 쓰며 말했다.

“내가 해골을 어떻게 아, 알아?”

“정말 모르겠느냐?”

“모른다니까?”

그때 옆에 있던 고덕룡이 피광을 향해 입을 열었다.

“피, 피 대인.”

“닥치라고 했소!”

고덕룡은 얼른 입을 다물었다. 자신에게 일정액의 돈을 쥐어주면서 환대를 할 때부터 노독수와 피광 사이에 말 못할 사연이 있다는 것을 짐작은 했다. 하지만 융숭한 대접을 받았기에 더 이상 따지지 않았다. 그런데 이제 자신도 궁금해졌다.

추산은 물었다.

“누구요? 고 급주는 아는 눈치인데?”

흘긋!

고덕룡이 다시 한 번 피광을 살피듯 보며 말했다.

“노독수요.”

“으헙!”

피광이 소스라쳤다.

추산은 차갑게 말했다.

“다시 말해보시오. 천천히.”

“노독수요.”

추산의 얼굴이 피광에게서 멎었다.

흠칫!

피광은 몸을 떨었다.

“먼 친척이라면서 얼굴도 모르나?”

추산은 보기 흉했으므로 손수건으로 해골을 쌌다. 꼭 살아 있는 사람 모가지 하나를 뎅강 잘라놓은 것 같았기 때문이다.

“고 급주에게 묻겠소.”

“무, 물으시오.”

처음에는 하대를 했지만 이제는 깍듯한 존대이다.

“내가 알기로 황보세가는 위험한 임무를 수행하는 무사들에게 위험 등급에 따라 금전을 지불하는 것으로 알고 있소.”

“그렇소이다.”

추산이 피광을 보며 묻는다.

“노독수란 사람이 친척에게 자주 은자를 갖고 찾아온다는 것은 그가 그만큼 위험한 일에 자주 동원된다는 의미라고 봐도 되겠소이까?”

“내, 내가 알기로는…….”

“어려워 말고 말해보시오.”

“노독수는 자청하여 위험한 일에 발 벗고 나선다고 들었습니다. 그래서…….”

“왜 말을 멈추시오. 계속하시오.”

“본가에서는 그를 광도(狂刀)라고 부르고 있소이다.”

“으음! 미친 칼.”

“송구한 얘기이지만 실전보다 더 뛰어난 수련은 없다면서 도무지 죽음을 두려워하지 않는다고 하오. 전쟁에서도 최고의 공을 세웠을 뿐 아니라 돌아와 벌어진 여러 차례 작전에서도 그가 세운 공은 혁혁하오이다.”

추산은 어금니를 깨물더니 천장을 올려다봤다.

그러더니 한순간 버럭 소릴 질렀다.

“우와아아! 빌어먹을!”

쾅!

양손으로 탁자 모서리를 거칠게 쥐었다.

어찌나 힘을 주는지 손등에 힘줄이 새끼줄처럼 불거졌는데 더욱 놀라운 것은 다음에 일어났다. 모서리에서 연기가 술술 나오더니 순식간에 사라져 버렸다. 잔뜩 흥분을 한 탓에 삼매진화가 펼쳐진 것이다.

강해지고 싶은 것도 적당히 해야지 그런 마구잡이식으로 해서 뭘 어쩌자는 건가. 그러다 목숨을 잃으면 혼자 어떻게 살란 말인가.

“피광!”

추산의 목소리가 그 어느 때보다 낮아졌다.

피광이 대답을 않자 핏대를 올렸다.

“대답해, 개자식아!”

“으응!”

“네놈 먼 친척이라는 노독수는 우리 아버지다.”

“으컥! 저, 정말이야?”

“그래, 상놈의 새끼야! 당신 목숨 내던져 가며 아들에게 돈을 보내고 있어, 지금!”

“미, 믿을 수 없어. 어떻게 아버님이라는 것을 알지?”

“네놈이 아직도 정신 못 차렸구나!”

확!

피광은 피해보려고 했지만 소용없었다. 추산의 왼손이 피광

의 멱살을 단단히 거머쥐었다. 추산의 눈에서 살기가 폭사되
자 피광은 얼어붙었다.

"노독수, 먼 친척이라고 네놈이 모조리 가로챈 돈을 보낸 임
자는 우리 아버지 추작도라고. 내가 하도 생활비 제때에 보내
주지 않는다고 잔소리를 했더니 미친 듯 위험한 일에 손을 대
가면서 보내고 있단 말이다, 지금."

꽉!

멱살을 더욱 움켜쥐었다.

"캑캑! 수, 숨 막혀."

피광의 얼굴이 빨갛게 달아올랐다.

추산은 피광을 바짝 잡아당긴 채 입을 열어 말했다.

"힘있는 놈들은 아주 인색하다. 부하가 어지간한 공을 세워
도 큰돈은 주지 않는다는 얘기니라. 그런데 네놈을 하루아침
에 낙양의 거부로 만들어줄 만큼의 많은 돈을 보낼 정도면 도
대체 우리 아버지가 얼마나 위험한 일을 하고 있는지 짐작할
수 있겠느냐?"

"캐캐캑! 살려……."

"죽일 놈 자식, 네가 진짜 나쁜 건 따로 있다. 넌 처음부터
내 아버지가 보낸 돈이라는 것을 알았어."

"모, 몰랐어. 그건 오해야!"

"이런 쳐죽일 놈이 아직도."

추산은 주위를 두리번거리다 바닥에 떨어진 칼을 주워 번개
처럼 휘둘렀다.

"아, 알았어. 맞아. 난 첫눈에 아버님이라는 것을 알아차렸
어."

피광이 눈을 감고 소릴 질렀다.

칼은 피광의 목젖 앞에서 떨고 있었다.

금방이라도 찔러 버릴 듯 추산의 눈에서는 시뻘건 광기가
흘러나왔다.

휙!

쨍그랑!

칼을 집어 던진 추산이 냉정한 목소리로 말했다.

"계속해라."

"뭐, 뭘?"

"뭐긴 뭐야, 장사지. 대신 망하면 죽는다, 내 손에. 내 아버
지의 피 같은 돈으로 망했으니 살려줄 수 없는 일 아냐?"

피광의 안색에 희비가 교차했다. 계속 장사를 한다는 것은
즐거운 일이었다. 장사를 하면서 몰래 돈을 빼낼 수도 있기 때
문이다. 내쫓는다면 그거야말로 괴로운 일이었다. 다시 저잣
거리 금설련 장사꾼으로 돌아가야 하기 때문이다.

슬픈 일은 망하면 안 된다는 것 때문이었다. 장사라는 게
아무리 내가 잘해도 망할 수가 있었다. 흔히 경기라고 하여
바닥 장사가 가라앉으면 천하없어도 흔들리고 문을 닫을 수
밖에 없다. 장사를 한 지 얼마 되지 않았지만 수백 년 역사와
전통을 자랑하는 대상가들이 무너지는 것을 적지 않게 보아
왔다.

　그렇다고 이 상황에서 그건 말도 안 돼, 장사란 흥할 수도 있고 망할 수도 있으며 내 능력과는 별개라고 소리칠 수는 없었다. 일단 살고 봐야 했기 때문에 알았다고 해야 한다.
　"아, 알았어."
　"왜 대답이 그래? 자신없으면 물러 나오고."
　피광은 큰 소리로 대답했다.
　"자신있어! 망하지 않을 자신 있어!"
　"저 개자식, 지금 뭐라고 했어?"
　"내 말은 그게 아니라 쑥쑥 키워놓을 자신있다는 뜻이야."
　"명심해라. 망하는 순간 네놈 모가지, 몸통에서 떨어진다. 내 성질 알지?"
　"아, 알아. 안다고."
　피광의 얼굴에 땀이 흘러내렸다.
　정말 베고도 남을 추산이다.
　자기 입으로 뱉은 말은 이상하게 잘 지킨다.
　움찔!
　이번에는 고덕룡이 온몸을 떨었다. 추산의 시선이 자신에게 왔기 때문이다. 추산은 눈싸움하듯 아무 말도 하지 않은 채 한동안 바라보았다.
　눈빛으로 일단 상대의 모든 생기를 제압하려는 고도의 심리전이다. 그렇게 되면 상대와 어떤 얘기를 나눔에 있어서 입 싸움할 일이 없어진다. 물론 육체적 고문이라는 방법도 있지만 고수는 싸우지 않고 이긴다고 했던가.

“노독수는 지금 어디 있소?”

고덕룡은 아무 대답도 않는다.

추산의 눈썹이 모아졌다.

“노독수 행방을 물었소.”

“내 말을 믿어주겠소? 난 모르오. 단지 작전 나갔다는 것만 알고 있소이다.”

“당연히 작전 내용은 모르겠지요?”

“그렇소이다. 우리 같은 하부 무사들이 위에서 하는 일을 알 수는 없지요. 다만 아주 중요한 작전을 수행하러 나갔다고만 들었소이다.”

추산은 가급적 어떤 단서라도 찾기 위해 사력을 다해 물었다. 하지만 돌아오는 대답은 무미건조했다. 고덕룡을 통해 더 이상 아버지 행방이나 작전의 종류를 안다는 것은 불가능했다. 추산은 조용히 오른손을 들어 주먹을 뻗었다.

턱썩!

고덕룡이 비명도 지르지 못하고 쓰러져 숨을 거두었다.

아무도 지금 펼친 그의 주먹이 무엇인지 알아차리지 못했다. 북두칠권 중 최강식 무권이 펼쳐졌다. 고통없이 고덕룡을 보낸 것이다. 살려두면 아버지가 위험해진다. 사람의 입은 화근 덩어리다. 아무리 자신이 지키려고 해도 입 자체가 열리는 본성을 갖고 있다.

세상에 비밀은 없다. 아무리 고위급 몇 명만 아는 극비의 작

전이라고 해도 어디선가 비밀은 새어 나오게 되어 있다고 생
각했다. 그래서 추산은 황보세가가 있는 장안을 떠돌기 시작
했다. 장안을 떠돌아다니며 노독수를 거품 물고 찾았다. 하루
가 지나고 보름이 지나고 스무 날이 지났다. 이제 장안에서 추
산이 노독수를 찾는다는 걸 모르는 이가 없었다. 길을 지나가
면 찾았느냐고 물어볼 정도였다.

그리고 사람들이 노독수가 누구기에 그렇게 핏대를 올리며
찾느냐고 물으면 능청맞게 대답해 주었다. 내 돈을 떼먹고 이
곳 장안으로 도망친 아주 나쁜 놈이라고.

물론 자신에게 접근하여 이유를 캐물은 사람 중 변장한 황
보세가 무사들이 있다는 것도 모르지 않았다.

자시(子時)쯤 일단의 인물들이 각왕루를 향해 다가서고 있
었다. 거리는 인적이 끊긴 지 오래였고, 멀리서 개 짖는 소리만
이 어둠을 깨뜨렸다. 각왕루는 당의 소종 때 지어진 누각으로
석담으로 높이만 무려 삼 장에 가까웠다.

평지의 삼 장과 수직의 삼 장은 천양지차이다.

평지에서 십 장을 날아가는 사람도 수직으로 삼 장을 오르
기란 쉽지 않다.

그런데 사내들은 거침이 없었다.

스으윽!

연기처럼 솟구쳐 오른다.

담장 안은 각왕루 후원이었다. 당나라 소종의 별채다운 건
물답게 하늘을 찌를 것 같은 노송과 땅에까지 가지를 늘어뜨

린 사류나무와 태극 모양의 연목은 어둠 속에서도 그 도도한 자태를 잃지 않고 있었다. 다섯 명의 사내는 빛도 없는 캄캄한 어둠이 사방을 지배하고 있는데도 노송과 바위에 몸을 가려가며 신중하게 앞으로 나아갔다.

척!

처처척!

복잡한 후원을 제집인 양 망설임없이 달려가던 다섯 명의 사내가 멈췄다. 그들이 멈춘 곳은 본채와 따로 떨어진 이층 전각 앞이었다.

연우정(蓮雨亭)이라고 편액이 쓰인 곳은 소종이 이곳에서 멀리 태극담에서 피어나는 구름과 안개비를 보며 술을 마셨다는 장소였다. 물론 지금은 객사로 사용되고 있었다.

획!

휘휘획!

사내들은 가볍게 이층 난간으로 날아 내렸다. 옷자락 펄럭이는 소리를 막기 위해 바지와 소매 자락을 끈으로 단단히 묶은 차림을 보아 사전에 치밀한 준비를 했음을 알 수가 있었다.

창문은 닫혀 있었다.

한 사내가 품에서 기다란 바늘을 꺼내 문틈으로 찔러 넣어 밀어 올리고 문을 밀자 소리없이 열린다.

방 안에는 한 개의 침상이 있고 맞은편으로 투숙하는 손님이 간단한 독서를 즐길 수 있도록 작은 서재와 원탁이 놓여 있었다. 사내들 시선은 일제히 침상으로 향했다. 한 사내가 이불을 뒤집어쓰고 모로 누운 채 자고 있었다.

우두머리로 보이는 사내가 눈짓을 했다. 두 명의 부하가 뒤로 다가가 자고 있는 사내의 목덜미에 칼을 들이댔다. 그러자 우두머리가 앞으로 다가갔다. 발걸음 소리도 전혀 죽이지 않는 것이 완전히 성공했다는 자신감이었다.

탁!

여전히 웅크리고 자고 있는 사내의 뺨을 때렸다.

일어나라는 행동이었지만 사내는 술 냄새를 풍기며 계속 코를 골았다.

"이봐, 일어나."

사내는 일어나지 않았다.

"일어나 봐. 죽고 싶지 않으면 당장 일어나지 못하겠나?"

타악!

이번에는 좀 더 세게 뺨을 때렸다.

그제야 침상 위에서 자고 있던 사내가 반응을 보였다. 고개를 들고 인상을 쓰더니 말했다.

"뭐야? 누군데? 아이씨."

우두머리가 칼을 뽑아 눈앞에 대었다.

"으허헉!"

사내가 소스라쳤다.

깜짝 놀라며 몸을 움직였는데 그 순간 움찔했다. 칼은 앞에만 있는 것이 아니라 뒤에도 있다는 것을 발견했다.

"누, 누구시오?"

완전히 겁에 질린 표정이었다.

"데.려가자!"

투툭!

수뇌의 칼이 사내의 마혈을 때렸다. 그 순간 사내는 웅크린 채 몸이 뻣뻣해졌다.

턱!

이불을 뒤집어쓰고 있을 때는 몰랐지만 사내의 덩치는 무척 컸다.

비록 내공의 힘을 빌렸지만 움직임에 상당한 장애를 겪을 정도였다. 하는 수 없이 사내를 번갈아 들쳐 메고 사내들은 어둠 속으로 자취를 감췄다.

무거운 덩치로 인해 사내들은 헉헉댔지만 어깨 위의 사내 입가에는 미소가 떠 있었다. 분명 조금 전 끌려 나올 때까지만 해도 겁에 잔뜩 질려 있었지만 지금은 언제 그랬냐는 듯 느긋한 여유까지 흘러나왔다.

각왕루를 떠난 지 반 시진쯤 지나 마침내 어둠 속으로 거대한 장원이 모습을 드러냈다.

그토록 들어가 보고 싶었던 황보세가다.

사내들은 후문 수위장과 가벼운 신원 확인 절차를 밟고 난 뒤 들어갔다. 나올 때도 후문을 통한 듯했다. 하긴 사람을 납치하는 일인데 아무래도 보는 눈이 많은 정문을 이용하기란 쉽지 않았으리라.

이동 병력이 통제된 한밤의 황보세가는 침묵에 빠져 있었다. 사내들은 익숙한 동작으로 달려가더니 작은 전각 안으로 빨리듯 사라졌다. 겉만 전각일 뿐 안으로 들어서자 곧바로 지하로 들어가는 통로가 모습을 드러냈다.

―형당!

또한 전각을 들어서는 순간 어두웠지만 추산은 편액의 글씨를 놓치지 않았다.
'형당 무사들이었군.'
추산은 속으로 중얼거렸다.
계단을 한참 내려가자 평평해졌고, 한 개의 철문이 앞을 가로막았다.
안에서 문을 열어주었고, 추산은 사정없이 바닥에 내팽개쳐졌다.
사방 오 장 정도 되는 상당한 넓이의 석실에는 한 개의 의자만이 덩그러니 놓여 있었다.
흠칫!
추산의 시선이 벽에 멈추며 출렁거렸다.
벽에 많은 고문 도구들이 걸려 있었기 때문이다.
"이놈인가?"
구석진 곳에서 들려오는 음산한 음성.
화악!

추산의 눈이 커졌다.

한 사내가 일어나 다가오고 있었는데 산이 오고 있는 것 같았다. 자신의 덩치도 작은 편이 아닌데 다가오는 중년인에 비교하면 어린아이였다.

第九章
칼의 소야(小爺)

겸명도살

추산은 뼈대가 큰데 반해 사내는 살이 쪘다. 걸음을 제대로 걷지 못할 만큼 어기적거리며 다가왔다. 형당의 책임자인 당주 식혈마성 개구옥이었다. 인상까지도 보통 사람은 바라만 봐도 기절해 버릴 듯 험악했다.

자신을 데려온 무사가 얼른 의자 한 개를 가져다 앞에 놓자 개구옥이 앉았다.

퍼억!

똑바로 누워보라는 듯 모로 있는 추산을 걷어찼다.

벌러덩!

추산은 반듯이 누웠다.

"으응! 이름이?"

“추산이오.”

“노독수를 잘 아나?”

“물론이오. 내가 왜 모르겠소?”

“그를 아주 애타게 찾았다던데, 이유가 뭐냐?”

추산은 속으로 웃음을 지었다.

드디어 자신의 작전이 성공한 것이다.

아버지가 어떤 작전에 투입되었는지 알기 위해서는 황보세가의 고위층을 만나야 했다. 하지만 자신의 능력으로 황보세가의 고위층을 만나기란 하늘의 별 따기.

그래서 선택한 방법이 끌려 들어가는 것이었다.

아버지에게 어떤 원한이 깊은 사람처럼 찾고 다니다 보면 언젠가는 황보세가 무사들 귀에 들어갈 것이고, 그들이 찾아올 것이라는 계산이었는데 정확히 맞아떨어졌다.

“그는 내 돈을 떼어먹었소.”

“돈? 얼마나 되는데?”

개구옥이 물었다.

추산은 분을 이기지 못하겠다는 얼굴로 말했다.

“자그마치…….”

이럴 때 바로 말해 버리면 안 된다.

너무 흥분해 말을 제대로 뱉지 못하는 사람처럼 마른침을 한 번 삼킨 후 입을 열었다.

“금화 오백 냥이오.”

금화 오백 냥이란 말에 모두가 눈을 크게 떴다.

평생 금화 오백 냥을 만져 보지도 못하고 죽는 사람이 대부분이다.

"자세히 말해보거라."

그러면서 추산을 자세히 보았다. 수염은 까치집이지 몸에서는 며칠을 씻지 않았는지 구린내까지 나는 꼴이 오백 냥을 빌려줄 거부로는 도저히 보이지 않는다는 눈초리였다.

"아버지께서 남긴 전 재산이오. 노독수가 장사를 하자고 날 꼬드겨 갖고 튀었소. 그런데 조사해 본 결과 이곳 황보세가에 숨어 있다고 들었소이다. 있다면 빨리 그를 불러주시오."

이십 일 동안 누군가 게거품을 물고 노독수를 찾는 자가 있다는 보고를 받았을 때는 그냥 그러려니 했다.

왕왕 황보세가의 침입이 용이하지 않자 채권자나 혈육이라는 이유를 내세워 접근해 오는 세작들이 있었다. 추산 또한 그런 인물로 보았다. 하지만 하루도 빠지지 않고 장안의 골목골목을 이 잡듯 뒤지며 노독수를 찾는다는 말에 조용히 잡아오라고 명령을 내린 것이다.

"그런데 당신들은 누구요? 왜 날 잡아온 거요? 설마 관부라면 채권자인 날 이렇게 무서운 곳으로 잡아들이지는 않을 것이고, 혹시 그 자식이 시킨 것이오?"

부친께 죄송한 일이지만 실감나는 연기를 위해서 추산은 어쩔 수가 없었다. 그러면서 마음속으로 '용서하십시오' 라는 말을 빼놓지 않았다.

개구옥이 자리에서 일어났다. 팔짱을 끼고 넓은 지하 석실을 왔다 갔다 하는 것이 고민스러운 얼굴이었다.

관부나 강호 법이나 큰 차이 없는 것이 한 가지 있다. 도망자나 범법자를 함부로 숨겨줘서는 안 된다는 것이다. 더구나 황보세가는 정파의 핵심 아닌가. 한두 푼 같으면 줘서 보내 버리고 상부에 보고하면 되겠지만 금화 오백 냥은 거액이다. 그렇다고 그냥 쫓아내 버리면 지금까지의 꼴을 보아 노독수를 욕하며 계속 떠들면서 장안을 돌아다닐 것이다.

"노독수가 장안에 없을 수도 있지 않느냐?"

개구옥이 물었다.

추산은 가소롭다는 듯 괴소를 지었다.

"푸핫핫! 내가 알기로는 놈이 장안에 있을 뿐만 아니라 강호의 유명한 문파에 들어갔다는 말까지 들었소. 물론 머지않아 그 문파가 어떤 곳인지 알게 될 것이오."

개구옥은 눈을 좁혀 떴다.

"어떤 문파라더냐?"

장안에는 문파가 즐비했다.

뿐만 아니라 섬서성에는 구파일방 중 화산과 종남이 있었다. 한마디로 황보세가까지 포함하여 용담호혈의 성이자 삼문(三門)은 앞다투어 세력 확장에 혈안이 되어 있었다. 세력 확장의 기본은 문도의 숫자이다. 그런데 소문이 좋지 않거나 도덕적이지 못하면 입문하려는 인원이 적을 것은 자명했다.

"앞서 말했지만 자세히는 모르오. 그러나 칼을 쓴다는 것까지는 알아냈소이다."

흠칫!

홱!

지켜보던 형당의 무사들이 깜짝 놀라는 표정을 지었다. 단순할수록 위험하다. 눈앞의 추산 같은 자야말로 단순의 첨단을 달린다고 봐야 했다. 말이 통하지 않고 어떤 설명도 돈을 받기 전에는 듣지 않는 막무가내인 부류.

이런 부류를 통제하고 다스리기가 가장 어렵다. 물론 간단한 방법이 없지 않아 있긴 하다.

멸구(滅口).

그러나 이미 장안을 떠돌던 그가 갑자기 사라지면 사람들은 황보세가의 짓이라는 것을 알게 될 것이다. 아니, 화산과 종남이 모를 리 없다. 그들은 단번에 황보세가를 추잡하고 숨겨진 비밀 많은 문제있는 문파로 소문을 내고 강호에 알릴 것이다.

개구옥은 눈살을 찌푸렸다.

골치 아프다는 표정이 노골적이었다. 그걸 보며 추산은 속으로 웃음을 지었다.

"그런데 이곳은 어디요? 날 잡아온 당신들은 누구요?"

개구옥은 대답하지 않고 잡아온 수뇌를 향해 전음을 남겼다.

[내일 아침까지 감시 잘하거라.]

그 한마디를 남기고 석실을 나갔다.

"이보시오, 당신이 대장 같은데 그냥 가면 어떡하오? 여긴 어디냐니까?"

마혈이 제압되어 추산은 누운 채 소릴 질렀다.

개구옥을 필두로 모든 사내들이 석실을 나갔다.

쿵!

혼자 남은 추산은 모두 사라진 것을 확인하고 폐경이혈을 풀고 벌떡 자리에서 일어났다.

입구로 다가가 팔뚝만 한 쇠창살을 잡고 가만 힘을 주었지만 꼼짝도 하지 않았다.

―만년한철이로군.

그렇다면 방법이란 없다.

잠시 실내를 서성거렸고, 고문 기구들을 살피며 놀다 먼동이 터올 즈음에서야 잠에 떨어졌다.

아침 일찍 개구옥은 의관을 단장하고 거처를 나섰다. 아직 이슬이 깨지 않는 아침의 황보세가는 조용했다. 마지막 밤 근무를 마치고 돌아오던 두 명의 무사가 개구옥을 발견하고 힘차게 예를 취했다. 개구옥은 그들을 무시하듯 스쳐 작은 등성이를 올랐다.

소나무가 우거진 숲 속에 작은 전각 한 채가 보였다.

규모는 작아 보이지만 도풍강수(刀風江睡), 한줄기 칼바람이 일면 강호가 잠든다는 황보세가의 이인자이자 대호법 도백 황보곤의 거처이다. 가문이나 강호에서의 위치에 비해 거처가

너무 작고 초라하지 않느냐고 황보황이 증축 의사를 내비쳤지
만 집이 화려해진다고 칼까지 화려해지지 않는다는 말로 단호
히 반대를 했던 거목.

"이른 아침부터 자네가 어인 일인가?"

어느새 황보곤은 일어나 차를 마시고 있었다.

"마침 잘 오셨어요. 며칠 전 서역에서 손님 한 분이 오셨는
데 좋은 차를 가져왔지 뭐예요. 한 잔 들고 가세요."

"아닙니다."

"사양치 마시고 앉으세요."

"이 사람아, 앉아. 차까지 아끼며 쩨쩨하게 굴더라는 소문
왕창 내려고."

"대, 대호법님."

"농담이야."

개구옥은 맞은편에 앉았고, 청소혜가 가지런한 손길로 차를
따랐다.

"감사합니다, 삼모님."

개구옥이 깊숙하게 고개를 숙이고 찻잔을 들어 올렸다.

개구옥은 찔끔 차를 마셨다.

황보세가의 모든 율법과 해당(害堂) 자들을 징계하고 처벌
하는 기관의 수장이지만 막상 황보곤 앞에서 차를 마시려니
긴장을 피할 수가 없었다.

"그래, 뭔 일이야? 말해봐."

"말씀들 나누세요."

청소혜가 조용히 자리를 빠져나갔다.

그런 청소혜를 개구옥은 존경스런 표정으로 바라보았다. 어쩌면 저런 행동 때문에 사람들로부터 사랑을 받고 있는지도 몰랐다. 어지간한 여인들 같았으면 남편이 하는 일에 왈가왈부까지는 못해도 적당이 관여하고 싶고 알고 싶어할 법도 할텐데 철저히 한발 물러선다.

"표정이 안 좋군. 하긴 자네 얼굴이야 종일 그렇지만."

개구옥은 추산을 잡아온 얘기를 했다.

얘기를 듣고 난 황보곤은 미소를 지었다.

"이보게."

"예, 대호법님!"

"덩치 값도 못한다는 말 들어봤나?"

대번에 개구옥의 얼굴이 굳어졌다.

황보곤은 찻잔을 내려놓고 정색했다.

"그걸 지금 사건이라고 가져와 보고하는가?"

"하, 하오시면……?"

"당연히 갚아줘야지. 지금 때가 어느 때인데, 호미로 막을 걸 나중에는 가래로도 막지 못하는 사태가 생길 수 있네. 본가뿐만이 아니라 모든 문파가 증원, 증문을 위해 필사적인 이때 그런 작은 일 하나를 잘못 처리하면 어떤 피해가 올지 몰라서 묻는가."

"워낙 거액이라서……."

"내가 줄 테니까 당장 갚아줘. 더구나 노독수란 자는 본가의 보물 아닌가. 백전백승."

"그렇습니다만……."

"돈 오백 냥이 중요한 게 아니야. 그 아이 입을 통해 우리의 정의와 도덕성이 퍼질 것이고, 그건 엄청난 도움으로 돌아올 거야. 돈으로 따지면 오백 냥의 수십 배지."

"난 그렇게 생각하지 않소, 숙부."

차가운 음성과 함께 한 사내가 들어섰다.

"악이 아니냐?"

"공자님!"

두 사람은 자리에서 일어나 예를 취했다.

"지나가다 개 당주를 보았소. 아침 일찍 무슨 급한 일이 있어 숙부님 처소를 찾는가 싶어 따라왔지요. 결례가 아닌지 모르겠습니다."

"결례 아니니라."

그때 문 앞에 청소혜가 나타났다.

"세상에 이게 누구야? 악이 아니니?"

"숙모님, 저 왔습니다."

"그래, 잘 왔어. 어서 앉아라. 너도 차 한잔하렴."

"주면 마시겠습니다."

청소혜의 손길이 분주해졌다.

"어머니는 여전히 바쁘시지?"

"예, 요즘 강호인들을 만나는 횟수가 부쩍 잦아졌습니다. 남자로 태어나실 걸 그랬나 봅니다."

청소혜와 달리 황보악의 모친이자 황보세가의 대모인 주약
단은 호방한 기질을 지녔다. 남편 황보황이 마음에 드는 거목
들을 미처 끌어들이지 못하거나 곤란한 처지에 처하면 자신이
직접 나서서 해결을 한다. 오죽했으면 여걸이라 불릴까. 하나
그녀에게도 치명적인 약점 하나가 있었다. 어떤 일이 있어도
손해 보는 장사를 하지 않으려 한다는 것이었다.

―장사를 하다 보면 손해 볼 때도 있어야 한다.

거상이라고 자타가 인정하는 사람들은 손해를 보면서도 거
래를 한다. 그들은 눈앞이 아닌 멀리 내다보기 때문이었다. 하
나 소상들은 절대 그렇지 않다. 눈앞의 이익에만 몰두한 거래
를 하기 때문에 평생 크지 못하고 소상으로 그치는 것인데 강
호 또한 그러했다.
"마시거라. 그럼 전 이만."
청소혜는 다시 물러났다.
청소혜가 나가자마자 황보악이 입을 열었다.
"오백 냥이라고 했소?"
개구옥이 대답했다.
"예!"
"개 당주에게 한 가지 물읍시다. 황금 오백 냥이란 돈이 얼
마나 큰 거액인지 아시오?"
"압니다."

"아는 사람이 그래?"

버럭 소릴 지르자 개구옥의 눈이 커졌다.

순간적으로 황보악의 생각이 황보곤과 다르다는 것을 깨달은 것이다.

"숙부님!"

황보악은 날카로운 눈으로 황보곤을 바라보았다.

황보곤은 찻잔을 들어 올렸다.

"황금 오백 냥이면 절정의 고수 다섯 명을 당장 데려올 수 있습니다. 우리에게 목숨을 바칠 놈 다섯을 끌어올 수 있는 돈이란 말입니다."

"그래서 네 생각은 어떤 것이냐?"

"어떤 것이냐니요? 당연히 안 되는 일이죠."

"우리가 부리는 무사에게 돈을 떼었다는데 고용주인 우리가 갚아주는 것이 도리 아니겠느냐?"

"이번 일은 제가 알아서 하겠습니다. 개 당주, 놈은 어디 있소?"

"형당 지하실에."

"차 잘 마셨습니다."

황보악은 곧장 방을 나갔다.

나가는 황보악을 바라보는 황보곤의 표정이 딱딱하게 굳어졌다.

"들게."

"예."

개구옥은 두 손으로 잔을 들어 올렸다.

식어버린 차를 한 모금 마시려는데 황보곤의 목소리가 들려왔다.

"그동안 집안 사정이 어떻게 돌아가는지 파악하느라 바빴네. 오랫동안 전쟁터에 나가 있었더니 모르는 사람들도 많이 들어와 있고 알지도 못하던 조직도 많이 생겨났더구먼."

개구옥은 잔을 조심스럽게 내려 들었다.

황보곤의 말이 이어졌다.

"형님이 고생 많이 하셨더군. 전쟁 후를 대비하여 숨은 기인이사들까지 찾아내어 모셔다 놓은 것은 정말 잘한 일이지."

개구옥은 황보곤이 무슨 말을 하려고 저렇게 길게 뜸을 들이는지 궁금해 숨을 삼켰다. 더구나 칭찬을 했다는 것은 황보황이 잘못하고 있다는 일도 있다는 말이기에 숨을 죽였다.

"그런데 말일세, 한 가지에서 크게 잘못을 하고 있더군. 그게 뭔지 아나?"

개구옥은 아무런 말도 하지 않았다.

황보곤은 입을 열어 말했다.

"지금 그놈일세."

"네엣?"

개구옥의 눈이 커졌다.

"아들이야. 아들을 잘못 키웠어. 미꾸라지 한 마리는 개울 물을 흐리게 하지만 자식 잘못 두면 집안이 망하는 걸세."

"대호법님!"

"왜 그렇게 놀라는가? 혹시 밖에서 누가 들을까 봐 겁나나? 내 발언은 분명 지금 나간 악이 놈을 두고 한 말일세. 물론 그 책임은 아비인 형님 가주께 있고."

"여보, 그만하세요."

어느새 입구에 청소혜가 서 있다.

황보곤이 웃음을 짓는다.

"별일이군. 절대 남자들 일에 끼어들지 않던 당신이 이렇게 가로막다니."

"지금 중요한 시기잖아요. 이럴 때 분란 일으켜 봤자 득 될 것 없어요. 설혹 못마땅한 일이 있더라도 이 순간이 지나고 난 뒤에 해도 늦지 않잖아요."

"허허허! 어린놈이 감히 숙부의 애길 깔아뭉개듯 하면서 갔단 말이지. 형님은 아주 훌륭한 아들을 두었군."

황보곤의 입에서 광소가 터져 나왔다.

아무도 보는 사람이 없었으므로 추산은 몸을 일으켜 석실을 돌아다녔다. 과연 상대가 어떤 반응을 보일지가 가장 궁금했다. 아무리 명문가라고 해도 금화 오백 냥은 결코 작은 돈이 아니었다. 다시 말해 돈을 주더라도 노독수에게 확인을 하고 줄 것이다. 즉, 노독수가 자신에게 오백 냥을 떼어먹었다는 증거나 증언을 들은 뒤 말이다. 어차피 먼저 지불해 주고 노독수에게 나중에 받아내면 된다. 그러자면 상당한 시간이 필요하다. 중요한 작전에 나갔다고 했으니 확인을 하려면 하루 이틀

가지고는 어림도 없다.

또 한 가지 가상해 볼 수 있는 것은 내쫓아 버리는 것이다. 그러나 이 방법은 현실적으로 실행될 가능성이 낮았다. 내쫓으면 그날로 다시 장안을 돌아다니면서 이번에는 황보세가를 욕하고 다닐 것이 뻔하기 때문이다. 하나 정작 중요한 것은 오백 냥은 아버지의 행적을 찾기 위해 만들어낸 거짓말일 뿐이다. 어떤 것도 아버지의 행방을 알아내지 못하면 실패로 규정해야 했다.

벌렁!

발걸음 소리가 들려왔으므로 얼른 마혈이 제압되어 일어나지 못한 사람처럼 자리에 누웠다. 발걸음 소리가 가까워 오더니 두 명의 형당 무사를 대동하고 낯선 사내가 들어섰다.

두 사내는 낯선 사내를 안내하고 사라져 버렸다. 사내는 자신과 눈이 마주치자 히죽 웃었다.

—엇!

추산은 하마터면 입 밖으로 외침을 터뜨릴 뻔했다.

사내의 미소는 잔혹한 살기였다. 추산은 절정의 고수가 되면서부터 상대가 죽이겠다고 말을 하지 않아도 눈빛이나 미소에서 의중을 읽어낼 수가 있었다.

낯선 사내는 자신을 죽이려 하고 있었다.

'음!'

추산은 긴장했다.

왼쪽 옆구리에 특이한 칼 한 자루가 눈에 띄었다.

일반 칼보다 길고 도신도 넓다.

—단섬도!

칼 중 가장 도객들이 사용하기 꺼리는 칼을 찼다는 것은 그의 도법이 이미 어느 경지를 넘어섰다는 뜻이다. 전혀 예상치 못한 변수이다.

"노독수에게 오백 냥을 사기당했다고?"

"믿을 수 없다면 확인해 보시오."

은근슬쩍 노독수의 위치를 알아보기 위한 유도적인 대답이었다. 가내에 있다면 당장 확인할 것이기 때문이다. 물론 집에 없다는 건 예상하고 있지만.

"뭐, 거짓말은 아니겠지. 난 자네 말을 믿어."

"고맙소."

"그런데 어떡하지? 너 그냥 내 손에 죽어라. 그게 좋겠다."

"그, 그게 무슨 말입니까? 설마 날 죽이겠다는?"

황보악의 입가에 섬뜩한 웃음이 피어났다.

"감히 황보세가에 들어와 돈을 받아가겠다고? 맞다. 노독수는 본가의 인물이고 그는 지금 임무 중이다. 설혹 그가 강호에서 네놈에게 돈을 사기 쳤다고 해도 갚아줄 수 없고, 노독수더러 갚을 필요 없다고 말할 것이다."

추산의 눈이 가늘어졌다.

개구옥도 그렇고 형당 무사 누구도 이곳이 황보세가라는 것을 말해주지 않았다. 나중에 풀어줬을 때 황보세가도 한통속이더라고 떠들고 다닐 자신의 입을 막기 위한 차원에서이다. 그런데 사내가 노골적으로 황보세가라고 밝혔다는 것은 아주 중요한 사실 한 가지를 말해주고 있었다.

살인멸구(殺人滅口).

그런 것 있다. 짧은 인생이지만 이상하게 나름대로 계획을 세우고 꿈을 꾸면 안 된다는 것이다. 예를 들어 아버지가 원래 약속 날짜보다 하루 이틀 늦게 들어올 때면 불길한 생각도 했지만 한편으로는 일이 잘되어 술을 고주망태가 되도록 마시고 자신에게 엄청난 선물을 사올 것이라는 희망 섞인 기대.

그러나 유감스럽게도 한 번도 그런 일은 일어나지 않았고, 그때마다 아버지는 불길함 그대로 반 시체가 되어 가까스로 숨만 붙은 채 돌아왔다.

지금도 그러했다.

자신의 입을 막기 위해 돈을 준다거나 물론 이런 경우는 하나도 반갑지 않다. 오백 냥을 꿔줬다는 거짓말을 퍼뜨린 목적과 전혀 다른 결과이기 때문에.

또 하나는 대질이다. 오백 냥이란 돈이 적지 않기 때문에 자신이 완강하게 우기면 부친과 만나게 할지도 모른다고 생각했다. 그런데 전혀 자신이 꿈꾸었던 것과는 반대로 일이 진행되고 있었다.

"말해라. 어떻게 죽고 싶으냐?"

"이, 이보시오, 황보세가는 명문가 아니오? 황보세가 소속의 무사에게 오백 냥을 사기당한 것도 분한데 죽이려 한다니 하늘이 두렵지 않소이까?"

"개소리 집어치우고 어떻게 죽고 싶냐고?"

사내가 버럭 소릴 질렀다.

순식간에 눈자위가 희게 덮이는 것이 전형적인 살귀의 모습이다. 피와 죽음에 익숙해지지 않고는 드러나지 않는 가혹한 모습.

추산은 호흡을 가다듬었다.

사내는 자신보다 높다. 물론 큰 차이는 아니다. 문제는 이곳이 황보세가 안이라는 것이다. 밖이라면 정면으로 부딪쳐 끝장을 보겠지만 용과 호랑이가 득실거리는 황보세가다. 아주 불리한, 승산이 없는 싸움.

유일한 희망이라면 상대는 아직 자신이 마혈에 제압되어 있는지 알고 있다는 사실이다. 그것이 이 호랑이굴을 벗어날 수 있는 마지막 끈이었다.

―그렇다면!

방법은 하나뿐이다.

기습(奇襲).

제아무리 뛰어난 고수도 의외의 사태 앞에서는 속수무책

이다.

　─어느 방법이냐?

　기습 후 어떻게 빠져나가느냐를 선택해야 했다.
　옷차림이나 형당 무사들이 허리를 제대로 펴지 못한 것으로
보아 아주 높은 직위에 있는 놈이거나 그런 놈을 아비로 두었
다. 그러나 인질로 잡기에는 신분이 정확하지 않다. 오직 인질
감은 황보황의 혈육 말고는 안 된다.
　또 하나의 방법은 한 방 먹이고 달아나는 것이다.
　만년한철로 된 석실 문까지 열려 있으므로 가장 간편했
다.

　─어떡하지?

　황보황에게 자식 한 명이 있다고 들었으며 육감은 그의 아
들이라고 말을 하고 있었으나 확신은 서지 않는다. 그렇다고
이름을 물어볼 수는 없었다. 이름을 물어보면 어떤 낌새를 알
아차릴 위험이 크기 때문이다.
　멈칫!
　막 공격을 하려다 추산은 뭔가 생각이 났는지 애절한 표정
으로 바꾸었다.
　"사, 살려주시오."

“미친놈!”

“그, 그냥 돈 안 받겠소. 밖에 나가 절대 황보세가의 명예를 헐뜯는 행동이나 발언도 하지 않겠소이다. 하늘을 두고 맹세하오이다.”

“크흐흐! 그걸 지금 말이라고 하느냐? 네놈 같으면 믿겠느냐?”

“예!”

“우헤헤헤! 이 자식, 진짜 웃기는 놈이군.”

“난 입이 무겁소. 또한 약속도 잘 지키오. 한 번 뱉은 말은 목에 칼이 들어와도 지키오.”

휙!

“읍!”

추산은 숨을 삼켰다.

큰 칼이 어느새 면전에 와 있었다.

실로 소름 끼치도록 빠르다.

“너하고 입씨름하기 싫다. 그냥 죽여주마.”

“잠깐!”

추산이 외쳐 말했다.

칼을 반쯤 들어 올리던 황보악이 멈췄다.

“노, 노독수는 지금 어디 있소?”

멈칫!

황보악의 표정이 굳어졌다.

“그 개자식 지금 어디 있느냔 말이오? 내 돈 오백 냥 떼어먹고 사라진 인간도 아닌 사람!"

추산은 아무리 작전이라고 하지만 아버지를 욕하니 마음이 개운치 않았다.

이왕지사 뱉은 말이니 더 야무지고 혹독하게 막나가야 한다.

"짐승만도 못한 인간, 떼먹을 돈이 없어 나같이 가난하고 어린놈의 돈을 사기 쳐? 죽어서라도 이 원한을 갚고 말겠소. 그러니 그가 지금 어디 있는지 가르쳐 주시오. 죽어서라도 찾아가야겠소."

"흐흐흐! 살아 있는 놈 소원도 들어주는 마당인데 죽어가는 놈 소원쯤이야. 오냐, 못 가르쳐 줄 것도 없지."

꿀꺽!

추산은 침을 삼켰다.

하마터면 큰 실수를 할 뻔했다. 악에 받친 사람으로 돌변하여 노독수의 행방을 물으면 가르쳐 줄지 모른다고 생각했다. 어차피 죽을 몸이라고 판단하여 말이다. 그런데 격장지계와는 조금 다른 동성심을 자극하고 악의 섞인 핏대 작전이 적중한 것이다.

"놈은 지금 본가에 없다."

"어딨냐니까?"

눈앞에 있으면 금방이라도 목을 비틀어 버릴 듯 눈을 시뻘겋게 떴다.

그런 추산의 모습이 재미있다는 듯 황보악은 빙글빙글 웃으며 대답했다.

"절강성에 있느니라. 성과사라고 들어보았느냐. 이제 그만 가보거라. 너와 너무 많은 얘길 했구나. 아무리 죽을 놈이라고 하지만."

"죽어서 그곳으로 가야지. 가서 모가지를 비틀어 버려야지. 그리고 마지막으로 한 가지 더."

황보악은 귀찮다는 듯 인상을 썼다.

빨리 물으라는 뜻.

"당신 이름이 뭐요?"

혹시나 하며 숨을 죽였다.

그런데 예상대로 표정이 변했다.

─이런!

큰일 났다 싶어 추산은 움직였다.

파아아!

추산의 몸이 용수철처럼 떠오르며 좌우 주먹이 불을 뿜었다.

패(孛).

빠르기는 패를 따를 권 없고 위력에서는 월(鉞)을 따를 권 없다고 모찰은 말했다. 전식이라고 하여 모든 권이 떨어진 것은 아니다. 물론 전체적으로 후식의 기초에 쓰일 목적으로 만들어지다 보니 떨어진 건 분명하지만 특징이 있다.

북두칠권은 사악칠권의 후식으로 철저하게 강하지만 한 가지에서만큼은 따르지 못한다. 사악칠권의 오권 패(孛)가 그것이다. 오죽 빠르면 주먹에서 광채가 뿜어 나오겠는가.

기습의 생명은 빠름이다. 더구나 십이성에 올라 있는 사악칠권에 비해 팔성에 머물러 있는 북두칠권을 생각한다면 선택은 패 말고 다른 방도가 없었다.

빠박!

가볍지만 연타.

그것도 얼굴 정면이다. 그리고 곧바로 추산은 입구로 몸을 날렸다.

만년한철로 된 문은 닫혔지만 잠기지는 않았는데 거기서 문제가 생겼다.

열렸다면 곧장 몸을 날렸을 텐데 닫힌 문을 열다 보니 반 호흡 지체한 것이다.

팟!

등 뒤가 따끔하다.

다행히 정통으로 맞은 것 같지는 않지만 아주 찰나적일 만큼 지체한 순간을 놓치지 않고 황보악의 칼이 작렬한 것이다.

"잡아랏!"

황보악은 악을 썼다. 피투성이가 된 얼굴로 커다란 칼을 쥐고서 계단을 날아오른다. 추산의 몸은 이미 계단 밖으로 사라진 듯 보이지 않았다.

"우랄!"

계단 밖으로 나온 황보악의 입에서 욕설이 터져 나왔다.

형당 지하실은 전각 안에 입구가 있다. 그러다 보니 지하 석실을 나오면 형당 건물 안으로 들어서는 꼴이 된다. 조금 전 자신을 안내했던 두 사내가 의자에 앉아 있었으며, 필시 자신이 나오길 기다리고 있었던 듯했고, 고개를 숙이고 있었는데 탁자 위로 피가 흥건하다.

황보악은 사내의 머리채를 잡고 똑바로 세워보았다. 둘 모두 코가 사라졌다. 아니, 엄밀하게 말하면 박살이 났다. 그러나 치명타는 코가 아니라 목이었다. 워낙 강력하고 짧은 주먹이다 보니 코를 맞는 순간 목뼈가 부러진 것이다.

"공자님!"

한 명의 사내가 뛰어들어 오며 피투성이가 된 황보악을 부축했다.

"비상을 걸어라! 비상!"

"누구?"

"비상을 걸라고 했느니라! 지금 이 시간부터 내 명령 없이는 사람은 물론 쥐새끼 한 마리도 밖으로 나가지 못한다!"

"예, 예!"

사내가 뛰쳐나가고 황보악 또한 칼을 쥐고 밖으로 나갔지만 추산의 모습은 보이지 않았다.

"이런 쳐 죽일 놈이, 비상고를 울리라고 했거늘!"

둥둥둥!

말이 끝나자마자 멀리서 북소리가 다급하게 들려왔다.

한편 추산은 정신없이 몸을 날리고 있었다. 작전은 완벽하게 들어맞았고, 이제 황보세가만 빠져나가면 된다. 멀리 황보세가의 외곽 담장이 보였고, 망루가 서 있었다. 두 명의 보초가 경계 근무를 서고 있었는데 한 명은 망루 안에 있고 다른 한 명은 밖에서 왔다 갔다 하고 있었다.

둥둥둥!

그때 들려오는 비상고 소리와 더불어 추산의 입에서 놀람성이 터져 나왔다.

"어어엇!"

경관이 변하고 있었다. 자신이 서 있는 곳은 그대로인데 반해 조금 전까지 보였던 망루와 황보세가의 담장이 눈앞에서 사라져 버리고 거대한 절벽이 나타났다.

하늘을 찌를 듯 솟아 있는 수직 절벽은 신법의 달인이라고 할지라도 오를 수 없을 만큼 높았다.

―서, 설마 진법!

말로만 들었을 뿐 아직까지 단 한 번도 배우거나 마주쳐 본 적이 없다. 단지 한 번 빠져들면 빠져나오지 못한다고 들었다. 살며시 다가갔지만 진짜 절벽이었다.

그제야 추산은 황보세가 외곽으로 진법이 설치되었다는 것을 알아차렸다.

둥둥둥둥!

비상고는 계속 울리고, 다급한 김에 추산은 절벽을 따라 이동했다. 혹시라도 낮은 곳이 있을까 싶었다. 하지만 아무리 달려도 절벽은 낮아지지 않았고, 도저히 오를 수 없다는 절망감만 더해갔다.

—독 안에 든 쥐!

이제 꼼짝 못하게 되었다.

급할수록 돌아가라고 했다. 추산은 침착해지기 위해 애썼다. 진법을 배우지는 않았지만 어딘가 방법이 있을 것이라면서 몸을 소나무 뒤에 숨긴 채 날카로운 눈으로 앞을 막고 있는 절벽을 바라보았다.

그때였다. 멀리서 외침 소리가 들려왔다.

"놈을 잡는 사람에게는 황금 백 냥을 내리겠다는 공자님의 명령이 떨어졌다!"

"으와아아!"

무사들의 함성 소리가 천지를 갈랐다.

방법이 없었다. 이렇게 된 이상 진법을 파훼할 수 있는 사람을 데려와야 한다. 진법을 설치하고 파훼할 수 있다면 극소수의 인물일 것이다. 개나 소나 아무나 파훼법을 알고 있다면 진법의 의미가 사라진다.

　애써 도망쳐 나온 심장부로 다시 들어가야 한다는 결론에
이를 깨물 때 여인의 목소리가 들려왔다.
　"거기, 누구신가요?"

『검명도살』 5권에 계속…

「철혈무정로」, 「천마걸엽전」의 작가 임준후!
그가 태산처럼 거대한 남자의 이야기로 돌아왔다!

"네가 좋아하는 방식대로 살 거라.
지금까지처럼 마음이 가고 몸이 가는 대로!"

스승이 남긴 말을 가슴에 새기고 중원으로 나온 강산하.
고향으로 향하는 귀로에 하나둘씩 인연이 모여들고
어느새 그의 걸음마다 무림의 판도가 바뀌기 시작한다.

태산처럼 굳세게
산들바람처럼 유유자적하게
흔들리지 않고 올곧게 자신의 길을 걸어간
괴협 철산대공 강산하의 가슴 묵직한 일대기!

용호객잔

龍虎客棧

설경구 新무협 판타지 소설

낙양 변두리에 위치한 허름한 용호객잔.
폐업 직전까지 몰렸던 용호객잔에 복덩이,
천유강이 저절로 굴러 들어왔다.
그런데… 이 객잔 좀 수상하다?

독문병기는 낡은 주판, 중원상왕을 꿈꾸는 객잔주인, 용사등.
독문병기는 마른 걸레, 끔찍이 못생긴 점소이, 용팔.
독문병기는 식칼, 긴 독수공방 끝에 요리와 혼인한 숙수, 장유걸.
독문병기는 이 빠진 도끼, 사연 많은 남장여인, 문우령.
독문병기는 얼굴, 기억을 잃어버린 절세미남 신입 점소이, 천유강.

"중원의 상왕이 되리라!"

현실감각이리고는 찾아보기 힘든
용사등의 허황된 선언이 천하를 혼란에 빠뜨린다.
바람 잘 날 없는 용호객잔의 평범한(?) 일상에
중원의 이목이 집중된다.

守護武士
수호무사
각사 新무협 판타지 소설

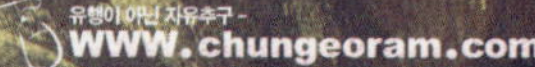

유행이 아닌 자유추구 -
WWW.chungeoram.com